Nacho Abad

El candidato

la esfera de los libros

Primera edición: noviembre de 2020

Galardón Letras del Mediterráneo, 2020, otorgado por la Diputación de Castellón, en la categoría Narrativa

Avenida de San Luis, 25
28033 Madrid
Tel.: 91 296 02 00
www.esferalibros.com

ISBN: 978-84-9164-941-0
Depósito legal: M. 24.698-2020
Composición: J. A. Diseño Editorial, S. L.
Impresión y encuadernación: Huertas
Impreso en España-*Printed in Spain*

A todos los guardias civiles, policías,
mossos, ertzainas,
policías municipales
y forales de este país
que cada día se desviven por
protegernos y darnos seguridad.

«Con hombres íntegros pueden quizá ganarse batallas,
pero no gobernar reinos».

Arturo Pérez-Reverte

1

Hola, me llamo Silvia. Ahora mismo tengo justo enfrente una cámara de cine. Alguno deducirá que soy actriz, pero no os llevéis a engaño, me dedico a una profesión con mucho menos glamur. Cuento noticias.

Junto a la cámara hay un joven. Aunque me lo ha dicho, no logro recordar su nombre. Trabaja en Ópalo, una productora de televisión que crea programas de información y entretenimiento. Hace unas semanas me contactaron para proponerme participar en uno de sus proyectos y les dije que sí, que contaran conmigo. Están elaborando un *true crime*. No entiendo esa tendencia a los anglicismos, con lo bonito que es nuestro idioma, pero por si no sabes qué significa, en castellano se dice documental; este en particular es sobre un crimen.

El trabajo se lo había encargado una plataforma de pago, aunque por temas de confidencialidad no me pueden contar cuál. Supongo que se tratará de Netflix, Amazon Prime, HBO, Movistar o alguna otra. Lo poco que me pudieron explicar es que su proyecto consistía en narrar los acontecimientos que tuvieron lugar en Castellón un año atrás.

Podrían haberme entrevistado en una anodina habitación de hotel de Madrid, pero estos documentales cuidan cada detalle. Todo tiene un significado y un propósito. Mi testimonio lo han ambientado en una playa de Benicasim de fina arena y aguas trasparentes y cálidas, incluso en primavera. Me acuerdo como si fuera ayer del pasado mes de mayo. Estaba hecha un lío, sin saber muy bien cómo avanzar en mi investigación y decidí darme un baño. No había nadie. Comencé a caminar hacia el interior del mar y, cuando me sumergí entera y el agua me envolvió, tuve una revelación. Podría decir que la clave que daba sentido a los indicios, las pistas y los testimonios que hasta entonces había reunido surgió del mar.

Los de producción han colocado un sofá verde en esa playa. Las patas se hunden un poco porque está justo en el borde. Si apoyo los pies descalzos en la arena noto el agua mojándome los dedos.

—¿Estás preparada?

Asiento con la cabeza.

—Nos gustaría que nos contases todo. Se trata de un caso apasionante, quizá el que más de la historia de nuestra democracia, hasta despertó el interés de medios de comunicación de todo el mundo.

Sonrío para no volver a asentir.

—Antes de nada, si tuvieras que empezar a relatar los acontecimientos del último año, ¿por dónde arrancarías? —me pregunta el periodista sentado junto a la cámara de cine.

—Por el vídeo, sin ninguna duda.

—¿El del hotel Luz?

—Sí, ese. En realidad son dos vídeos que forman una secuencia con un espacio vacío de veinte segundos. Arranca en la última planta del edificio, con la protagonista huyendo, desaparece de la grabación mientras baja en el ascensor porque en el interior no hay cámaras y luego se retoma la imagen cuando llega a la recepción.

—¿Podrías describirme el contenido de la secuencia completa?

—Claro, pero déjame que antes lo sitúe, por darle contexto.

—Disculpa, tienes razón.

—El vídeo fue grabado en el mes de noviembre de 2009, en Castellón, por las cámaras de seguridad del hotel Luz.

—¿Ya?

—Sí.

—¿Qué se veía en las cintas?

—Se observa cómo una mujer sale de la habitación 815. Parece nerviosa, incluso agitada. Delante tiene quince metros de pasillo hasta su única vía de huida. Corre en silencio, descalza, sobre las puntas de los pies. El pasillo solo está iluminado por tenues luces de emergencia. Mientras recorre los primeros metros debe escuchar el sonido de una puerta tras de sí. Su cara denota sorpresa y pánico. Sin dejar de avanzar, gira la cabeza para comprobar si alguien la persigue, pero, aliviada, se da cuenta de que no.

—¿Al ver la imagen qué pensaste?

—En su cara se lee ansiedad y, si rebobinas una y otra vez para fijarte en los detalles, acabas descubriendo unos leves moratones que empiezan a adquirir un color violeta intenso en la mejilla izquierda, el pelo revuelto y el maquillaje corrido, como de haber llorado. Deduje lo obvio, que la joven huía de un peligro.

—Pensé lo mismo —confirma el periodista.

—Como te decía, la mujer avanza descalza, con los zapatos de tacón en una mano, las medias negras rotas, el vestido de noche, también negro, rasgado en la zona de la falda y partido uno de los tirantes, lo que hubiera dejado al descubierto uno de sus pechos si no fuera porque sujeta con fuerza el bolso contra esa zona de su cuerpo ocultando el destrozo. En ese largo pasillo no hay nadie. Solo ella y su miedo. Se me olvidó decir que son las cuatro de la mañana y el resto de huéspedes duermen.

El periodista levanta el dedo pulgar en señal de aprobación.

—El ascensor por el que quiere escapar está en el extremo contrario del pasillo, en una especie de recodo a la izquierda. Cuando llega, una lámpara se enciende y lo baña todo de claridad. Da la sensación de que la joven se encoge alarmada. Se queda quieta, escuchando. Se relaja cuando se asoma por la esquina y ve que no hay nadie. La luz corresponde a un mecanismo automatizado que ha detectado movimiento y salta, nada más. Pulsa frenéticamente el botón para llamar al ascensor. Cuando llega, se cuela dentro y aprieta el botón del *hall*. Al cerrarse las puertas debió de sentir que acariciaba la libertad.

—Yo sentí angustia cuando lo vi por primera vez —confirma el periodista de Ópalo—. No sabemos qué ocurrió dentro del ascensor, pero las cámaras de la planta baja vuelven a grabar a la joven veinte segundos después.

—Eso es. Se abren las puertas del ascensor y ella sale. Ha aprovechado para subirse en los zapatos de tacón. Quiere aparentar normalidad. Cruza la mirada con el recepcionista de noche, un hombre mayor de pelo blanco y frente surcada por las arrugas. El contacto visual apenas dura un segundo, pero él percibe que algo malo ha ocurrido. Se le nota en la expresión de la cara. Da la impresión de que quiere decir algo, pero se contiene y baja la cabeza. Supongo que en el documental contaréis por qué reacciona así.

—Sí, vamos a contarlo todo —confirma—. Creo que mañana hemos quedado con su viuda para entrevistarla, pero tú sigue, por favor.

Asiento.

—La joven camina directa hacia la salida. Junto a la entrada, una mujer que friega el suelo se gira a mirarla. ¡Qué no vería! ¡Qué no se figuraría! Porque se tapa la boca con una mano, asustada. La joven no se detiene. Sale al exterior por la puerta giratoria y tuerce a la derecha. Las cámaras exteriores graban a un coche aparcado sobre la acera con el motor encendido y las luces apagadas. No se ven muy bien ni el modelo ni la matrícula porque a la noche todavía le quedan horas y porque la calidad de las imágenes no da para más.

—¿Por qué había un coche esperándola?

—Cuando lo vi supuse que pidió ayuda desde la habitación antes de salir y que alguien fue a buscarla. Castellón no es Madrid. Aquí todo está a mano y tardas poco en desplazarte de un extremo de la ciudad a otro.

—¿Qué pasa después?

—Poco, ya. Arrancan y se van. La primera vez que contemplé la secuencia completa recuerdo que imaginé que la mujer primero suspiraría aliviada y que luego lloraría desconsolada por lo que le había sucedido.

—No quiero que te olvides de un último detalle que se ve en las imágenes. ¿Sabes por dónde voy?

—¿Te refieres al otro coche?

—Eso es —confirma y asiente con la cabeza.

—Segundos después de que el coche desaparezca del encuadre, por el extremo izquierdo de la imagen surge otro vehículo negro. En ese momento era imposible saberlo, pero con el tiempo averiguamos que alguien había encargado que siguieran a la chica. Así comenzaría yo el relato.

—Me parece un gran arranque, la verdad. Tiene mucha fuerza y abre muchas incógnitas. ¿Quién es la mujer que huye? ¿De qué escapa? ¿Por qué corre? ¿Qué ha sucedido exactamente dentro de esa habitación? ¿Quién se ha quedado en el interior? ¿Una persona? ¿Varias? ¿Por qué nadie la persigue? ¿Quién la espera fuera en el coche? ¿Quién la sigue? Para ti debió de ser la leche vivirlo en primera línea.

—Cuando lo ves con la tranquilidad y el sosiego de la distancia, sí, pero el día a día fue duro. Hubo mucha angustia, inseguridades, miedos, dudas, pero como periodista volvería a pasar por ello mil veces.

—¿Y a nivel personal?

—El caso me regaló conocer a una mujer extraordinaria y maravillosa, a Esther. Me alegro de cada minuto que disfruté a su lado.

—Como tú, va a tener un papel fundamental.

—Se lo merece. Sin su ayuda no habría resuelto el caso.

—Cuéntame cómo os conocisteis —pide el periodista.

Noto cómo se me escapa una lágrima y recorre mi mejilla.

2

Nueve días antes de la celebración de las elecciones generales de 2019

Lázaro Arnau tensa los gemelos y pedalea con fuerza. Se inventa una competición con un coche que circula a su lado por el asfalto. En su cabeza gana él porque en una rotonda, cuando van a la par, el vehículo se desvía en otra dirección. Sigue llaneando mientras disfruta de la brisa del mar golpeándole en la cara. Le gusta competir y mantenerse en forma. A diario va desde su casa en Benicasim hasta su propio polígono industrial en bicicleta. Su cuerpo lo agradece y el medio ambiente también. Su huella ecológica en el desplazamiento suma cero, no contamina nada, salvo por el agua que gasta para limpiar el sudor del cuerpo.

El guardia que custodiaba la entrada lo ve a lo lejos. Lo reconoce al instante. Aunque va inclinado sobre el manillar, se nota que es un hombre alto, de 1,90 aproximadamente, delgado, con los músculos bien definidos pero no abultados, los hombros no se le enroscan cuando camina, todo lo contrario, siempre va erguido como un junco. Sobre su físico, el guardia poco más puede aportar, pero recuerda que su esposa, después de ver algunas fotografías suyas en alguna revista de prensa rosa, sí que comentó que era «guapo a rabiar». Y añadió: «Este tío recién levantado de la cama tras una noche de borrachera se presenta a Míster Mundo y lo gana. Lo suyo no es normal. Todas las mujeres de este país deberíamos tener un Lázaro en nuestras vidas».

Moreno de piel, también de cabellera, luce unos ojos verdes intensos, un mentón afilado que trasmite seguridad y una boca generosa que hasta relajada sonríe. Un simple vistazo a su rostro genera felicidad y alegría de vivir. Nunca está solo. Siempre le rodean allá donde vaya, como si su cuerpo fuera un planeta con gravedad que atrajera a todos los que hay alrededor, quizá porque siempre exhibe una conversación inteligente, culta y divertida. Arnau es un hombre de éxito. En Castellón no hay nadie que pueda compararse con él, ni siquiera los famosos hermanos Colonques, Héctor y Manuel, los dueños de la conocida Porcelanosa. Lázaro les dobla en facturación. Preside y dirige la mayor multinacional privada de reciclaje y recuperación de residuos de Europa. Ha convertido la basura en millones. Se la mandan principalmente de España, pero también de Francia, Portugal, Italia, Turquía y Alemania.

Su trabajo llama la atención a un periodista que le entrevista para la edición dominical de *El Continente*, un diario de tirada nacional. Doble página. «El rey de la basura», lo titula. La fotografía que ilustra el texto parece más la de un modelo publicitario que la del presidente de un potente grupo empresarial. Lázaro habla de la labor que desarrollan en su empresa, pero también sobre el cambio climático, la necesidad de reciclar y alerta del riesgo que corre el planeta si no cuidamos el medio ambiente. Aboga por el compromiso individual con pequeños gestos diarios y también por educar a los más pequeños en el reciclaje y en el respeto al entorno. Critica la inacción de los políticos. Repasa las más recientes cumbres del clima y concluye que todas han fracasado, incluida la última que se celebró en Madrid. Acusa a los gobernantes de tener miedo a aplicar medidas severas para proteger el mundo. Asegura que, si dirigiese el país, él tomaría medidas drásticas, como obligar a los grandes empresarios a frenar los gases de efecto invernadero o los vertidos contaminantes, por poner algún ejemplo.

Cualquiera que lea la entrevista no puede más que darle la razón. Se nota que sabe de qué habla y dice cosas con enorme sensatez.

La doble página gusta mucho y, en el *ranking* de noticias más leídas de la web, la entrevista se alza con el primer puesto. Tiene tanta repercusión que otros medios se interesan por hablar con él. El salto del papel a la televisión llega poco después. Lázaro se adapta al medio con sorprendente facilidad, como si estar entre cámaras fuese su entorno natural. Se expresa con un estilo didáctico, positivo y directo, sin crispación. La sonrisa no falta nunca.

La televisión dispara su popularidad y su mensaje ecologista comienza a calar en la población general. No varía mucho de lo que cuenta en prensa. Insiste en la importancia de reciclar, en el regalo que hacemos al planeta al separar la basura en contenedores de colores, la necesidad de teñir de verde la política y, de forma inexplicable, el público se postra a sus pies. Los medios, a su vez, comprueban cómo cuando lo entrevistaban sus índices de audiencia se disparaban y Lázaro se convierte en la nueva estrella de los platós. Su popularidad crece tanto y tan rápido que hasta la prensa rosa comienza a arañar en su vida.

En ese contexto, Lázaro recibe la llamada de un partido de reciente creación llamado Brotes Verdes. Tradicionalmente, los verdes en España han formado grupos residuales incapaces de influir en la política española, atomizados en propuestas de siglas imposibles. Por primera vez en la historia de la democracia habían decidido aunar esfuerzos y presentarse bajo una misma marca. Fue un proceso arduo porque había que conjugar numerosos intereses y egos, pero milagrosamente lo consiguieron. Una vez constituido Brotes Verdes, ven en Lázaro el trampolín que puede darles el salto de calidad que les permita entrar en el Congreso de los Diputados. Se reúnen con él y le piden que lidere la formación. A Lázaro siempre le han seducido los retos. Acepta, pero pone sus condiciones y no son pocas.

Desde que lo eligen cabeza del partido, los periodistas lo persiguen allí adonde va, aunque él, usando todo tipo de tácticas de despiste, logra mantener en secreto su lugar de residencia, un chalé anónimo, lleno de verde y altas vallas en Benicasim, en los alrededores de la plaza del Trenet. En la zona hay otras muchas villas protegidas de miradas indiscretas por muros de gran tamaño.

Hay quien señala que su imponente atractivo físico y su magnetismo constituyen las únicas razones de su rutilante popularidad. Algunos comentaristas políticos lo comparan con Felipe González y recuerdan que muchas mujeres se enamoraron del expresidente en los años de la transición, con aquel flequillo, los labios gruesos y las zamarras de cuero: «Es el mismo fenómeno social», apuntan. Otros argumentan que, al tratarse de un empresario de éxito, posee experiencia y capacidad de gestión, lo que resulta imprescindible para dirigir el país. También destacan la coherencia que hay entre sus actos y sus palabras: acude a la fábrica en bicicleta, a los empleados que viven en las inmediaciones les prohíbe llevar coche y les anima a hacer deporte. Incluso les facilita bicicletas eléctricas de forma gratuita. Su empresa exhibe estudios médicos que ponen de manifiesto una disminución generalizada del peso de sus trabajadores, pero además en las entrevistas estos reconocen ser más positivos, felices, lo que revierte favorablemente en su rendimiento diario y, por tanto, en las cuentas anuales. Para los que residen más lejos organiza servicios de recogida de autobuses ecológicos que logran cero por ciento de emisión de dióxido de carbono a la atmosfera.

Lázaro también modifica los conceptos arquitectónicos tradicionales para convertir los edificios en ecointeligentes. Él siempre ponía de ejemplo los enormes jardines que había plantado sobre los techos de los principales edificios de su polígono, con zona de huerta. Este diseño funcionaba como aislante y permitía que en verano la temperatura disminuyera varios grados, lo que reducía sensiblemente el consumo de aire acondicionado. Por el contrario, en invierno mantenía el calor, lo que también suponía no solo un ahorro en calefacción, sino además una enorme minoración del daño ambiental.

En el gremio periodístico se rumoreaba que estaba desarrollando una nueva tecnología que permitía acumular enormes cantidades de electricidad en dispositivos de tamaño de un llavero y que las pruebas que había realizado con dos espectaculares paneles solares, que se desplegaban desde el edificio como brazos en cuanto salía el sol, en principio, habían sido un éxito; pero nadie sabe a ciencia cierta si es verdad. Lo que sí logra es que le otorguen el contrato de fabricación de una flota de camiones eléctricos que recojan la basura de toda la Comunidad Valenciana.

Sea como fuere, Lázaro Arnau brilla en el firmamento de la política con fuerza.

Como cada mañana, Lázaro coge su bicicleta dispuesto a acudir a su empresa. Está ubicada a unos kilómetros de su domicilio, en la zona conocida como la Torre del Barón, que cuenta con más de dos millones de metros cuadrados. En el año 2000 algunos empresarios castellonenses planearon construir en esos mismos terrenos Benicasim Golf, un complejo cuyo reclamo era un espectacular campo de dieciocho hoyos para la práctica del deporte, que venía acompañado de tres mil viviendas y tres hoteles de cuatro y cinco estrellas. Una muestra más de los pelotazos urbanísticos que se practicaban por aquella época. El proyecto quebró y Lázaro aprovechó la crisis para negociar con los bancos y adquirir la superficie por un precio sensiblemente inferior a su valor de mercado. Allí instaló su creciente polígono industrial.

Esa mañana, una multitud de reporteros y fotógrafos aguardan en la entrada de la empresa. Le ven a lo lejos, pedaleando con gran ritmo. Esperan a que llegue a la entrada. Saben que forzosamente tiene que disminuir la velocidad, momento que aprovechan para abordarle. En cuanto frena, se abalanzan sobre él.

—Hoy se publica el CIS sobre intención de voto para las elecciones generales de dentro de unos días, ¿cree que su partido alcanzará representación parlamentaria? —Destaca una voz por encima de las demás.

Lázaro se toma su tiempo. Baja de la bicicleta y se quita el casco.

—Buenos días, señores —saluda con una sonrisa y la frente perlada de sudor—. Muchos creemos que Tezanos cocina los datos para favorecer las expectativas del Gobierno saliente de Pedro Sánchez. Ya saben, vende éxito y lograrás éxito. Yo solo le pido que cuando termine de cocinar arroje los envases de plástico dentro del contenedor amarillo y los orgánicos en el marrón, que en mi empresa estaremos encantados de reciclarlos. Y si la encuesta nos concede pocos apoyos, también la reciclamos.

Los periodistas ríen.

—Gracias a todos por venir —se despide, antes de volver a montar en la bicicleta y entrar en sus dominios. Al fondo, en el edificio principal, dos enormes brazos llenos de paneles solares comienzan a desplegarse para recoger los primeros rayos y convertir su luz en electricidad.

Otra de las cosas que hace a Lázaro único es su humildad y cercanía. No marca distancias sociales, al revés, le gusta mezclarse con su equipo y se relaciona con ellos sin complejos. La idea de una gran familia comienza en el desayuno. Lo comparte con todos sus trabajadores. Cuando construyó el polígono industrial diseñó un gran comedor y a primera hora se juntan bajo su techo desde el presidente del grupo, él, hasta los operarios. Se trata de un lugar agradable y cómodo, decorado con plantas y luces de bajo consumo. La comida proviene de agricultura (alguna del propio tejado) y ganadería ecológica: la leche, los cereales de avena y espelta, la fruta, el aceite y el pan de masa madre, que se puede tostar en una máquina alimentada por la electricidad recogida con los primeros rayos del día. Todo se consume a granel, evitando los envases. La leche se acumula dentro de un enorme recipiente refrigerado y desde ahí, a través de un grifo, se sirve directamente en las tazas. Los copos de avena y espelta los guardan en un gran surtidor colgado de la pared. Si te quieres servir, solo tienes que girar la manivela y caen directamente al cuenco.

—Presi, hoy sale el CIS —se atreve a comentarle una de las limpiadoras.

—Cierto, Lorena —responde él con naturalidad. Tiene una memoria privilegiada y conoce el nombre de todos sus empleados.

—Solo quiero desearle mucha suerte. Cuenta con mi voto, también con el de toda mi familia y con el de mis vecinos. —Suena a promesa que nace desde el fondo del corazón—. Ya me he encargado de ir convenciéndolos uno a uno. Alguno se resistía, pero le he explicado que ha llegado el momento de darle la oportunidad a un partido nuevo para ver si hace cosas diferentes.

Lorena siente devoción por Lázaro y haría cualquier cosa que le hubiera pedido.

—Muchísimas gracias. —Le coge de la mano con cariño—. Pero te he dicho que no me llames de usted —le riñe divertido.

—Como quieras, presi —balbucea azorada. Los carrillos se le han enrojecido súbitamente—. Cualquier otra cosa que pueda hacer por usted... por ti —se corrige—, solo tienes que pedirlo.

Al ver que Lorena ha abierto la veda, uno tras otro se aproximan para darle ánimos y prometerle su voto. Lázaro los atiende a todos de buen talante, aunque al final tanto buen deseo le impide desayunar algo sólido y se tiene que conformar con un café templado.

Cuando logra escapar del comedor, se encierra en el despacho. Necesita un poco de sosiego. Nadie le ha notado nada, pero está alterado. No logra pensar en otra cosa que no sean los resultados de la encuesta de intención de voto. Si el CIS no le da entrada parlamentaria, aunque sea con un simple escaño, se trataría de un fracaso. Lloverían las críticas. La prensa, igual que le había encumbrado, le crucificaría, le llamarían el gran fracaso. Explicarían que tradicionalmente en España los partidos verdes o ecologistas jamás han tenido el respaldo de la población y que ni siquiera Lázaro iba a cambiar esa tendencia. Pero si el CIS al menos le otorgara un diputado, un simple representante, entonces por primera vez en la democracia los verdes entrarían en el Congreso de los Diputados.

Enciende la televisión. Los resultados están a punto de anunciarse. Quedan apenas unos minutos. Se sienta a escuchar a los periodistas hablar de previsiones y estrategias políticas.

—El 1 de junio de 2018 Pedro Sánchez desalojó, vía moción de censura, a Mariano Rajoy de la Moncloa y ocupó su lugar. Desde entonces, la gobernabilidad de España no ha dejado de tambalearse —comenta uno.

—Al principio generó mucha ilusión —le da la réplica otro contertulio—. Su mejor campaña de *marketing* fue cambiar la tradicional forma de elegir a los ministros. Acordaos, muchos de ellos independientes que nada tenían que ver con las estructuras del poder del partido. A mis ojos, aquello fue una jugada maestra porque logró deslumbrar a su electorado.

—Duró lo que aguanta un titular —le rebate otro—. Su gobierno se agotó enseguida, el más corto de la democracia.

—Con ochenta y cinco diputados poco se podía hacer salvo sobrevivir. Aguantó apenas nueve meses en el poder y convocó elecciones generales.

—Es cierto —reconoce el otro.

—La independencia de Cataluña marcaba la agenda. Fue una campaña de extremos, de falta de diálogo y de «frentismo».

Era cierto, piensa Lázaro. Los debates fueron agrios, feos, broncos, de poca altura política y con nula preocupación por la ecología. El Gobierno que salió de las urnas reforzó al PSOE y hundió al PP con su peor resultado histórico. Perdió millones de votos en favor de Ciudadanos y Vox. Tras meses de negociaciones, Pedro Sánchez, sin los apoyos necesarios para ser elegido presidente, se vio obligado a convocar nuevas elecciones generales.

Y en ese punto de la historia estábamos.

El móvil le vibra en el pantalón. *Número oculto*, lee en la pantalla.

—¿Sí?

—Hola, ¿Lázaro Arnau?

—El mismo.

—Le llamo de la Moncloa; un momento, por favor, le paso con el señor Aguja.

¿Moncloa?, ¿Aguja?, ¿qué Aguja?, se pregunta sorprendido Lázaro, pero no le da tiempo a más, porque una voz resuelta comienza a hablarle.

—Lázaro, hola. Soy Juan Aguja, una de las manos derechas del presidente. Aunque parezca mentira, tiene varias —dice y se ríe de su propio chiste—. Encantado de saludarte.

—Lo mismo digo, señor Aguja.

—Tutéame, por favor.

—Como quieras.

—Solo llamaba para decirte que el presidente y todos nosotros estamos muy preocupados por el medio ambiente, y que desde el Gobierno queremos convertir la lucha contra el cambio climático en uno de los ejes principales para la nueva legislatura. Hay mucho que hacer en ese aspecto. Ya hemos tomado algunas iniciativas, pero está claro que el cambio ha de ser mucho más atrevido y radical. Ya sabes, no queremos medio ambiente, lo queremos entero. Quizá, tras las elecciones, nuestros dos partidos puedan colaborar activamente. ¿Qué te parece?

—Estaría encantado y agradezco mucho tu llamada. Creo que no hay mejor inversión presente y futura que cuidar de nuestro planeta. Es nuestra obligación.

—Eso mismo le repito a Pedro todos los días —le corta el Aguja—. Si te parece, podríamos vernos con el presi la próxima semana aquí, en la Moncloa. Le diré a mi secretaria que hable con la tuya y cierre fecha y hora para una cita.

—Perfecto.

—Nos vemos, entonces. Un saludo, Lázaro.

Le cuelga antes de que pueda despedirse.

¿A qué viene una llamada, así, de repente?, se pregunta Lázaro.

En la pantalla, Antonio García Ferreras, presentador de *Al rojo vivo*, levanta los brazos. El gesto llama la atención de Lázaro, que desconecta de sus pensamientos y sube el volumen de la tele.

—Tenemos resultados del CIS, y atención —hace una breve pausa dramática—, hay grandes novedades. El PSOE ganaría las elecciones, con más apoyos que en los pasados comicios, pero no alcanzaría la deseada mayoría absoluta; el Partido Popular obtendría el segundo puesto. Pero, sin duda, el titular a esta hora es la espectacular irrupción del partido Brotes Verdes en el Parlamento: sesenta diputados, muy por encima de Podemos, Ciudadanos y Vox. El partido ecologista de Lázaro Arnau se convierte en la tercera fuerza política de este país. Se trata de un giro absoluto, radical. Es un dibujo del Parlamento nunca visto en la historia de nuestra democracia. Primera reacción —pide, señalando a Antonio Miguel Carmona, antiguo candidato de los socialistas al Ayuntamiento de Madrid.

—Triunfo del PSOE. Una vez más, volveríamos a ganar. Se percibe que la opinión pública quiere a Pedro Sánchez de presidente. Lo han dicho una y otra vez. Personalmente, creo que los resultados se quedan cortos y que el día de las elecciones sumaremos muchos más diputados. Lo único que pido es que esta vez nos dejen formar gobierno.

—Un segundo, Antonio Miguel, porque el «pactómetro» de La Sexta desvela que el PSOE solo necesitaría el apoyo de Brotes Verdes para conseguir la mayoría absoluta. Pedro Sánchez evitaría así negociar con Pablo Iglesias. Atención, que la noticia es de extraordinario calado, porque el partido de Lázaro se puede convertir en la llave que permita gobernar al PSOE.

Lázaro nota cómo un extraordinario calor le inunda la cabeza. Se levanta del asiento como impulsado por un resorte y comienza a gritar de alegría, vaciándose entero.

—¡¡¡¡Síííííí!!!! ¡¡¡¡Síííííí!!!!

Desborda felicidad. Quiere seguir escuchando lo que dicen en el programa, pero el teléfono empieza a vibrar y ya no para nunca. Lázaro enlaza una llamada tras otra sin pausa. Los compañeros de partido, su padre, los amigos, periodistas... Todos le quieren felicitar. El buzón de voz le alerta sin cesar de que le están dejando recados, el WhatsApp inunda la pantalla con decenas de avisos de mensaje y las redes sociales también le advierten de que sus seguidores están aumentando a velocidad de vértigo. Por primera vez en su vida, se siente incapaz de responder a la demanda de atención sobre su persona.

A las puertas de su despacho comienza a congregarse espontáneamente una pequeña multitud de trabajadores. Un aplauso fuerte y prolongado llena la planta. Lázaro cuelga la última llamada y sale a devolver la gratitud de sus empleados.

El día se prolonga durante más horas de las que quiere recordar. Cuando por la noche consigue quedarse solo en casa, opta por descansar y no ver la televisión. Apaga el móvil, en el que todavía siguen entrando mensajes. Le gusta el sonido del silencio. Decide que hasta que lleguen las elecciones desconectará el teléfono cada noche. Necesita respirar. Con esa idea en la cabeza se queda dormido por agotamiento.

3

Quedan cuatro días para las elecciones

Desde la distancia, mientras pedalea, Lázaro observa una multitud en la entrada al polígono de la Torre del Barón. Normalmente se congrega un grupo de periodistas, pero nunca tantos. En cuanto se aproxima, corren desenfrenados en su dirección.

—¡Por favor! —gritan—. ¡Lázaro, pare!

El empresario sonríe magnánimo, frena y se baja de la bicicleta.

Los micrófonos luchan por arrimarse a su barbilla y comienzan las preguntas. Hay una voz que sobresale por encima de las demás.

—¿Violó usted a Alina Ribes?

Lázaro sigue el sonido de la voz y localiza la cara de la periodista. Se trata de una joven morena de pelo largo a la que no ha visto en su vida.

—Perdone, ¿qué me ha preguntado? —responde perplejo.

Se hace un silencio espeso.

—¿No ha leído la entrevista que publica *El Continente*? —pregunta sorprendida.

—No he leído nada, todavía.

—Una mujer denuncia que usted la violó en la *suite* del hotel Luz hace diez años.

—¿Que yo hice qué? —pregunta, visiblemente desconcertado.

—Se llama Alina. Asegura que usted la forzó.

Lázaro se queda mudo.

—Podría existir un vídeo —apunta otra voz aprovechando el silencio—. Lo sugiere *El Continente*.

—Es una broma, ¿no? —pregunta con media sonrisa.

Todavía no se cree lo que está ocurriendo.

—Es en serio —le contestan.

—No sé lo que cuenta esa mujer —responde, claramente irritado—, pero les doy mi palabra de que debe tratarse de un error. Se ha equivocado de persona, seguro. Yo no he violado a nadie, jamás. Ahora dejadme pasar, por favor, a ver si consigo resolver este malentendido —pide mientras avanza.

Las preguntas llueven como las flechas.

—¿Miente entonces la denunciante?

—¿Conoce a la víctima? —pregunta otro—. Se llama Alina Ribes.

—¿Pasó la noche con ella?

—¿Estaba usted dentro de la *suite* 815?

—¿Cree que con esta denuncia su carrera política se ha acabado?

—Yo no he violado a nadie jamás —estalla Lázaro indignado, encarándose con los periodistas y olvidando el consejo de su jefe de prensa de resultar siempre afable con la prensa—. Además, no conozco a ninguna Alina. En cuanto pueda entrar en mi despacho voy a leer la entrevista. Estoy seguro de que se trata de una equivocación que espero que se resuelva cuanto antes, para poder centrarme de nuevo en la campaña política.

Recorre los pocos metros que le quedan hasta la entrada de la empresa utilizando la bicicleta de parapeto por uno de los lados. Los informadores le acompañan desde los flancos. Los *flashes* estallan en su cara y las cámaras graban cada gesto.

El guardia de seguridad trata de auxiliarle en el último tramo abriéndole hueco. Lázaro respira aliviado cuando la nube de periodistas queda atrás.

Al pasar por delante de la sala del desayuno detecta que está extrañamente vacía y silenciosa. Las miradas de las personas con las que se cruza se le antojan sombrías y, aunque sonríen y la voz suena amable, tiene la sensación de que no actúan con naturalidad. Supone que han leído la noticia de la violación.

El empresario rehúye el contacto de unos y otros y se mete en su despacho. Quiere leer la entrevista que parece ha comenzado a hundir su carrera política. Lázaro «el Breve», le llamarán.

Teclea en el ordenador el nombre del periódico y allí está la historia, en portada, ocupándolo todo. El titular es directo y conciso:

LÁZARO ME VIOLÓ

Junto a la grave acusación aparece la foto de una mujer a cara descubierta. Se llama Alina Ribes. Lee la entrevista.

> Asistí a la fiesta anual de la Cruz Roja, y cuando acabó salimos a la terraza al aire libre. Iba a pedir un refrigerio y se colocó a mi lado en la barra. Se presentó con una gran sonrisa y mucha soltura. Nada forzado ni incómodo. Al revés, agradable y ameno. Me pareció un hombre increíblemente guapo, divertido y muy seductor. Nos gustamos mucho. Pasamos la velada sin parar de reír y hablar. Cuando me invitó a acompañarle al hotel Luz, me tentó mucho, pero decliné la oferta porque no quería una aventura de una noche, ni parecer una mujer fácil. Lázaro no es un hombre que se dé por vencido fácilmente. Insistió. Me dijo que solo sería una copa y que ja-

más conocería una *suite* con un *jacuzzi* enorme en mitad de la habitación. Que solo verlo merecía la pena. Lo estaba pasando tan bien que acepté».

En la habitación hablaron, bebieron y la conversación se prolongó durante la madrugada. Él la besó y ella le devolvió la pasión. Participó activamente en el encuentro de sus bocas y en algunas caricias, «pero en un momento dado le pedí que parara. Fui clara. No hubo lugar a la malinterpretación. Dije "no". Estaba saliendo de una relación de mucho tiempo y, aunque la ruptura era casi un hecho, todavía no se había producido y no quería ser infiel a mi pareja. Se lo expliqué. Le expliqué la razón de mi rechazo, le confesé que me gustaba y que en otras condiciones habría hecho el amor con él, pero no en aquellas. Él insistió, seductor, quizá pensando que cambiaría de opinión». Ella, incómoda, aceptó su beso una vez más, pero finalmente le puso ambas palmas contra el pecho para alejarle. «Le dije que "no" significaba "no". Se lo tomó a mal y, de repente, toda su caballerosidad y toda su elegancia se desvanecieron. Se le torció el gesto y se puso violento».

Según cuenta Alina, Lázaro le golpeó en la cara, le rompió el vestido, la tumbó en la cama y le rasgó las bragas, para a continuación tomarla con violencia.

En la entrevista Alina reconoce que no gritó ni pidió auxilio. Se quedó bloqueada. Incapaz de creer que le estuviese sucediendo algo así. Con el complejo de culpa de que se lo había buscado. Durante años pensó, ahora reconoce que confundida, que tenía lo que se merecía. Si tonteas con un hombre, te besas con él y le acompañas a su habitación, ¿qué puedes esperar? Además, él había bebido bastante, lo que en su cabeza le justificaba un poco.

No debí subir nunca a la *suite* con él, jamás debí aceptar su invitación. Si no he denunciado antes es porque he llevado siempre la culpa encima, pero, al comprobar por las encuestas que Lázaro podía convertirse en diputado e incluso llegar a formar parte de un gobierno, me alarmé. España no puede tener a un violador en el Congreso. Me aterra solo pensar en esa posibilidad. Por eso me he decidido a hablar.

Lázaro se frota la cara.

A través de las ventanas se escuchan sirenas. Se asoma a mirar. Ve aparecer tres vehículos de la Policía. Intentan abrirse paso entre la nube de periodistas que bloquean la entrada al polígono.

Vienen a por él.

Se queda pegado al cristal contemplando la escena. Piensa en Jesús, su abogado. En los últimos tiempos se ha distanciado bastante de él. Tenían una relación estrecha, pero algo en su forma de ser chirriaba, le parecía oscuro. El empresario nunca supo identificar de qué se trataba, pero lo apartó por instinto. Ahora lo necesita de nuevo. Tiene fama de agresivo y duro, pero lo más importante es que suele ganar todos sus casos. Eso precisa él, un buen profesional. Mientras observa cómo la Policía trata de avanzar entre los periodistas, descuelga el teléfono y le llama.

—Te estaba esperando —responde el letrado a modo de saludo.

—¿Crees que puedes venir a la empresa ahora, por favor? Es una cuestión de extrema urgencia.

—Te iba a gastar una broma diciéndote que estaba tumbado en una hamaca en una paradisiaca playa del Caribe, pero supongo que no procede. Si te asomas a la ventana, me verás. Soy el motorista que va detrás de los coches de la Policía y que levanta el brazo ahora mismo. He leído el periódico hace un rato y he intuido que me necesitarías.

—Te veo —dice Lázaro mirando otra vez desde la cristalera de su despacho. Ha identificado a Jesús perfectamente por el brazo en alto que no para de agitarse de lado a lado.

—Voy a tratar de llegar antes que ellos. Si no lo consigo, sabes cuál es la norma suprema, ¿no?

—¿No decir nada hasta hablar contigo?

—Ese es mi chico. ¿Me das permiso para hacer una travesura?

—Estás en tu casa.

—Aguanta dos minutos, futuro presidente, que enseguida estoy ahí.

Lázaro ve cómo Jesús aprovecha el desconcierto para colarse con la moto por un hueco que hay entre la barrera y la valla, por encima del jardín. El de seguridad está tan ocupado que no se da ni cuenta.

Jesús siempre viste con trajes hechos a medida y corbata, hasta los fines de semana, como si el trabajo dirigiera su vida, permanentemente dispuesto a interrumpir lo que haga falta y salir corriendo a atender a un cliente. Alguien podría pensar que solo un soltero puede entregarse así a su profesión. No es el caso. Jesús tiene mujer, Sol, e hija, María, pero en muchos aspectos él no es un abogado penalista normal.

Al principio, su esposa se quejaba de sus ausencias, sin embargo ya no protesta; al revés, se alegra. Sol hace mucho que no siente nada por su marido y prefiere que pase el mayor tiempo posible lejos mientras ella despilfarra a manos llenas la enorme fortuna que Jesús ha acumulado. La niña acaba de cumplir diez años, y aunque parezca mentira, se ha acostumbrado a la sensación de abandono y al desinterés. Sí, desinterés. Cuando Jesús llega a casa, jamás la coge en brazos o juega con ella. Si acaso le toca la cabeza y le pregunta cómo ha ido su día de colegio, pero suena más a frase hecha que a verdadero interés. Jamás ha querido asistir a las funciones del colegio, a las actividades deportivas o leerle cuentos por las noches. La pequeña, que es muy despierta, intuye que su padre no la quiere y se siente culpable. Cree que ha hecho algo, no sabe qué, que provoca su desprecio. Ella, en cambio, le adora.

Jesús, a diferencia de ellas, nunca sintió nada por ninguna. Eligió a su esposa porque pertenecía a una buena familia que le abrió las puertas de la élite en Castellón. Pura estrategia. El embarazo fue un accidente. Hubiese preferido que no naciera, pero llegó y allí estaba. Existía. ¡Qué le iba a hacer! Esquivaba su presencia siempre que podía, como evitaba a los clientes sin dinero. El abogado no recuerda haber sentido algo especial ni por ellas ni por nadie, ni siquiera por su madre. Jamás. Tampoco por su padre o sus hermanos. Todos los seres humanos próximos a él trabajan de peones en el tablero de sus ambiciones y ahora anhela algo que solo Lázaro le puede dar.

Jesús de siempre posee una especial habilidad para identificar a la gente a la que parasitar. A Lázaro lo conoció hace más de dos décadas y enseguida detectó en él a un triunfador. Supo que tendría éxito, aunque reconoce que nunca sospechó que alcanzaría las cotas actuales, candidato a la Moncloa. Esa es una grata sorpresa. Se arrimó a él con inteligencia y se convirtió en una de sus personas de confianza. Además de gestionar la parte legal de sus negocios, la soltería de Lázaro había favorecido que asistiesen a numerosos actos juntos, lo que de alguna manera les concedió cierta intimidad. Este mismo patrón lo repitió con numerosos empresarios de la costa mediterránea que se le pusieron a tiro y desde allí expandió sus influencias a la capital. Así construyó una cartera de clientes que incluye alguna de las empresas del Ibex 35 y que le han convertido en millonario.

A Jesús no se le escapa que en los últimos meses a su amigo Lázaro le ocurre algo. Nota falta de fluidez en las confidencias y que incluso le evita; no sabe bien por qué. Quiere creer que la causa es ajena a él y que quizá se ha enamorado de alguna mujer. Para confirmar sus sospechas, le pide a la persona que realiza sus encargos especiales que le siga durante unos días. No descubre nada que justifique el distanciamiento, pero ya da igual, la acusación de violación les ha vuelto a unir. «¡Bendita detención!», piensa. Cuanto peor le va a sus amigos ricos, mejor le va a él. Paradojas del cariño.

Lázaro se declara inocente. No dice una sola palabra más y, aunque se muestra amable con los agentes, le engrilletan con las manos a la espalda.

—Agentes, no va a huir a ningún sitio —protesta el abogado—. Es una humillación que ustedes le saquen así, les recuerdo que la entrada está llena de periodistas y van a grabarle todas las cámaras. Tengan un poco de consideración y dejen que lleve las manos sueltas.

—Lo siento —responde el policía de mayor graduación—. Cumplimos órdenes. Contra este señor hay una denuncia por violación.

—Este señor se llama Lázaro Arnau —explica irritado Jesús—. En cuatro días se celebran unas elecciones generales en las que mi cliente se presenta como candidato a presidente del Gobierno. Lidera la tercera fuerza política de este país. Si le sacan esposado le van a perjudicar mucho en sus aspiraciones políticas. Les ruego que reconsideren su decisión y le dejen acompañarlos voluntariamente con las manos libres.

—Le repito que tenemos órdenes de ponerle las esposas, como a cualquier acusado de violación.

No hay manera de convencerles. Ni siquiera de que metan un coche en el garaje para evitar la humillación. Los periodistas lo agradecen porque pueden grabar a Lázaro engrilletado mientras camina hacia uno de los vehículos policiales. Las cámaras de fotos suenan en ráfaga, como cuando una estrella del cine posa en la alfombra roja. La secuencia tiene una fuerza absoluta. A los medios, en una época de crisis, disparar el consumo les viene muy bien, y esta historia va directa al pódium de la fascinación de la opinión pública. Cautiva a los lectores, copa portadas y abre telediarios.

Un aluvión de furgonetas de televisión llegadas de Madrid rodea la sede de Brotes Verdes en Castellón. En el interior del pequeño edificio reina el caos. Nadie sabe muy bien qué hacer ni qué decir. El éxito del partido se basa en la figura de Arnau y su magnetismo. El resto de los cargos dentro de la formación son unos pocos desconocidos que han ido asomándose a la popularidad a su sombra. Saben que si Lázaro cae, el proyecto político ecológico lo hará con él.

Tras mucha discusión interna, al final de la mañana deciden ganar algo de tiempo y se envía a los medios una breve nota de prensa en la que se anuncia que el comité de dirección celebrará esa misma tarde un encuentro para analizar los recientes acontecimientos y tomar algún tipo de determinación. Los periodistas bloquean la pequeña entrada de la sede minutos antes de que comience. Les cuesta identificar a los responsables políticos, básicamente porque no los conocen. Nunca han copado titulares. Por eso, cuando detectan que una persona trata de abrirse paso para acceder a la sede, una trinchera de micrófonos le impide seguir avanzando.

—Pero ¿qué me va a parecer? Pues muy mal —contesta un hombre al que le preguntan por la detención de Lázaro.

—¿Quién es usted? Se podría identificar con nombre y cargo, por favor.

—Casimiro Iturralde García. Soy el de la limpieza.

Las espumillas se retiran con desagrado. Casimiro sigue su camino sintiéndose un don nadie y renegando de los periodistas. Su opinión vale como la de cualquiera, piensa.

La siguiente en aparecer es una mujer. Cuando se aproxima a la puerta, una muralla de cámaras le bloquea el paso.

—Mi posición, la que voy a defender en la reunión, es que se le abra un expediente disciplinario a Lázaro y se le expulse —anuncia contundente tras escuchar las preguntas—. Un partido político como el nuestro no puede mantener como líder a un sospechoso de violación.

—Entonces, ¿quién va a encabezar las listas al Congreso?

—Sinceramente, no lo sé. No tengo claro que lleguemos con los plazos para sustituirle como cabeza de lista en las elecciones. Si no renuncia él, probablemente este partido se vea forzado a presentarse con un todavía líder detenido y tal vez en prisión. Quizá no podamos hacer otra cosa, los estatutos son los estatutos, pero en cuanto sea viable, le expulsaremos. Gracias —concluye, antes de abrirse paso hacia la entrada.

Poco después llega un varón. Tampoco nadie sabe quién es.

—Estoy profundamente preocupado por los tristes acontecimientos que hemos conocido todos hoy. Lo primero que quiero hacer es trasladarle mi apoyo y solidaridad a la mujer que ha presentado la denuncia. Dicho esto, también os recuerdo que hay que ser prudente. Lázaro Arnau preside nuestra formación. Ha sido detenido, como bien sabéis, pero poco más sabemos. Os pido que respetéis su presunción de inocencia y en cualquier caso que no vinculéis el supuesto comportamiento de la esfera privada de nuestro cabeza de lista con el proyecto político innovador y verde que nosotros defendemos.

—¿Va a apoyar la expulsión del partido de Lázaro?

—No voy a apoyar que se le linche en la plaza del pueblo o se le queme en la hoguera. Tenemos una acusación de una mujer, que les recuerdo que ha hecho en un medio de comunicación, no en un juzgado. Vamos a esperar a que la ratifique y ver qué dicen las pruebas y, si se determina su culpabilidad, ojalá no salga nunca de prisión.

—¿Está usted sugiriendo que la víctima miente? —le lanzan a la cara.

El hombre se da cuenta de la perversión del lenguaje. Antes de que haya una condena ya llaman víctima a la mujer. Si hay víctima, hay agresor. Entonces, ¿para qué juicios?, piensa. Baraja la idea de darles esta perspectiva y de decirles que de momento se trata de una denunciante, pero la descarta. No es políticamente correcta y las elecciones están a la vuelta de la esquina.

—Yo no sugiero nada —tarda en responder—. Describo un hecho objetivo.

—Hace unos minutos, *El Continente* ha publicado un vídeo de la víctima huyendo de su agresor despavorida —le informan—. ¿Lo ha visto? ¿No le parece una prueba definitiva?

—Me lo han mandado mientras venía hacia aquí y lo he visto por encima. En ese vídeo, corríjame si me equivoco, observo a una mujer salir corriendo de una habitación, pero en ningún fotograma veo a Lázaro. ¿Lo han visto ustedes? ¿A que no? ¿Y si Lázaro no estaba en la habitación? ¿Alguno de ustedes tiene alguna prueba de que se encontrase dentro? —les pregunta a los periodistas, pero no encuentra respuesta—. ¿Lo ven? Por eso les pido prudencia y mesura.

—¿Qué gana la víctima mintiendo? —le pregunta alguien.

Al principio duda, pero al final acaba respondiendo.

—Yo no digo que mienta, pero sí me hago preguntas. ¿Se han olvidado de que hace unos días Brotes Verdes obtuvo en el CIS un espectacular aumento en la intención de voto? ¿Recuerdan que hay unas elecciones este domingo?

La andanada provoca un colapso entre los informadores, que quieren profundizar en la tesis que ha planteado.

—¿Está sugiriendo que hay un complot político contra Lázaro? —se lanzan a morder todos.

—Yo no sugiero nada —se defiende el hombre, consciente del lío en el que se ha metido y del que quiere escabullirse—. Solo les trasladaba una reflexión. Ustedes son los periodistas. Investiguen.

—¿Quién puede estar detrás de esa supuesta trama? —pregunta otro informador al que la respuesta anterior no le vale.

—Yo solo sé que Brotes Verdes no agrada a las empresas más contaminantes de este país y me atrevería a decir que del mundo. Multinacionales que manejan presupuestos descomunales. Insisto, investiguen ustedes por ahí, que a lo mejor se llevan una sorpresa. —Se nota que el político no está cómodo y, mientras habla, ha aprovechado para irse abriendo camino hacia la entrada—. Tengo que entrar. Muchas gracias.

Las preguntas arrecian, pero el hombre no vuelve a abrir la boca.

Cuando ya está solo en la sede, sonríe. Ojalá se enreden en esa historia, quizá así logre taponar la pérdida de votos por la detención. Además, si algo tiene una buena conspiración es que jamás se termina de desentrañar. Las leyendas urbanas quedan en el acervo popular, como en el caso de las niñas de Alcàsser.

A la misma hora que comienza la reunión de urgencia de Brotes Verdes, el periódico *El Continente*, que había ofrecido en primicia la entrevista de Alina, agita aún más las ascuas de la noticia. Publica en su web un vídeo de las cámaras de seguridad del hotel en el que se produjo la presunta agresión sexual. Se observan las zonas comunes, pasillos y *hall* de entrada. En las imágenes, se ve a Alina salir huyendo de una habitación, descalza, con el vestido negro medio roto y visiblemente nerviosa. Parece intuirse cierta rojez en el rostro. La escena es indudablemente dura. No caben interpretaciones ni conclusiones alternativas. Se trata, sin duda, de una mujer aterrorizada que escapa de su agresor. La secuencia final corresponde al momento en el que abandona el hotel huyendo.

En el cuerpo de la noticia se asegura que en el interior de la habitación estaba Lázaro. El periodista que firma la información asegura que sus fuentes le cuentan que el empresario es amigo del dueño y que este le cede gratuitamente la *suite* si cuando la solicita está vacía. En el registro de recepción no consta quién la usó aquella noche. De hecho, aparece como que nadie la utilizó, pero el diario afirma que disponen de testimonios que confirman la presencia de Lázaro.

Jesús consigue colar su móvil en el calabozo de la Jefatura Superior de la Policía de Castellón, donde su amigo permanece detenido. En el ambiente flota un aroma sucio que el abogado identifica con pobreza, con los perdedores de la sociedad. Es la parte que menos le gusta de su trabajo, oler la penuria. Aguanta el asco que le produce y le enseña a Lázaro la secuencia.

—¿Te suena? ¿Te dice algo?

El empresario reconoce el interior del hotel perfectamente, ha dormido infinidad de noches en la *suite* donde suele llevar a sus aventuras.

—Es el Luz.

—Te hablo de la chica.

Lázaro parece desconcertado. A Jesús le da la sensación de que para su amigo aquella mujer, como mucho, es una sombra borrosa. Parece esforzarse pero no consigue identificarla. Quizá ha pasado mucho tiempo o que, como con una vida sexual tan ajetreada, se le mezclan las caras de sus conquistas.

—¿Nada? ¿No te viene nada?

Lázaro niega con la cabeza.

—Se llama Alina, no es un nombre común —insiste.

—¿Alina? ¿Española?

—No lo sé, pero me parece todo muy sospechoso.

—¿Sospechoso? ¿Por qué? —pregunta el empresario.

—Fíjate en que se han hecho públicas las imágenes de una mujer que sale corriendo de una habitación, con la ropa rasgada y con apariencia de haber sido golpeada y violada, pero tu rostro no aparece por ningún lado. Se supone que estás dentro de la habitación, pero ¿y si mienten? ¿Y si dentro de esa *suite* no estás tú?

El empresario le contempla interesado. Estas son las cosas que le gustan de Jesús. Tiene la mente entrenada para la discrepancia.

—Si la mujer salió de la *suite*, también debió de entrar. En la entrevista ella asegura que llegasteis juntos. ¿Por qué esas imágenes no se han filtrado? Hasta ahora hay una denuncia de una mujer y un vídeo, pero tú no apareces por ningún lado.

—¡Tienes toda la razón! —levanta la voz el detenido—. ¿Crees que el juez lo verá así?

—¿Y si te han tendido una trampa? ¿Y si alguien se ha puesto nervioso con el resultado del CIS?

—¿Tú crees? —pregunta algo más escéptico Lázaro—. Nunca me han ido mucho las conspiraciones.

—¿Tú sabes los millones de euros de presupuestos que manejarías si entras en el Gobierno? ¿El poder que tendrías y las influencias que podrías llegar a ejercer? Si pactas con el PSOE y te dan un ministerio en el futuro gobierno, el de Transición Ecológica, que lleva tu nombre, va a haber mucho empresario contaminante que te odie, incluso fuera de nuestras fronteras. Por ejemplo, los vinculados al mundo del petróleo, y precisamente en Castellón, en el puerto, tenemos una de las mayores refinerías del país. España contigo puede ser pionera y ejemplo para el resto. Debe de haber mucha gente temblando. Para mí que tienes muchos enemigos que te desean lo peor.

—Me parece algo exagerado. Lo que planteas parece más un guion de cine que la realidad.

—Quizá lo sea, quizá no —admite el letrado—. Pero es creíble y la prensa se muere por un buen culebrón. Si les lanzo ese hueso y lo muerden, nos vendrá muy bien.

—Olvídate de la prensa, quiero salir de aquí, ¿cuándo crees que lo puedes lograr? —pregunta. Jesús le nota desesperado. Jamás antes le había visto perder la compostura de esa manera y su debilidad le molesta—. Explícale al juez lo que me has dicho a mí, que no se me ve en el vídeo.

—Está complicado, te diría que casi imposible, pero lo intentaré.

Jesús tiene por norma dar pocas esperanzas. Así, cuando consigue algo positivo, el cliente queda deslumbrado. Reconoce que su comportamiento no es ético, pero al infierno con la ética, y piensa en la cantidad de compañeros de profesión que, por guardar las normas de la moral, jamás se harán millonarios.

—Tengo que salir de aquí. Yo no he violado a ninguna mujer —reivindica Lázaro antes de romper a llorar.

Jesús lo abraza porque eso es lo que se espera de un amigo, no por reacción espontánea. A él nunca le ha salido consolar al triste o al herido. Menos con su actual profesión. Ha visto a mucho culpable llorar y clamar por su inocencia, y luego las pruebas demostraban que se merecía el Goya por su extraordinaria interpretación. A Lázaro le ve capaz de cualquier cosa. Se rumorea que sus empresas no van tan bien como la opinión pública cree. El invento del acumulador de energía eléctrica quizá sea falso y encubra una realidad contable desastrosa. En algún foro de internet ha leído que el rumor de su existencia se dejó correr para disparar el valor de la empresa en bolsa. ¡Quién sabe! Lo que sí conoce de primera mano es que Lázaro tiene una obsesión con el sexo que raya en lo compulsivo.

—Me voy —anuncia al tiempo que deshace el abrazo. Comprobar que Lázaro puede ser un perdedor le provoca rechazo, pero si le saca libre… ¡Ay, si lo logra!

—Vale.

—El juez ha citado a la tal Alina para tomarle declaración. Voy a asistir a la testifical a ver si logro pillarla en alguna contradicción. Si se tiene aprendido el discurso, poco podré hacer y lo probable es que su señoría te mande a prisión. Vete haciendo a la idea.

—Jesús, sácame de aquí. Te lo ruego —pide con restos de lágrimas en los ojos.

—Lo intentaré, Lázaro, pero los milagros son cosa de Dios. Yo solo ofrezco trabajo.

Ya en la calle, el abogado se sacude la chaqueta un poco porque le parece percibir que se le ha quedado impregnado el olor a miseria. La peste de los perdedores.

Ariel Gómez lleva toda la tarde repasando cifras. Las ventas de *La Península*, el diario que dirige, han caído en picado. El balance de ingresos y gastos no cuadra ni haciendo juegos malabares. Cuando le entrevistaron para el cargo aseguró estar dispuesto a hacer lo que fuese necesario para obtener la designación. «Queremos buenos resultados, y si de paso nos convertimos en referentes de la actualidad, fabuloso, pero por encima de todo, los números. Cómo lo logres es tu problema», le advirtieron. Aceptó el reto. El anterior director gastaba mucho dinero en permitir que sus periodistas investigaran para conseguir las mejores noticias, lo habitual en el ámbito periodístico. También entendía que ir con sosiego ayudaba al éxito. Ariel puso freno a esa forma de trabajar. Él rebajó los gastos, exigió resultados inmediatos a sus subordinados e instauró la norma de producir al menos tres piezas al día. «Espero que siempre contemos la verdad, pero estoy dispuesto a ser laxo en este aspecto a cambio de buenos datos de consumo», anunció en lo que pareció una invitación a relajar las normas y potenciar la exageración, e incluso la mentira, a cambio de lectores.

—Quiero al mejor redactor de Nacional y al mejor de Sucesos en mi despacho, ya —grita el director del periódico *La Península* a su subdirector, Jaime.

El hombre obedece de inmediato, sabe de los legendarios ataques de ira de Ariel y nota que está al borde del estallido. Ojalá le pille lejos cuando llegue la deflagración.

Se acerca a grandes zancadas a las dos secciones. Quiere evitar que nadie le vea agobiado. Con un gesto que le parece resolutivo y displicente a partes iguales, señala a los elegidos.

—Tú y tú, seguidme, el jefe quiere hablar con vosotros. —Les señala con el dedo, como si estuviese eligiendo candidatos para el cadalso.

Ambos reaccionan con dudas e inquietud. Quizá el gesto no ha sido convincente y han leído el nerviosismo en su rostro.

—¿Pasa algo? —se atreve a preguntar Juan José, el de más edad.

Jaime se encoge de hombros y acelera el paso de regreso marcándoles el camino a seguir.

Los dos entran en el despacho de Dios agarrotados. Así le apodan desde el primer día porque es todopoderoso y omnisciente: se entera de todo. Tiene soplones en cada esquina.

—Sentaos —ordena, señalando una gran mesa de reuniones—. ¿Estáis siguiendo el caso Lázaro?

Silvia y Juan José asienten, pero sin atreverse a articular sonido alguno.

—¿Qué exclusiva llevamos mañana sobre este tema?

Dios acaba de tirar la red de cazar y los dos saben que no hay salida posible. Son sus presas.

Ariel los mira, esperando una respuesta que no llega.

—Mis mejores redactores, los diamantes de *La Península*, vuelvo a preguntaros: ¿qué exclusiva tenemos de este asunto para mañana?

Juan José baja la cabeza, abrumado por la tensión. Silvia aguanta asustada, pero sin mirar al suelo.

—¿Nada que llevarme a la boca? ¡Qué decepción! —levanta la voz enfadado.

—Estamos haciendo un seguimiento del vídeo —murmura Juan José sin separar la barbilla del pecho.

—¡Habla como un hombre, que no te oigo!

Juan José carraspea aclarándose la voz y buscando valor.

—Digo que estamos haciendo un seguimiento del vídeo, de la denuncia de la víctima y de la detención de Lázaro.

—Eso ya lo he leído en nuestra competencia. Dime algo que no sepa. Te he preguntado por algo nuevo y exclusivo —le reprocha con extrema frialdad.

—También estamos tratando de recoger reacciones y saber cómo va a afectar a su candidatura a la presidencia del Gobierno —logra continuar Juan José. Su tono se ha vuelto a encoger y es menos que un susurro.

—¡Qué novedad! Obviamente que la detención va a influir. Se va a pegar una leche sideral, pero no hace falta ser Sherlock Holmes para dar esa noticia. ¿Eso es todo?

El silencio de ambos confirma que no hay más que contar.

—No creí que os debiera explicar esto, pero lo voy a hacer. —Su tono de voz va cargado de enorme violencia—. La prensa en papel en España se muere y eso significa despidos. Quizá el vuestro. Probablemente el vuestro. Cada vez se venden menos periódicos y la publicidad huye a otros sitios con más visibilidad. Ya hemos tenido un doloroso expediente de regulación de empleo. Hay que cambiar el modelo de negocio. El futuro es digital. La web tira, pero todavía no genera suficientes ingresos. No sé si entendéis el panorama. Muchos de los periodistas de este país no se van a poder jubilar ejerciendo esta profesión, y las nuevas generaciones, o no se van a colocar, o van a tener trabajos precarios. Si queréis sobrevivir y seguir toda la vida contando noticias, tenéis que dar el doscientos por cien. ¿Me explico?

Los dos asienten. Silvia le sostiene la mirada, pero Juan José sigue con la barbilla pegada al pecho.

—La denuncia contra Lázaro y su detención han hecho que se batan los récords de consumo en la web —continúa sermoneándoles Dios—. Solo tenéis que mirar el panel digital de la redacción con el *ranking* de las informaciones más leídas. En primer lugar, con mucho de diferencia, la detención de Lázaro. ¿Os imagináis cómo habrían aumentado las visitas si nosotros hubiésemos entrevistado en exclusiva a la víctima y hubiésemos publicado el vídeo del hotel?

Los dos vuelven a asentir.

—Las tres pes: publicidad, prestigio y pasta —enumera levantando los dedos al ritmo que pronuncia las palabras—. ¿Os ha quedado claro?

—Muy claro, señor —logra decir Juan José.

—Pues ya podéis traerme algo bueno hoy mismo, porque de lo contrario tendré que poner a otros con esta historia mientras que vosotros metéis las cosas en cajas. ¿Ha quedado claro?

Silvia y Juan José vuelven a asentir.

—Pero vamos a llevarnos bien. Todavía tenéis tiempo de salvar el culo —dice dulcificando la voz—. A ver, un tío que violó a una chica hace diez años, por narices, tiene que haberlo hecho más veces antes y después. Es de cajón. No siente el impulso así, de repente. Quiero que llaméis al hotel, que convenzáis al de la puerta, al de la recepción, al de seguridad, lo que sea, pero enteraros de si llevaba a otras chicas allí, cuántas, si hay más vídeos... Quiero violadas. La culpabilidad vende.

—Estoy al habla con una mujer de Castellón —se atreve a tomar la palabra Silvia por primera vez— que dice haber sido víctima de Lázaro. Asegura que la agredió sexualmente en el mismo hotel hace un par de años. Me ha contactado a través de una red social.

—¿Y por qué no lo habías dicho antes? ¡Su testimonio suena a música celestial en mis oídos! Sabía que no me confundía contigo.

—Jefe, por lo que me ha escrito y las respuestas que me ha dado, me da la sensación de que se lo inventa. Es solo una intuición, pero a Lázaro le asiste la presunción de inocencia. Contrastar y contar la verdad son principios fundamentales del periodismo.

—El principio básico es vender. Que hagan clic en tu noticia. Cuantas más veces pinchen en el link, más publicidad nos mete Google. El periodismo actual se reduce al dinero, el que paga tu sueldo y el mío. Luego viene lo demás y al final del todo, en última posición, la presunción de inocencia. Lázaro es más culpable que Judas. Lo creo yo y es lo que piensa todo el mundo, esos que te recuerdo compran nuestro periódico. A ellos les importa una mierda que no haya condena firme. Quieren escándalos. Ya después veremos si son verdaderos o falsos. Así que déjate de remilgos, coges la presunción y te la metes donde quieras, pero yo no voy a jugar con el pan de los empleados de este diario. La entrevista se hace y se publica. Además, mientras yo dirija este periódico, se escribirá como si Lázaro fuese culpable. Lo tenemos que sugerir en la forma de redactar, pero sin incurrir en delitos de injurias o calumnias que nos puedan costar una condena. Metemos algún «presunto» de por medio en el texto y aviado.

—Pero es que… —hace amago de protestar Silvia.

—Ni pero ni pera. ¿Quién eres tú para juzgar a esa mujer que dice que abusó de ella? ¿Juez, y yo no me he enterado?

—A ver, jefe —insiste Silvia, terca, aunque intuye que se está metiendo en un lío importante—, puede que se lo esté inventando para ganar fama o porque esté simplemente loca. No es la primera vez que ocurre.

—Me dan igual tus dudas morales. Me importan un pito. Quiero la historia de esa mujer en portada mañana. ¿Venderemos periódicos con su testimonio? Sí. ¿Aumentará el consumo en la web? Sí. No hay más que hablar. Si luego se demuestra que nos ha engañado, ya contaremos que se trata de una estafadora.

—Con todo el respeto, el periodismo consiste en contar la verdad.

A Silvia el reproche le sale de dentro, aunque enseguida se arrepiente. No quiere verse en la calle, sin ingresos.

—¿Qué has dicho? —pregunta lleno de rabia Ariel. Tiene los ojos inyectados en sangre y la mandíbula en tensión.

—Solo que necesito un poco de tiempo para comprobar su testimonio —pide amedrentada—. Discúlpeme si le he molestado. No lo pretendía.

—Dale el nombre de esa mujer a Juan José —ordena haciendo un ejercicio de autocontrol para no despedirla en ese mismo instante—. Se va a encargar él del tema. Le escribes, le pides la dirección y el teléfono, y te vas ahora mismo a Castellón. La entrevistas —ordena dirigiéndose al periodista—, y que el fotógrafo le haga una sesión completa. El tema va mañana en portada. Y tú, Silvia, si quieres investigarla para ver si dice la verdad, hazlo, pero en tus horas libres, porque mi criterio editorial y mi prioridad son que localices todos los testimonios que puedas del hotel y hables con los testigos. Todo por teléfono, que no estamos para desplazamientos. Te lo encargo a ti porque tu compañero va a estar muy ocupado con una entrevista en exclusiva que vamos a dar mañana y que será líder de audiencia y de consumo. ¿Ha quedado claro? Y tú —dice dirigiéndose al subdirector—. Sal ahí fuera y pide al resto de la sección de política que busquen por todos lados. Que hablen con todos los del partido y de la empresa. Seguro que habrá alguna mujer que diga que la ha acosado, o que se ha insinuado, o algo. Me da igual si es fea y gorda. La maquillamos, le hacemos el peinado y usamos Photoshop para que parezca deseable. Quiero historias, quiero caras, quiero titulares que llamen la atención. Quiero que nuestras noticias se hagan virales.

El subdirector asiente.

—¿Qué hacéis aquí? Salid a ganaros el pan de una vez —ordena.

A Silvia le hierve la sangre de puro asco. «Esto no es periodismo», piensa.

Lázaro sigue en su celda, ajeno a todo lo que ocurre en el mundo más allá de los barrotes. Desconoce que se ha convertido en el protagonista de la actualidad. Copa portadas y aperturas de telediarios. Los tertulianos solo hablan de él y, por extensión, de la violencia histórica contra las mujeres, del patriarcado y de la lacra que supone la violencia machista. No tiene apoyos, salvo algunos residuales y poco enérgicos. Nadie se atreve.

Antiguamente el poder establecía la censura, pero la desaparición de las dictaduras y la consolidación de la democracia trajo consigo un fenómeno extraño. Los grupos de presión y la sociedad civil en general se habían convertido en los nuevos censores, lo que hacía mucho más difícil la lucha por la libertad. Se censura el pensamiento crítico, la discrepancia. Hay una línea marcada y quien no la siga se coloca voluntariamente en la diana. Por eso a casi nadie le sale a cuenta defender la presunción de inocencia. En nuestros días, apelar a ese derecho básico se interpreta como situarse en la trinchera de la defensa del violador e ir contra las mujeres. Jesús, el abogado de Lázaro, lo sabe. Su propia mujer ha puesto el grito en el cielo al enterarse de que se ha encargado de la defensa de un violador, aunque sea su amigo.

—Nos vas a hundir —le reprocha su esposa.

—Es mi trabajo. No tienes tantos remilgos cuando me contratan presuntos narcotraficantes o grandes empresarios que estafan o distraen dinero. Los emolumentos que les cobro pagan nuestra casa y tu vestuario.

—No es lo mismo.

—¿Cómo que no?

—Los narcos no violan, no ultrajan a las mujeres como si fueran objetos.

—Creo que no entiendes la profundidad de mi trabajo. Yo no trabajo para defender a malas personas, defiendo el Estado de derecho. Vigilo que se cumplan las normas y que cualquier acusado tenga un juicio justo. Además, te recuerdo que la gran mayoría de mis clientes son inocentes. Lázaro también.

—Esta vez no. A la mujer que le ha denunciado, yo la creo —insiste terca—. Se nota que la ha violado.

—Hay mentirosos con muchas tablas.

—¿Has visto el vídeo? ¿Te has fijado en cómo huye despavorida de la habitación? Las imágenes no admiten réplica. ¡Es un violador!

—Discrepo. He visto el vídeo y es cuestionable. Las actrices en las películas resultan igual de convincentes y hablamos de ficción.

—Quiero que dejes la defensa. ¡Por el amor de Dios! Sabes que nunca te he pedido nada semejante, pero en este caso tienes que hacerlo. Si no renuncias, serás el abogado del violador más famoso de España. Eso te convierte en violador a ti y nos salpica a nosotras, a las personas que más deberías querer, tu mujer y tu hija. La prensa nos acosará, hablará de nosotros. Vamos a vivir una pesadilla. Tienes que desistir. Que le defienda otro. ¿No te vale con los millones que acumulas? ¿No te sientes suficientemente respetado? No necesitas este caso. Júrame que lo dejarás. Por nosotras.

—Cariño, tranquilízate, estás muy nerviosa. Tómate una de tus pastillas. Te recuerdo que es nuestro amigo, ha estado en nuestra casa, comiendo. Ha jugado con nuestra hija, se ha bañado en nuestra piscina. Tú misma le tienes un cariño especial, no lo niegues. No sé a qué vienen estas pegas.

En realidad a Jesús la amistad le da igual, y su inocencia también. Su ambición es lo único que importa. Si gana el caso se hará famoso, una estrella en su mundo, se convertirá en el defensor de referencia y le lloverán los clientes. Además, les podrá doblar sus tarifas.

—No le tengo ningún cariño ahora mismo. Ya te lo advierto, ese hombre jamás volverá a entrar en nuestra casa, aunque lo saques inocente. Y tú, renuncia —le advierte brusca y amenazante antes de cortar la llamada.

A Jesús le asombra que su esposa le presione de semejante forma. Hasta ahora, habría jurado, nunca había interferido en su vida profesional. Le dejaba hacer y deshacer lo que quisiera. Él trabaja, él lleva el dinero, el peso de la responsabilidad, y ella solo se dedica a disfrutar de sus éxitos, de su fortuna, aportando solo gastos. No piensa abandonar la defensa. De ninguna de las maneras. Por encima de su cadáver.

Enciende la radio.

—«No» es «no» —escucha que dice una mujer con un desagradable tono de voz. Se la imagina rubia de bote, asimétrica y de nariz torcida y aguileña—. En la entrevista que todos hemos leído, la víctima cuenta que le dijo a Lázaro que no quería mantener relaciones sexuales con él y que el político como si oye llover. Asegura que no aceptó su voluntad, le pegó y la forzó. ¿Qué tenemos que hacer las mujeres para que los hombres entendáis que «no» es «no»?

—Estamos de acuerdo, «no» es «no» —ahora toma la palabra un hombre—. Lo que me pregunto es si no estamos pisoteando la presunción de inocencia de una persona que preside un partido político que ahora mismo, según el CIS, se ha convertido en la tercera fuerza política de este país. De momento, tenemos una denuncia y un vídeo de oscura procedencia en el que él no aparece por ningún lado. ¿Quién y por qué ha filtrado ese vídeo? Eso hay que preguntárselo también.

—Ya estamos como siempre tratando de desviar la atención y dudando de la palabra de una mujer. ¿Por qué los hombres tenéis que cuestionarnos siempre? ¿Qué vamos a ganar mintiendo?¿Qué gana la víctima inventándose una violación? Lleváis el patriarcado tatuado en el cerebro. La mujer, cuando denuncia, debe ser escuchada y arropada. Es una víctima. Siempre. Sobre el agresor debe caer todo el peso de la ley. Prisión provisional inmediata y que no salga jamás. Además, al violador hay que marginarlo socialmente. Menos mal que a Lázaro ya lo tenemos detenido, lo que me preocupa es que se presenta como cabeza de lista de Brotes Verdes a las generales del próximo domingo. Debe renunciar ya. Si no lo hace, sus compañeros deberían obligarle y, si no, la Justicia, quien sea. España no puede tolerar que un agresor sexual opte a la presidencia del Gobierno.

Jesús disfruta de la controversia. Le gusta que hablen. Cuanto más engorde la polémica, más ojos estarán pendientes, y él está a punto de subir al escenario. Tendrá un foco con su nombre que le iluminará solo a él. Sonríe feliz.

Anochece.

Jesús aparca en el descampado de tierra que hay frente a la sede de los juzgados de Castellón. Se fija en que están extrañamente iluminados. Según se acerca entiende por qué. Una masa de periodistas y cámaras de televisión, como jamás ha visto antes allí, bloquea la entrada. Se aprieta el nudo de la corbata y se estira para no parecer encorvado. Uno de los informadores que pulula por allí le detecta y se abalanza sobre él. El resto, por imitación, saltan sobre él enloquecidos. Carreras, golpes, gritos y micros, muchos micrófonos en su boca, y preguntas, muchas preguntas en sus oídos.

—Déjenme pasar, por favor —pide con educación. Los focos le deslumbran y los de las cámaras se han puesto delante para grabarle de frente y le impiden el paso. Se da cuenta de que si él avanza, ellos retroceden, pero a velocidad lenta. Entre tanto cable, uno tropieza y se cae. Ninguno de los compañeros le ayuda. Les pagan por conseguir la noticia. Si la pierden por echar una mano a un compañero, recibirán la bronca de los jefes. Jesús le tiende la mano y le ayuda a incorporarse. Le complace ver cómo el resto de cámaras lo graban todo.

Unos minutos después, logra entrar en el edificio de los juzgados. Está satisfecho. Ha sido el foco de interés y no ha revelado nada. Piensa que cuando salga sí hará declaraciones. Les dará algún hueso a los chicos y luego revisará los telediarios para verse. Seguro que su mujer se coge un berrinche de mil demonios, pero le da igual. Si no le gusta, ya sabe dónde tiene la puerta. No se irá nunca. Cuando se casaron lo arregló para que en caso de divorcio no se llevara un duro. Por su bien, más le vale quedarse y mantener el *statu quo* actual. Además, si las cosas se ponen feas guarda un as en la manga.

El juez de instrucción le espera en su despacho. El fiscal ya está dentro.

—Señoría, buenas tardes. Soy el letrado de la defensa. Represento a Lázaro Arnau.

—Jesús, bienvenido. Ya me dijeron que se había hecho usted cargo del asunto. Le presento al fiscal. No sé si se conocen ya.

Ambos niegan con la cabeza y se estrechan la mano.

—Perdone la premura de la citación, pero es que los acontecimientos nos han atropellado a todos —se disculpa su señoría.

—No se preocupe, lo entiendo perfectamente.

—Les confieso que estoy un poco asqueado. Hace dos días una mujer presentó una denuncia en el puesto de la

Guardia Civil de Alcora. Los agentes se dieron cuenta al terminar de tomarle declaración de que no eran competentes porque el delito se había cometido en zona de Policía Nacional y se lo pasaron a sus compañeros por el cauce oficial. Imaginen la burocracia y la lentitud. Hemos perdido un tiempo precioso. Entre unas cosas y otras, para cuando me ha llegado el tema esta mañana, la buena mujer ya había acudido a un periódico a contar su historia. He mandado este mediodía a un funcionario a su domicilio en l'Abeller y le ha dejado en casa una citación urgente para esta misma tarde. Y aquí estamos, esperando. Pero ya le digo, señor fiscal, que no me gusta ni un ápice que la denunciante haya hablado con la prensa antes que conmigo.

—Ya sabe cómo son los periodistas. Seguro que habrán utilizado cualquier treta. No se detienen ni respetan nada. Para ellos no existe respeto por la instrucción, solo existe la noticia. En cualquier caso, convendrá conmigo en que este hecho no desmerece el contenido de la denuncia.

—Ya veremos —murmura su señoría, taciturno.

Jesús contempla el despacho. No es el de un funcionario de paso, pero tampoco es que lo haya personalizado demasiado. Una mesa enorme en un extremo, extrañamente vacía de papeles, con dos sillas de confidentes para las visitas. Sobre la mesa lucen enmarcadas un par de fotografías personales, una del magistrado con su mujer y otra con sus dos hijos. El pelo de la esposa le llama la atención: lleno de mechas moradas. Al abogado le sigue desagradando su aspecto. En el otro extremo de la habitación, una mesa alargada de reuniones. Esa sí, atestada de documentos.

—Señoría, ya que tenemos que esperar, ¿puedo ver la denuncia?

—Aquí la tiene —le ofrece alargándole el papel—. Todavía no he decretado el secreto de sumario y no sé si lo haré. Está ya todo publicado en los medios.

—¿No hay nada más? —pregunta Jesús después de repasarla.

—Además de la denuncia, tiene las diligencias policiales de la detención con la lectura de derechos, la reseña policial de su cliente, su negativa a declarar ante la policía por consejo de su abogado, usted, y poco más.

—Y el famoso vídeo, ¿no ha sido aportado?

—Lo ha visto España entera, pero aquí no ha llegado. Si mira en internet, lo encuentra fácil.

—Quería cotejar que coincidiese con el original y no hubiese saltos ni modificaciones.

—De un tiempo a esta parte las investigaciones policiales se ventilan antes en los medios de lo que llegan a nuestras manos —entra en la conversación el fiscal—. La opinión pública es de consumo rápido: lo veo, lo quiero, lo compro. Necesitan saber ya, resolver las incógnitas inmediatamente y determinar culpables o inocentes en cuanto ocurren los hechos. Justo lo opuesto a la justicia, que lleva su tiempo de investigación, análisis y reflexión.

—Quizá demasiado. La justicia lenta no es justicia —apunta su señoría—. La falta de medios nos convierte en tortugas.

—Apresurarse aumenta el porcentaje de errores —se atreve a corregirle el fiscal sin pudor.

—Ir demasiado lento alarga la condena social del sospechoso —rebate el juez.

—Estoy de acuerdo con ambos —tercia Jesús—. No es incompatible tener más medios con hacer las cosas siendo escrupuloso. Espero que en este caso vayamos con celeridad y que la presión de la calle no influya a la hora de dejar a mi cliente en libertad. Sin lugar a duda, se trata de una denuncia falsa que está perjudicando gravemente la carrera política de Lázaro. Les recuerdo que tenemos a la vuelta de la esquina unas elecciones generales.

—Si la víctima declara con consistencia y ausencia de contradicciones, y el fiscal me lo pide, su representado tiene todas las papeletas para ir directo a prisión.

—Señoría, esperemos a ver qué declara la mujer, no nos adelantemos, quizá la denunciante se arrepienta de sus mentiras, o a lo mejor su testimonio es tan contradictorio e inverosímil que se cae por su propio peso. En todo caso, de momento es denunciante, lo de víctima aún no lo sabemos, ¿no?

—Esperemos —zanja su señoría.

Veinte minutos después, el magistrado no aguanta más. Coge su propio teléfono y llama al móvil que Alina aportó en la denuncia. Está apagado.

—Julia, ¿está usted ahí? —pregunta por el interfono a la letrada de la Administración de Justicia.

—Presente —responde.

—Mande ahora mismo a un coche patrulla a la casa de la mujer que ha denunciado a Lázaro por violación —ordena—, y que me la traigan inmediatamente, aunque tengan que ponerle las esposas. No quiero pérdidas de tiempo, que vengan cagando leches. Tienen mi autorización para usar las sirenas y saltarse los semáforos si es necesario.

Jesús no dice nada, pero está contento. Si la paciencia del juez con la denunciante se agota, también lo hará su permisividad con ella. Es curioso cómo la justicia, que no debe tener sentimientos, está influida por el humor de los seres humanos.

Media hora más tarde, cuando el juez ya está en proceso de ebullición, suena el interfono de nuevo.

—Señoría, tengo a los de la patrulla al otro lado del hilo telefónico —anuncia azorada la letrada de la Administración de Justicia—. Me cuentan que han llamado insistentemente al timbre y nadie abre. Preguntan qué ordena su señoría.

—Páseme la llamada a mi teléfono. Ya hablo yo con ellos.

Transcurren unos minutos en los que la paciencia del juez va menguando con la rapidez de una tableta de chocolate en un patio de colegio.

—A sus órdenes —escucha que saluda uno de los agentes.

Su señoría, impaciente, le increpa.

—Explíqueme claramente qué es lo que le impide realizar mi encomienda. Tengo claro que nadie responde, pero ¿las ventanas están cerradas, se ve el interior, hay algo extraño?

—Señor, desde donde estamos, aparentemente todo está en orden alrededor de la casa. Las persianas están bajadas y no podemos ver qué hay en el interior. Lo único raro es un mal olor que flota en el aire y no sabemos de dónde sale. Quizá de la casa. ¿Qué ordena que hagamos?

Los engranajes mentales del juez se mueven a toda velocidad.

—Agente, lo primero, están en un chalé o similar, ¿no?

—Correcto, señor. Es una casa individual, algo descuidada, en Camí Vell.

—Las vallas allí me suenan bajas.

—Eso es.

—¿Pueden ustedes saltarla?

—Sí, creo que sí.

—Háganlo —ordena—. Y no cuelguen.

—A sus órdenes.

El juez escucha ruidos que no logra identificar, algún jadeo, palabras entrecortadas y algún golpe. Aguanta paciente.

—Ya estamos al otro lado.

—Prueben a llamar a la puerta. Si nadie responde, recorran el perímetro por si hubiese una forma de acceso sencillo, qué sé yo, una ventana abierta o algo así.

El magistrado escucha el sonido del timbre, golpes en la puerta y cómo los agentes preguntan en voz alta si hay alguien. No hay respuesta. Oye cómo se organizan para ir cada uno por un lado. Unos minutos después, el agente vuelve a hablar.

—Señoría, todo cerrado a cal y canto. Las persianas son de esas de por fuera del cristal y están bajadas, pero, insisto, huele fatal y sale de la casa. Le diría que resulta hasta desagradable.

—Fuercen la entrada o una ventana. Yo les autorizo y ya les entregaré el auto cuando vuelvan al juzgado. Ahora les voy a colgar para que puedan trabajar. Infórmenme inmediatamente de lo que descubran.

El fiscal y el abogado jamás han presenciado algo igual y, como no saben muy bien qué decir, permanecen a la espera.

Unos minutos después, el teléfono del despacho vuelve a sonar. El juez lo descuelga sin dejar repetir el aviso.

—Diga, agente. ¿Qué han encontrado en la casa?

Escucha mientras se enrolla los pelos de las cejas.

—Comprendo. No toquen nada, avisaré al forense. Una cosa más, ¿ustedes son locales o nacionales? Bien, ¿les importa a ustedes avisar al Grupo de Homicidios de la Policía Nacional en Castellón? Muchas gracias y, por favor, no dejen que nadie pase hasta que yo llegue.

Deposita el teléfono en la base y tras unos segundos de reflexión, que a Jesús se le antojan teatrales, decide informarles con voz grave.

—Han encontrado una mujer muerta en la casa de Alina. Me dicen que a simple vista no pueden identificarla y que no saben quién es.

Un denso silencio inunda el despacho, hasta que su señoría vuelve a tomar las riendas. El abogado de Lázaro nota cómo el juez le mira fijamente.

—¿Decía usted que la denunciante mentía? —le recrimina, mientras se levanta de la silla y se prepara para irse—. Pues parece que le han cerrado la boca.

—Señoría, no saquemos conclusiones precipitadas —se defiende el abogado—. Quizá no sea ella o se trate de un accidente doméstico —aventura.

—¿Accidente doméstico? —repite con ironía el juez.

—Bueno, no se puede descartar, ¿no? —se defiende, asustado—. Esperemos a que el forense se pronuncie.

—Me va a acompañar y así ve usted con sus propios ojos el «accidente».

—Señoría, está fuera de lugar que el abogado de la defensa acuda a la escena de un crimen, más si cabe cuando hablamos de que su cliente fue denunciado por el que puede ser el cadáver ahora —protesta el fiscal.

—Las circunstancias son excepcionales —contesta muy serio—. Además, le recuerdo que en mi juzgado mando yo. En cualquier caso, si quiere, para que haya equilibrio e igualdad de armas entre acusación y defensa, también puede apuntarse a la visita.

A Esther Fabregat, inspectora, responsable del Grupo de Homicidios de Castellón, cadáver más, cadáver menos, le da igual. Lleva años relacionándose con muertos y también se esfuerza por hacerlo con quienes los convierten en fiambres. En su larga trayectoria profesional ha visto de todo. Los primeros casos la impactaron, pero con el paso del tiempo el ojo y el alma normalizaron el horror. Ahora solo se preocupa de averiguar qué ha pasado y detener al culpable. Concentra su instinto y energías en desentrañar el misterio. No hay hueco para el dolor; ya lleva el suyo personal agarrado, uno al corazón y otro a la espalda.

Cuando aquel día la llaman para avisarla del descubrimiento de un cuerpo sin vida de una mujer en l'Abeller, se monta en el coche oficial y conduce hacia la escena sin desobedecer ninguna norma de circulación, sin sirena, hasta con parsimonia. En sus primeros homicidios, corría mucho. Cuando recibía la llamada avisando de un asesinato, la adrenalina se le disparaba. El reto de analizar los detalles, encontrar pruebas, interpretarlas, romperse la cabeza, detener al asesino y socavar su mente hasta hacerle confesar provocaba en ella el éxtasis. Por eso, antes perdía el aliento por llegar a la escena. Iba al límite. Ansia viva. Revolucionaba el coche y conducía por las calles de Castellón como si se tratase de un videojuego.

Una noche, tras un aviso, salió disparada de casa. Como siempre, saltándose las normas por un bien mayor. Luces en el techo y sirena sin piedad. El teléfono le avisó de que acababa de entrarle un mensaje y trató de leerlo. Intuyó una sombra que se movía con el rabillo del ojo. Clavó los frenos instintivamente, pero el coche no obedeció como quería y se deslizó inexorable. Carlos, luego averiguó que así se llamaba el ciclista, tuvo tiempo de girar la cara y ver la muerte llegar. Esther jamás olvidará su gesto de sorpresa y miedo. Fue todo tan precipitado que a veces le atormenta pensar que el hombre no dispuso de los segundos precisos para ver su vida pasar. La investigación la exoneró de culpa. El ciclista no había respetado un semáforo e iba escuchando música a todo volumen. Aun así, había quitado una vida. Había privado a una persona de sus ilusiones, de un futuro y había llenado su entorno de dolor. La ausencia de responsabilidad penal no aminoró la sensación de culpa. Más que nada porque ocultó el dato de que iba mirando el móvil. Solo lo sabía ella. Esa culpa no verbalizada, no compartida, escondida en su cerebro, no paraba de rugir. Quería salir, pero para qué, pensaba Esther. La encerró bajo mil llaves, en lo más profundo. Hubo veces en que creyó que la había domesticado, pero se equivocaba. La culpa es eterna. Cada vez que la avisaban de una urgencia, desinvernaba. Gruñía y daba zarpazos. Para aplacar a la bestia conducía siempre despacio, con mil ojos, y se entretenía haciendo cábalas. ¿Quién será la víctima? ¿Tendrá hijos? ¿Marido? ¿Padres vivos? ¿Amigos? ¿Sería una mujer feliz? ¿Con planes de futuro? Especulaba con las respuestas sin ninguna base. Otras veces cantaba. Cantar le llenaba de alegría. Nada de letras en inglés, solo en español.

Esta vez deja sonar *Pero a tu lado*, de Los Secretos.

«He muerto y he resucitado. Con mis cenizas un árbol he plantado…», vacía sus pulmones mientras conduce, imaginándose encima de un escenario. Cualquier cosa vale para que la fiera no ruja. Hubiera deseado ser artista. Conquistar a las masas en conciertos multitudinarios, que el público enloquecido corease sus letras, que gritasen su nombre, pero Dios y los genes solo potenciaron su capacidad analítica e intuitiva. La voz solo la tenía para comunicarse. Sin ningún otro potencial.

Lleva mitad de canción cuando una llamada la saca del éxtasis.

—Jefa —saluda Jandro, su segundo en el grupo. Esther le nota agitado—. Soy yo. Acabo de llegar. Te aviso porque el tema es gordo y no quiero que te lleves una sorpresa.

—¿Y eso? —pregunta, inquieta.

—¿A que no adivinas quién es la víctima?

A su compañero del grupo de homicidios siempre le gusta hacerse el interesante, generar expectación. Va en su naturaleza.

—Escúpelo de una vez —le ordena. No le apetece jugar, ni descentrarse al volante.

—Abre bien los oídos. Presuntamente, la muerta es —hace una pausa dramática— la mujer que hace unas horas ha denunciado al político, al tal Lázaro Arnau, por violación. Este va a ser un caso importante, de los que salen en todos los periódicos.

La advertencia le despierta más inquietud que morbo. Las presiones que van a ejercer sobre ella serán increíbles. Lo huele.

—¿Por qué has dicho presuntamente? —pregunta la jefa de homicidios—. ¿No se la reconoce a simple vista o qué?

—Eso es.

—¿Por qué? ¿Le han desfigurado el rostro o algo?

—No sé si tiene la cara desfigurada.

—¿Está decapitada y no hay cabeza?

—No, tampoco. —El agente disfruta con el juego.

—Joder, Jandro, cuéntame sin que te tenga que someter a un puñetero interrogatorio.

—Tiene la cabeza tapada con una bolsa de basura negra —se apresura el policía a aclarar—, y el cuerpo está bastante descompuesto. Los primeros en llegar se han encontrado la máquina del aire acondicionado encendida a máxima potencia, pero en función calor. Por lo que me han contado los agentes que han llegado primero, han picado en el telefonillo exterior, pero nadie les ha abierto. Me han explicado que han llamado a su señoría para advertirle y, como el juez estaba muy cabreado, les ha ordenado que saltaran la valla del jardín para acercarse a la casa. Han notado un mal olor que se iba haciendo más intenso. Su señoría en persona les ha autorizado a entrar en la casa.

Esther procesa la información sin decir nada.

—Si la muerta es quien sospechamos —dice Jandro, que odia los silencios y tiene tendencia a rellenarlos—, qué bien le ha venido al político que no hable más.

—¿Qué te digo siempre? —le reprende Esther.

—Que no saque conclusiones precipitadas, pero solo he puesto en evidencia una realidad —se defiende, molesto.

—Jandro, que las pistas te lleven a la hipótesis y no al revés. Por no saber, no tenemos ni idea de la identidad de la fallecida.

—Jefa, pregunta de primero de Policía: si es ella, ¿quién se beneficia de la muerte?

—Dímelo tú, que eres don Teorías.

—El Lázaro ese. Sin el testimonio de la víctima, no hay pruebas de la violación.

—Puede que tengas razón —concede—. Pero primero las pruebas y luego las conclusiones.

—¿Te queda mucho?

—Un poco, ¿por?

—Acelera, que acaba de llegar el juez.

Es la primera vez que su señoría se presenta en una escena del crimen antes que ella. Le pisa levemente. La fiera ruge.

Uno nunca sabe cómo se enteran los periodistas, pero siempre llegan, antes o después, primero uno y luego la marabunta. Para Esther, los informadores se asemejan a las plagas de langostas. Arrasan allí por donde pasan.

Para cuando ella aparca en la estrecha calle frente a la casa donde se ha cometido el crimen, ya hay un par de cámaras en el lugar. Sabía qué vendría luego.

Encuentra el cuerpo en la habitación principal. La mujer yace sobre la cama, tumbada boca arriba. Lleva un tanga negro y una camiseta corta del mismo color, de esas que dejan al aire el ombligo. Las manos las tiene atadas a la espalda con una comba y la cabeza cubierta con una bolsa de basura negra que se ajusta al cuello con varias vueltas de cinta adhesiva americana de color gris.

Un grupo de personas observa la escena. Identifica al juez, a la letrada de la Administración de Justicia y a la médico forense. Hay otros dos tipos en una esquina con traje y corbata que no le suenan de nada. Uno de ellos demasiado bronceado para la época del año. Golpea con el codo a Jandro y le hace un gesto con la cabeza, señalándolos.

—El fiscal y el abogado de Lázaro —susurra a su compañera—. Han venido con el juez. No me preguntes qué hacen aquí. Su señoría les ha autorizado.

Esther asiente levemente y vuelve a dirigir su atención hacia el cadáver.

La forense comprueba si las extremidades están rígidas, hace lo mismo con la cabeza. Hay resistencia en los músculos. Mantiene el *rigor mortis* todavía. Sin embargo, en el abdomen ya se ve la mancha verde y el proceso de descomposición ha avanzado. «Es curioso este cadáver», piensa. Algunas cosas no le cuadran.

—Tenía la bomba de calor puesta —comenta a bote pronto uno de los agentes que descubrió el cuerpo—. La casa era una sauna.

—No noto el calor, más bien frío —responde la forense.

—Bueno, es que abrimos las ventanas para ventilar un poco porque el hedor era insoportable. Apagamos el calor y encendimos un poco el aire acondicionado.

—¿Y ustedes no han visto en las series policiacas que la escena no se toca? —pregunta la médico, enfadada.

El agente baja la cabeza.

—Eso explica algunas cosas —dice mientras sigue observando el cadáver—. Aun así, continúa, este cuerpo tiene mucho que contar.

El juez se impacienta. Quiere saber quién es la muerta. Le corroe la curiosidad.

—¿No le va a quitar la bolsa para ver quién es?

—Todo a su tiempo, señoría. No quiero, para saciar la impaciente curiosidad de los presentes, precipitarme y destruir evidencias.

Al juez, el comentario le sienta como una patada en su zona más sensible. Opta por callarse porque aquí quien decide es ella, pero lo apunta para soltarle una pulla en cuanto tenga ocasión.

El equipo de la Policía Científica anuncia su llegada. Con la autorización de la forense, comienza a realizar el reportaje fotográfico. Solo cuando han terminado de hacer todas las fotos, el médico coge una tijera y con mucho cuidado corta la cinta americana que sujeta la bolsa, hasta que queda hueco suficiente para retirarla. Se la entrega al policía de Científica.

—A ver si hay huellas de quien lo hizo. Nos ayudaría a resolver este crimen rápidamente.

La cara de la víctima queda al descubierto. Se trata de una mujer de mediana edad, a la que no se le puede ver totalmente el rostro porque está amordazada con varias vueltas de la misma cinta americana que cierra la bolsa.

Esther se aproxima con cuidado para comparar el rostro de la fallecida con el de la foto del periódico del denunciante.

—Señoría, yo creo que coincide. A falta de hacerle la necrorreseña, podemos decir que el cadáver es de Alina.

El juez niega con la cabeza. Jesús baja la suya. No quiere convertirse en el objeto de la furia de su señoría. Es obvio que no se trata de un accidente doméstico.

La forense termina de revisar el cuerpo sin prisas, de arriba abajo, con cuidado, mientras va rellenando el informe preliminar. Cuando acaba, le dirige a la víctima una mirada profunda. Suspira y se quita los guantes.

—Ya he acabado. Todo apunta a que murió por asfixia.

—¿Y la hora de la muerte? —pregunta el juez.

—Es complicado. Prefiero esperar a la autopsia definitiva.

—Deme una hora aproximada —presiona su señoría—. No puedo esperar. ¿Sabe quién es el sospechoso? Mi teléfono va a arder y los medios y la opinión pública me van a achicharrar. Necesito una respuesta.

—Señoría, los medios de comunicación y la opinión pública me importan un comino. Me gusta ser exacta en mi trabajo. Y ahora lamento informarle de que no puedo darle un dato fiable. Hay algunos elementos inexplicables que han interferido en el proceso *post mortem* natural —se excusa la forense.

—No me obligue a recordarle mi posición y la suya.

—Como quiera —contesta tajante y con una mirada agresiva al juez—. A pesar de su aspecto, apostaría a que falleció hace veinticuatro horas, aproximadamente, pero me puedo confundir.

La discusión ensucia el aire, ya de por sí cargado de muerte. Poco a poco, la casa se va desalojando y allí solo quedan Jandro, Esther y cuatro policías de Científica enfundados en sus monos blancos.

—Si te parece, lo dejamos para mañana con luz del día —le comenta el responsable de Científica a la jefa de Homicidios.

—El sospechoso se presenta a las elecciones generales este domingo. Lo necesito ya —suplica Esther—. No tengo plazo. Voy contra reloj.

—Tendremos que poner focos de luz fría por toda la casa —protesta el agente.

—Lo que necesitéis. Os ayudamos en lo que nos pidáis.

—Tardaremos probablemente toda la madrugada.

—Jandro y yo, si queréis, vamos a por café para todos.

El hombre asiente.

Trabajan hasta bien entrada la madrugada.

A Jandro lo manda a casa en cuanto le ve bostezar. Se contagia, le dice, y le da puerta. Ella se sienta en una esquina a esperar, en silencio. Observa cada movimiento, la lentitud y la paciencia con la que recogen cada posible indicio, cómo lo fotografían, lo embolsan, lo reseñan y vuelta a empezar.

Cuando les ve empezar a quitarse el mono, suspira aliviada.

—¿Qué habéis encontrado? —pregunta como si tal cosa, escondiendo su ansiedad—. ¿Algo que me pueda llevar a la boca?

—Pues no sé qué decirte. Es una escena extraña, caótica. Jamás había visto algo igual y no sé cómo interpretarlo. Normalmente, siempre tengo una teoría de cómo han ocurrido los hechos, pero en este caso no sé por dónde empezar.

—¿A qué te refieres?

—En la cocina encontramos dos vasos, dos platos y dos juegos de cubiertos limpios. Los habían dejado sobre un paño como para secarse. ¿Tuvo algún invitado? ¿Le dio tiempo a fregar? Mucha confianza para ponerte a limpiar en mitad de una cita, ¿no? ¿O ya se había ido y estaba sola? También dos botellas de vino tinto de una marca cara. No soy bueno con los nombres, pero hemos mirado por internet y la botella vale unos treinta euros. ¿Se las bebió sola o acompañada? —No deja de dar vueltas mientras le va mostrando lo que le comenta—. Pero, si te fijas, la pulcritud de la cocina no cuadra en nada con el desorden del resto de la vivienda. ¿Ves a qué me refiero? —se justifica el agente de Científica.

Esther asiente sin participar en las elucubraciones.

—El rollo de cinta americana gris que usaron para taparle la boca estaba debajo de la cama, y justo al lado, cuidadosamente colocadas, unas tijeras. El agresor no se las ha llevado.

—¿Qué lectura haces? —pregunta Esther.

—Lo he dado por imposible. La investigadora eres tú —responde el de Científica con una sonrisa—. Tenemos su ordenador, quizá cuando lo destripemos eso ayude.

—Bien.

—También he encontrado un consolador de los grandes en el cajón de la mesita. No sé si es relevante o no —anuncia el agente.

—¿Es todo?

—Una cosa más. Hemos localizado sus cartillas del banco escondidas en la caja de una película VHS, la de *Amélie*.

—¿Y qué no habéis encontrado? ¿Qué echas de menos? —inquiere Esther.

Al agente la pregunta le pilla por sorpresa, pero se rehace rápido.

—Dinero no había. Ni nada de valor. Si fue un robo que salió mal, eso explicaría la ausencia y que estuviese todo tan revuelto.

—¿Qué más? —pregunta. Necesita irse a dormir.

—No hay signos de lucha —reflexiona el agente—. Ni en el cuerpo, ni en la cama, ni en el resto del dormitorio. La víctima es relativamente joven y sin problemas de movilidad. Tampoco hay signos de la presencia en la casa de una segunda persona, salvo las dos botellas de vino vacías y el tema de los platos y los vasos. No hay signos de forzamiento.

—Hay una cosa más que me falta y que no has mencionado.

—Tú dirás.

—El móvil, ¿habéis encontrado su teléfono?

—¡Coño! ¡Es verdad! Son muchas horas seguidas de trabajo —se excusa—. No hemos visto ninguno en la casa.

—¿Y la cartera, el bolso, la documentación? —pregunta Esther.

—Tampoco.

—O sea, que alguien pudo llevárselo todo. Lo que hace que el escenario sea más complejo. ¿Habéis encontrado alguna llave de coche?

—Había un par de manojos de llaves en el cajón de la entrada, pero no me he fijado en si había alguna de vehículo —explica, mientras camina hacia la zona donde han ido depositando las bolsas de pruebas—. Mira, sí. Hay una. La llave tiene la marca Ford. Es de las antiguas. Nada de apertura o cierre a distancia.

—Hay que echarle un vistazo. El coche, muchas veces, es una prolongación de la casa. A lo mejor encontramos alguna pista que nos aclare este rompecabezas.

El gesto de agotamiento del policía la enfada.

—Vamos —le anima, con tono de ligero mando—. Cuanto antes recojamos todos los datos, más ventajas tendremos para resolver esto.

Sale tan lanzada a la calle que se topa casi de bruces con un par de periodistas, el resto se ha ido a dormir. Hacen ademán de ponerle un micrófono delante, pero Esther levanta los brazos y los para.

—No voy a hacer declaraciones —les advierte—. Y no se os ocurra ni seguirme ni grabarme. —No espera respuesta y sale a la calzada para buscar el coche. Lo encuentra enseguida. Mete la llave y comprueba que abre. El de Científica se le acerca y le susurra al oído: «Compañera, todos estamos muy cansados. Ellos también. Si no les llevan nada a sus jefes, les caerá una bronca. No merece la pena ganarse enemigos gratuitamente, y unas imágenes no cuestan nada».

Esther lo mira con desaprobación, pero el aspecto cansado del policía y la tranquilidad con que le habla la desarman.

—En consideración por haber aguantado como nosotros —les dice a los periodistas, que se han quedado quietos como estatuas tras escuchar su orden—, os voy a dejar grabar cómo revisamos el vehículo de la fallecida. Eso sí, con varios metros de distancia, sin interferir en el trabajo policial.

—Como usted ordene —acepta uno de los periodistas.

—Estamos agotados y hay poca luz. Así se cometen más errores. Deberíamos esperar a mañana —susurra el responsable de Científica para que no le oigan los informadores.

—Tienes razón, pero déjame echar un vistazo. Me quedaré más tranquila si localizamos el móvil.

Esther se enfunda un mono blanco y, con una linterna, hace una somera inspección del vehículo. Mira los laterales de las puertas y la guantera. Se frustra al no encontrar nada. Cierra con fuerza y maldice por lo bajo.

—No hay nada. Confiaba en encontrar aquí algo suyo. Pero está limpio. Vaya mierda de caso.

—Espera —le dice el compañero de Científica, y se dirige hacia el maletero—. Ilumíname aquí.

En la superficie no hay nada. Levanta la moqueta y comienza a desatornillar la rueda de repuesto.

—Estos coches tenían una rueda que te deja llegar a la siguiente estación de servicio. Nada que ver con la espuma que te dan ahora.

Levanta la rueda con esfuerzo y allí está lo que buscan. Esther examina con detenimiento todo lo que encuentra. Hacen un último repaso del maletero, pero ya no hay nada más.

—Está la cartera, con su DNI, las tarjetas de crédito y demás. ¿Por qué lo escondió todo aquí? Me desconcierta. Además, seguimos sin rastro del móvil. Tendréis que desmontar el coche entero, a ver si aparece. Mañana, ya lo sé —precisa ante la mirada de horror de su compañero—. Aquí, con esta gente —dice señalando a los periodistas—, no lo podéis dejar. Si queréis, podéis llevároslo con una grúa a la base. Mañana lo analizáis en profundidad y me contáis.

—Pero por la tarde, ya.

—Entendido.

4

Quedan tres días para las elecciones

Esther tiene un despertar complicado. No se trata de pereza ni de que se le peguen las sábanas, que a veces también, sino que le resulta imposible socializar con nadie durante la primera hora de su amanecer. Necesita despresurizar del sueño hacia la vida a su ritmo. El proceso se agudiza más en días en los que apenas ha dormido, como la jornada anterior, en la que ha descansado tres horas de las últimas veinticuatro.

Su rutina pasa por sentarse en una butaca, todavía en pijama, de la mesa alta que tiene en la cocina, frente a un café caliente y unas magdalenas. Sabe lo que come, pero no lo mira. Tiene la vista fija en la pantalla del móvil, donde revisa sus redes sociales. Primero Instagram. Solo son impactos visuales y el cerebro no trabaja. Pasado un tiempo prudencial, cuando la maquinaria ha engrasado y puede permitirse digerir noticias y titulares, abre Twitter. Culmina el proceso con una ducha en la que el último chorro es frío, como si se tratase de un azote de vida.

Aquella mañana muerde la segunda magdalena mientras comienza a leer los titulares en la red. Encuentra unas cuantas catástrofes naturales. En el Reino Unido un temporal, como no se había visto en años, arrasa la isla e inunda pueblos enteros; en Australia el fuego devora sin control los campos, los bosques y hasta las casas; en África una plaga salvaje de langostas se lo come todo, plaga que ve favorecido su crecimiento por el cambio climático; en la India se habla de desplazados por dicha amenaza, seres humanos que deben abandonar sus casas porque todo a su alrededor se seca; en España los pescadores protestan porque sus redes, en vez de peces, las llenan plásticos y basura. «Nos estamos cargando el mundo», piensa Esther. La idea no es nueva. En cenas con conocidos cada vez se habla más del cambio climático. El marido de su mejor amiga, un físico astrónomo de cierto prestigio, les contó no hace mucho que el mundo, tal y como lo conocemos, estaba llegando a su fin: «El planeta está enfermo. Tiene fiebre. Y es culpa nuestra, de los seres humanos. ¿Qué creéis que va a pasar? El cambio climático ya nos trae tormentas ilógicas, ciclones, lluvias torrenciales, erupción de volcanes, sequías, temperaturas anómalas, plagas... Dentro de un tiempo será insostenible. ¿No os dais cuenta de que el sol cada vez quema más? Cuando voy a la playa me pongo protección 50, porque hacerlo con menos es comprar papeletas para tener un melanoma. Todo este descontrol del clima y la forma en la que producimos los alimentos están generando las condiciones para que se propaguen las enfermedades. El planeta se defenderá y llegará un virus que nos acabará diezmando. Todo lo que os cuento puede parecer ciencia ficción, pero ya está pasando. Solo tenéis que leer las noticias». Esther recuerda que le interrumpió, preocupada: «Según lo que cuentas parece que el mundo se va a acabar ya». Acompañó el comentario de una carcajada nerviosa, pero el marido de su amiga no se rio: «En mi opinión, a este planeta le quedan cien años. La única posibilidad de sobrevivir es que colonicemos Marte, bajo tierra, en cuevas. Por eso me gustan los tíos como

Elon Musk en Estados Unidos, el de Tesla, que ya manda vuelos privados a la Luna. En España salió uno parecido, Lázaro Arnau. Apuesta por el reciclaje, la ecología, por las energías verdes y todo eso, tengo claro mi voto. Quizá se obre el milagro y logremos curar la Tierra».

A Esther le marcó el discurso, tanto que decidió votar a Lázaro. Sin embargo, aquella mañana, frente a su café, Lázaro no era noticia por su cuidado del medio ambiente, ni por su campaña política. Las noticias que la jefa de Homicidios leía en Twitter solo tenían que ver con su detención. Los periodistas, que suelen ir a una velocidad muy superior a las investigaciones, ya estaban especulando con cientos de hipótesis. La principal: tras hacerse público el vídeo de las cámaras de seguridad del hotel y que Alina le denunciase, Lázaro la había asesinado para que no pudiera declarar contra él y evitar ir a la cárcel. «Demasiados condicionantes, nada probado», piensa Esther. Reconoce que ella también le ha dado vueltas a esa hipótesis, por qué negarlo, pero la verdad de lo que ocurrió sigue siendo un misterio.

Otros sugerían que un violador no despierta de repente, y que seguro que aparecían más víctimas. Incluso un medio facilitaba un número gratuito para presentar denuncias. ¡Qué país! Descubre que en *La Península* entrevistan a la segunda víctima del político. La lee y parece sólida, pero el papel lo aguanta todo.

A Esther le asusta el despliegue informativo. Se avecinan complicaciones, lo huele. No estaba probada siquiera la agresión sexual que se trae entre manos como para hacer cábalas más lejanas. Como comenzasen a llover denuncias, tendría que pedir ayuda, se ve incapaz de abarcarlas todas. Sigue leyendo y se acaba dando cuenta de que el juicio paralelo ha ensuciado tanto a Lázaro que es inconcebible que obtenga un buen resultado electoral. Nada extraño, por otro lado. En su propio partido se ha abierto el debate de su sucesión tras la reunión del día anterior del comité de ética. Acordaron abrirle un expediente disciplinario, aunque no hubo *quorum* para suspenderlo de militancia. Por lo que lee, se habían creado dos bandos, los que creían en su presunción de inocencia y los que abogaban por cesarlo, pero parece que la legislación actual, con las elecciones generales tan cercanas, no permitía eliminarle como cabeza de lista. Entre otras cosas, porque era imposible imprimir nuevas papeletas y tenerlas listas en los colegios electorales con tan poco margen de tiempo. Todo indicaba que un sospechoso de violación y quizá de asesinato acudiría este domingo a las elecciones como cabeza de lista.

Esther se da cuenta de que, aunque la investigación está en pañales, para la opinión pública ya hay un culpable y eso implica que el batacazo electoral será antológico. ¿Quién vota a un partido encabezado por un asesino violador? Ella misma, sabiendo lo que sabe, que es nada, se está replanteando el voto.

No ha terminado de despresurizar cuando suena el móvil. Es el juez de instrucción encargado del caso.

—Señoría, dígame. —A él no le puede bufar, aunque le apetezca.

—Necesito que venga a mi despacho ya.

—¿Ha ocurrido algo?

—Se lo cuento cuando llegue. No tarde.

Sale con prisas de casa. Nota los ojos todavía pesados. Eso le cabrea. Cuando entra en el despacho, el juez no parece darse cuenta.

—Siéntese —dice en un tono entre la sugerencia y la orden—. Tengo un problema muy serio y preciso de su absoluta colaboración. Necesito una investigación en tiempo récord. Sé que lo que le pido raya en lo absurdo, pero ya conoce el panorama. De hoy en tres días tenemos unas elecciones generales. No logro quitarme la sensación de que alguien quiere adulterar los resultados. Quizá Lázaro Arnau sí violó a Alina hace diez años, quién sabe, pero no es casual que el vídeo haya visto la luz precisamente ahora. Quiero saber quién está detrás de la filtración del vídeo de las cámaras de seguridad del hotel y por qué, pero lo que más prisa me corre es averiguar si hubo o no violación. Sé que suena a misión imposible, pero necesito que en un plazo máximo de cuarenta y ocho horas logre establecer la verdad. El domingo, el pueblo debe poder elegir la papeleta sabiendo con certeza qué pasó aquella noche.

—Señoría, ¿es consciente de lo que me plantea? La denunciante está muerta y, como usted bien sabe, este tipo de delitos son privados, sin testigos. Me está pidiendo un imposible. Además, estoy sin gente.

—Eso no es problema —se agarra su señoría a la segunda pega obviando la primera—. He hablado con su comisario y tiene a toda la plantilla de Policía Judicial a sus órdenes.

—Aun así. Usted quiere un milagro.

—Inténtelo. Solo le pido eso.

A Esther no le queda otra salida. Asiente.

—¿Qué necesita? —pregunta, lleno de generosidad.

—Así, a bote pronto, no sé. Una orden judicial inmediata para pedir a la compañía telefónica de Lázaro y de la fallecida las comunicaciones de los dos últimos meses, su tráfico de datos y sus posicionamientos con el móvil. Eso para empezar.

—No es problema. Redacto el auto ahora mismo. Es más, voy a llamar personalmente a las compañías de teléfono y a hablar con el responsable para que tenga usted los datos esta tarde o mañana a primera hora.

—También debo entrevistarme con Lázaro.

—Lo voy a dejar libre, tengo que hacerlo. Ya sabe, el famoso derecho de contradicción. Si la denunciante no ratifica su testimonio en sede judicial, delante del abogado de la defensa, y este no puede hacer preguntas, es como si el suflé se hubiera deshinchado completamente. Está en su mano hacerle hablar.

—Señoría, también necesito que me dé su número privado de móvil y que me atienda a cualquier hora del día.

—Cuente con ello. ¡Ah! Una cosa más. No sé si lo ha visto, pero hoy sale publicado en *La Península* el testimonio de otra mujer que dice que Lázaro la agredió sexualmente. Tome, léaselo. Solo para que lo tenga en cuenta, porque en la propia entrevista reconoce que todavía no ha denunciado.

—¿A usted le parece creíble?

—En la entrevista sí, pero habría que ver si se sostiene en una declaración judicial. Es pasar de hacer cohetes espaciales con piezas de Lego a trabajar en la NASA. ¿Me entiende?

—Sí, lo comprobaré, pero no sé si voy a tener tiempo para todo.

—Lo principal es lo de Alina. A Lázaro le voy a retirar el pasaporte, pero hoy se va a su casa. Y cualquier cosa que necesite, no dude en llamarme, en cualquier momento, a cualquier hora. Nunca bajo el cierre.

Esther sale del despacho del magistrado como si se hubiese metido un chute de cafeína en el cuerpo. Anda deprisa, piensa deprisa, actúa deprisa. Llama a Jandro.

—Coge el coche y vete echando leches al hotel Luz. Quiero que interrogues a todo dios y que mires a ver si por casualidad conservan en algún archivo digital las grabaciones de las cámaras de seguridad. Alguna copia de seguridad histórica, o algo de eso.

—Jefa, tenía otros planes para hoy.

—Jandro, no me toques los ovarios. La orden viene de arriba. Sal pitando, ya. Y cualquier problema que tengas, me llamas.

—Vale —acepta refunfuñando.

—No he terminado tu lista de tareas —le advierte—. Llama al resto del grupo y, si es necesario, también pide ayuda a Información, Atracos, a los de Menores, a quien sea. Tenemos el aval del juez y el permiso del comisario provincial de Castellón. Diles que se pongan con el entorno de Alina, familia, amigos, trabajo. Los quiero a todos con resultados a las siete en comisaría. ¡Ah! Otra cosa, pide a los del gabinete de prensa que llamen al periódico *La Península*. Quiero que consigan el teléfono y la dirección de una mujer que denuncia hoy en sus páginas que Lázaro la agredió sexualmente.

—¿Hay otra?

—Parece ser.

—Madre mía, ¿y no deberíamos ponerle protección antes de que la mate?

—Tú pide su contacto.

—Me pongo con todo ello, jefa.

Esther corre hasta la comisaría. No hay tiempo que perder. Baja a calabozos y le pide al policía que custodia las celdas que abra la de Lázaro. El agente la mira con desconfianza.

—Ábreme, te he dicho. Me lo llevo —anuncia, señalando la celda de Lázaro.

—Como quiera, pero firme que usted se hace cargo.

Esther, sin leer el papel, escribe su número de placa y lanza un garabato sobre el documento.

El policía la acompaña hasta la celda y abre la puerta.

—Lázaro, te han venido a buscar —anuncia el agente.

—Hola —saluda, alargando la mano—. Soy la jefa de Homicidios. ¿Le apetecen un café y unas tostadas?

—¿Estoy libre?

—De momento, no.

—¿Entonces?

—Llámalo amabilidad.

—¿Cree que mi abogado me recomendaría aceptar ese café?

—Le diría que el desayuno es básico para activar el metabolismo.

—Vale, pero invita usted. La Policía me lo ha quitado todo.

—Ande, póngase esta gorra bien calada, estas gafas de sol y sígame. Vamos a dar un paseo.

Lázaro parece sorprendido, pero le hace caso de buen grado.

Esther le conduce a buen paso por escaleras y pasillos todavía medio desiertos hasta la entrada principal. El nuevo edificio no tiene salida trasera.

—Espere —le indica. Se asoma para comprobar si hay periodistas al otro lado de la valla de metal y no ve nada que le llame la atención. Ni periodistas ni curiosos. Al menos que ella pueda detectar—. Vamos, deme la mano. Como si fuéramos novios.

—¿Tengo que mirarla con amor?

—Déjese de coñas.

Lázaro sonríe divertido, entrelaza los dedos con los de la agente y se deja llevar hasta una cafetería algo alejada, Los Monteros II.

—Julio, ponnos dos tostadas con aceite y tomate, una jarra de café y otra de leche caliente. —El camarero hace un gesto de haberla oído—. Nos lo tomamos en el comedor.

Esther quiere evitar ojos, pero, sobre todo, móviles indiscretos.

—No tengo mucho tiempo, así que vayamos al grano —le dice una vez que están solos—. ¿Conoce usted a Alina, la joven que le acusa de agresión sexual?

—Quizá sí, quizá no —responde mientras se quita las gafas y la gorra—. Mire, soy un hombre soltero y alterno desde hace años con cierto éxito. He conocido a un buen puñado de mujeres en mi vida. Le confieso que a veces en unas condiciones deplorables, con demasiado alcohol en el cuerpo o afectado por alguna otra sustancia, no se lo niego. Me refiero a marihuana, no vaya usted a pensar mal. El nombre de Alina me suena mucho y creo que pude conocerla, pero no estoy seguro.

—¿Recuerda si se acostó con esta mujer? —pregunta y saca una foto de Alina del bolsillo del vaquero.

—Pues quizá sí, no se lo niego. Es que no me acuerdo, pero si fue que sí, todo consentido, nada forzado.

—¿El hotel lo reconoce?

—Sí, ese sí. No me gusta llevarme a las chicas a casa si puedo evitarlo, es como si invadiesen mi intimidad, por eso uso el hotel. Y porque me puedo ir cuando quiera.

—¿Cómo lo hace?

—El director es amigo mío. Le llamo y, si la *suite* está libre, me deja usarla gratuitamente.

—¿El mismo día o con antelación?

—Sobre la marcha. Cuando surge la aventura. Incluso media hora antes.

—¿Pasa usted por recepción y le dan la llave?

—¡No! Eso sería muy indiscreto y a veces las mujeres tienen algún compromiso serio en su vida. Para ellas significo poco más que una cana al aire, un capricho.

—¿Cómo entra en la habitación?

—Tengo una llave maestra.

Esther asiente.

—¿Cómo le gusta el sexo? —pregunta, muy seria.

—Si no estuviera en una situación tan complicada, pensaría que se me está insinuando.

Esther no concede un milímetro de sonrisa al comentario. Reconoce que Lázaro posee un atractivo incuestionable, con una sonrisa magnética. Entiende que a las mujeres les atraiga. A ella no.

—Si lo que me pregunta es si me va el sado, pegar y que me peguen, la respuesta es no. Ni una cosa ni la otra. Para mí, el buen sexo es como el café. Intenso y largo.

—¿Alguna amante habitual?

—Alguna.

—Deme nombre y número —pide, alargándole una servilleta y un bolígrafo.

Lázaro lo mira sin tocarlo.

—Entiendo, agente, que esto no saldrá a la luz, ¿no? Soy un hombre público y me presento a unas elecciones generales. Alguna de ellas, además, está casada.

—No creo que ahora mismo coseche usted muchos votos, pero sí, será privado si no contradice su versión.

El empresario escribe entonces dos nombres y dos números.

—¿Dónde estuvo usted antes de ayer?

—Me desperté solo en casa y me fui al trabajo. Pasé allí todo el día. Lo puede corroborar mi secretaria y otros tantos trabajadores. Regresé a casa tarde. Dormí solo, como siempre. Me levanté, volví a la empresa y entonces llegaron ustedes y me detuvieron. En mi casa hay circuito de grabación perimetral. Guardo durante un mes las grabaciones; si quiere, vamos ahora y se las entrego sin ningún problema.

—Le acompaño.

—¿En serio? —pregunta sorprendido Lázaro—. ¿No se fía de mí?

—La palabra de un político lleva años a precio de saldo, prefiero los hechos.

Julio entra con las tostadas y los cafés. Por la leve indecisión al fijarse en el rostro de Lázaro, Esther se da cuenta de que le ha reconocido pero, prudente, no dice nada.

—Aquí tenéis, jóvenes.

—Gracias —responden ambos.

—Café ecológico no tengo, lo siento. —Julio no puede evitar dejar patente que le ha reconocido.

—No se preocupe, me vale con que no me lo sirva en vaso de plástico —responde ágil Lázaro.

Cuando vuelven a quedarse solos, Esther saca un papel doblado del bolsillo. Lo estira y se lo entrega al empresario. Es la entrevista de la segunda víctima. Él la lee en silencio mientras come.

—Esto es un despropósito. No conozco a esta mujer de nada.

—¿De esta sí se acuerda?

—De esta no me acuerdo —matiza.

—La foto que ilustra el texto desmiente su afirmación.

—A ver, he asistido a más fiestas de las que me hubiera gustado y he estrechado la mano a unos y otros. La fotografía solo muestra que esta mujer y yo coincidimos en un evento en el casino de Castellón. Ni siquiera estamos hablando. Ella forma parte del grupo de personas del que también participo yo. Nada más. ¿Prueba eso que la violé?

—Cuenta que la llevó a la *suite* del mismo hotel.

—Mire, la fotografía prueba que esta mujer coincidió conmigo, no lo niego, pero no me la llevé a ninguna *suite*. Si me hubiera acostado con ella, lo recordaría.

—Su memoria parece selectiva. Se acuerda de unas y de otras duda.

Lázaro se encoge de hombros, dando a entender que no tiene explicación para ello.

—Me está engañando.

—¿Yo? —pregunta, y parece ofendido.

—Todavía no sé qué es, pero lo averiguaré.

Esther da un sorbo al café.

—¿Me permite una pregunta? —sorprende Lázaro a Esther cambiando de tema.

—Si es fácil.

—¿A quién va a votar el domingo?

Esther muerde el último trozo de tostada y mastica despacio. Lázaro espera, paciente.

—Le iba a votar a usted. Pero ahora, después de la acusación, probablemente me abstenga.

—¿No tengo forma de recuperar su confianza?

—Si en estas próximas setenta y dos horas logro demostrar que Alina mintió, averiguar quién la mató y no es usted, tendrá mi voto.

—Entonces estamos perdiendo el tiempo. Vamos a mi casa a por las cintas. Quiero su voto.

Esther pide al empresario que aguarde un momento. Llama a la comisaría y pregunta cómo está el panorama.

—Esto parece *Fort Apache*, los periodistas bloquean la puerta de entrada.

La agente cuelga. No pueden regresar. Señala las gafas y la gorra y luego indica al empresario que la siga.

—Julio, ¿dónde tienes aparcado el coche? —pregunta desde un extremo de la barra.

—Justo en la puerta —responde. Se saca las llaves del bolsillo y se las lanza—. Me vale con que me lo traigas antes de cerrar.

—Gracias, amigo.

—De gracias, nada. Acuérdate de llenarme el depósito. Es diésel, del contaminante.

El director de *La Península* sonríe satisfecho. De pie, en mitad de la redacción, con las manos en la cintura, contempla el panel digital de consumo de las principales noticias del día. Da gusto ver cómo se lee la entrevista a la segunda víctima de Lázaro. Los números no paran de crecer. Es media mañana y ya ha batido el récord de lectura del último año. Además, otros medios de comunicación están hablando de su entrevista y les citan como origen de la información, lo que se traduce en publicidad, prestigio y pasta, las tres pes del negocio de la prensa. Se felicita a sí mismo.

Ariel no suele salir de su cueva. La incursión en redacción despierta la curiosidad de los redactores que vigilan disimuladamente cada gesto, cada paso. Le ven observando el panel con el *ranking* de las noticias digitales. Parece satisfecho. Camina hacia la sección de Nacional. Allí, ajenos a su visita, Juan José y Silvia andan enfrascados en una discusión en voz baja. Él los interrumpe, pero se dirige solo a Juan José. A la periodista ni la saluda.

—Estoy orgulloso de la entrevista que has hecho —le felicita en voz alta para que todo el mundo lo oiga. Juan José agradece el piropo con una leve inclinación de cabeza, pero no se le ve muy convencido—. Acompáñame a mi despacho a tomar un café y charlamos un poco —le invita públicamente—. Me interesa mucho conocer tu punto de vista de los últimos acontecimientos.

La redacción interpreta rápido los signos: Juan José es el nuevo protegido del director, con pinta de que, si no la fastidia, ascenderá a los círculos de poder de la editorial. Silvia, sin embargo, ha sufrido el rechazo público del líder. Tiene pinta de que la condenen al ostracismo o de ser despedida a la mínima de cambio. El rumor corre como la espuma y llena las conversaciones de cada esquina del edificio.

—Me ha llamado la Policía esta mañana —explica Juan José al director, ya en su despacho.

—¿Y eso? ¿Qué quieren?

—Me piden el contacto de nuestra entrevistada. Pensaba dárselo, con su consentimiento, claro. Hay que mantener buenas relaciones con la Policía.

—Hazte el loco. Primero la exprimimos nosotros y luego, cuando ya no le quede nada que contar, se lo pasamos. Y si te insisten, ponles cualquier excusa.

—¿No entorpecemos la labor policial?

—Yo me dedico al periodismo y nuestro compromiso es con los lectores. Lo demás me importa un bledo. ¿Entendido?

—Como usted diga.

—Cuando ya le hayamos sacado todo el jugo a la «testimonia» y les des el teléfono, no olvides encargar a un fotógrafo que monte guardia en la puerta de la casa de la entrevistada y saque fotos de los agentes entrando y saliendo. Ya veo el titular. «La Policía interroga a la víctima de Lázaro descubierta por *La Península*».

—Entonces les doy largas.

—Eso es. Vuelve a hablar con ella, a ver si le podemos exprimir a su testimonio una segunda pieza.

—Lo intento —promete Juan José, pero no está nada convencido.

—¡Qué buen futuro veo para ti en esta empresa!

La visita de Esther a la casa de Lázaro no tiene pinta de prolongarse mucho. No le hace un *tour* guiado ni le ofrece un vaso de agua. La lleva directamente a su habitación. La inspectora controla el gesto de desconcierto.

—¿Le gusta el cuadro?

—Mucho —reconoce la investigadora.

La obra tiene el tamaño de una persona.

—Lo ha pintado mi amigo Álvaro Borobio. Va camino de convertirse en la nueva estrella de la pintura española. Al tiempo. No llega a los cuarenta y ya está en boca de todos los entendidos. En sus obras se mezcla con maestría su conocimiento de arquitectura con un elaborado método pictórico que produce una sensación de profundidad, como si, detrás de los colores, apareciese de repente todo un mundo interno de caos. Descubrir ese segundo plano oculto del cuadro, tras penetrar en el color con la mirada, me produce una sensación de control y paz que me envuelve durante horas. Cada vez descubro un nuevo escenario. Como la vida misma, que, según el día, la percibes de una u otra manera.

Perdón —se disculpa, mirando a Esther—, seguro que te estoy aburriendo.

La inspectora hace un gesto de despreocupación. Está observando el cuadro con interés.

—Veo como una ciudad secreta sutilmente camuflada entre los trazos de color, ¿es eso?

—¡Bingo! —celebra el empresario.

De repente, aprieta un botón y el lienzo se desliza hacia un lado y deja al descubierto unas escaleras.

—El cuadro tiene sorpresa —murmura Esther.

—Sígame, invitada.

La agente está asombrada. Con la boca todavía abierta y cierta prevención, baja detrás. Cuando el político enciende una luz, la inspectora descubre que se trata de un pequeño trastero en cuyo centro hay un sofisticado control de cámaras.

—¿Y esta habitación secreta? —pregunta asombrada Esther.

—Confieso que me preocupa la seguridad. Jamás permití que alguien entrase aquí. Nadie sabe que hay cámaras en la casa, salvo quien las instaló.

El cuarto apenas tiene tres metros cuadrados. Una de las paredes la ocupan varias pantallas apagadas. Algo así como en las películas de espías. En el centro, una mesa con una lámpara, una silla y un potente ordenador. Nada más. Lázaro arranca la computadora y las pantallas se encienden al mismo tiempo. En todas se ve el salvapantallas del ordenador.

—¿Guarda muchos secretos? ¿Le tiene miedo a alguien? Un sistema así solo se justifica con una buena razón —pregunta Esther.

—Me protejo de los maridos celosos de las mujeres con las que me acuesto. ¿Usted está casada?

—Ahora soltera —contesta, mientras sigue observando cada rincón.

—¿Pareja?

—Alguna, pero en realidad solo estoy comprometida conmigo misma.

—Con usted podría dormir tranquilo. No necesitaría nada de esto —responde mientras toquetea el teclado, buscando los vídeos por fechas.

—¿Se está insinuando a una agente de servicio en una investigación policial sobre su persona? —pregunta divertida Esther, aunque su voz solo trasmite frialdad.

—Lo confieso. Como ve, soy trasparente. No sé mentir.

—Pues cállese o le pongo las esposas.

Lázaro va a hacer un comentario, pero Esther le levanta un dedo en señal de advertencia y prefiere frenarse.

—No crea que no me he dado cuenta —cambia de tema la agente—. Ha dibujado una floritura verbal, pero no me ha respondido. ¿Por qué tiene tantas cámaras?

El empresario se ríe relajado. Cualquiera diría que es sospechoso de una agresión sexual y de un homicidio.

—No hay una razón especial o secreta. Simplemente, me gusta sentirme seguro. Me gusta mi privacidad.

—Ya —responde lacónica y descreída Esther.

—¿Cuántos días de vídeo quiere que le dé?

—Con que me entregue las últimas setenta y dos horas, voy servida.

—Para que vea que no oculto nada, le voy a facilitar la última semana entera.

—Como desee.

—Esto va a tardar —anuncia, introduce un *pen* de alta capacidad en el ordenador—. Si quiere, puede darse un paseo por la casa mientras lo termino. Tiene mi permiso. No escondo nada. Discúlpeme si no se la enseño personalmente, pero tengo que ir volcando los archivos por horas y por días.

—¿No le importa?

—En absoluto —confirma el político.

Esther sube las escaleras y camina por la casa con total libertad. Es lujosa, amplia y bonita, aunque un poco despersonalizada, quizá fría. Recorre todas las estancias y hace fotografías de lo que le llama la atención. Abre y cierra armarios. Registra sin pudor. En una especie de cesta observa una pila considerable de cartas sin abrir, publicidad y algún que otro papel con bordes amarillos que identifica como avisos de Correos. Justo al lado, le llama la atención un baúl de viaje. Cuando lo abre, parece un cajón desastre. Está lleno de cosas varias: pilas, gafas de sol, algún destornillador, un trozo de cuerda, alguna bombilla, papeles, un metro, la caja vacía de unos auriculares, una pequeña tarjeta de teléfono de color naranja... Le hace una foto al conjunto. Hay algo que le llama la atención. Mete la mano, lo coge y se lo guarda en el bolsillo trasero.

En cuanto la agente sale del cuarto secreto, Lázaro conecta todas las pantallas. En cada una se ve una estancia de la casa. Observa con curiosidad cómo Esther se pone unos guantes de plástico que saca del bolso, camina despacio y registra metódicamente cada rincón. Le llama la atención la cantidad de fotos que hace.

—¿Quiere una cerveza? —le ofrece a gritos justo cuando ve que se guarda algo en el pantalón. Quiere observar su reacción.

—No, gracias. Estoy de servicio —rechaza Esther.

—Como quiera.

Lázaro se siente culpable, pero graba la secuencia de la jefa de Homicidios husmeando desde el principio. Se dice que lo hace por prevención. Y, para qué negarlo, también para tener un as en la manga. Ella nunca podrá acreditar que le dio permiso para que ella registrara su domicilio. Le escama ver cómo le roba algo. En la imagen no ha sido capaz de percibir qué se ha llevado.

Cuando ve a Esther regresar, desconecta rápidamente las cámaras. Lázaro abre la portada de *La Península* en internet.

El titular principal se refiere a él. Dice así: *El juez deja a Lázaro en libertad con cargos.*

El empresario nota la presencia de Esther detrás de él y se gira.

—Mire lo que publican.

—Sí, lo sabía —reconoce la policía.

—¿Es verdad, entonces?

Esther asiente.

—¿Desde cuándo lo sabe?

—Desde antes de sacarle de su celda.

—¿Por qué no me lo ha dicho?

—Pensé que lo habría deducido. ¿Cree que yo puedo sacar a los presos de los calabozos sin autorización judicial porque sí? ¿Cree que los invito a desayunar y luego los llevo a casa? ¿O es que se creía usted especial?

—Al principio quise creer que le caía bien y que confiaba en mi inocencia —responde, tratando de hacerse la víctima—. Luego pensé que se estaba saltando los límites y haciéndose amiga mía para ver si me pillaba en un renuncio.

—Estoy tratando de ayudarle.

—¿Ayudarme? Vaya forma de demostrarlo.

—Si su versión es cierta y consigo determinar antes del domingo que Alina mintió, se podrá presentar a las elecciones libre de mácula. Así tendrá mi voto. A eso le llamo yo ayuda. Claro, que si me ha mentido…

—No lo he hecho. ¿Ha encontrado algo que merezca la pena? —pregunta de forma abierta. No quiere decirle que sabe que le ha quitado algo. Entonces sabría que la ha observado y quiere poder jugar esa baza en el futuro.

—No, nada —niega Esther, despreocupada—. Por cierto, queda oficialmente en libertad. No hace falta que vuelva conmigo a comisaría. Los periodistas se van a pasar el día esperando a que salga y, cuando se enteren de que ya no está encerrado, se van a volver locos.

Lázaro le entrega el *pen* con las imágenes. Además de las perimetrales, ha incluido los archivos de los vídeos grabados en el interior del domicilio, para que cuando la agente los revise sepa que también la tiene grabada a ella llevándose algo de su domicilio.

Cuando se queda solo, Lázaro llama a su padre.

—Papá, soy yo, ¿cómo estás?

—Hola, hijo. Bien. ¿Me llamas desde la cárcel?

—Veo que te has enterado. Confiaba en que no.

—Pero si has salido en todos los telediarios, ¿cómo no te voy a ver? Me llevé un susto muy gordo.

—Ya, supongo, pero tranquilo. Ya estoy en casa. Me han dejado libre porque soy inocente. Todo ha sido un malentendido.

—¡No sabes qué alegría me das! De verdad que estaba muy preocupado. En las noticias decían que eras un violador y yo sé que eso es imposible. Golfo sí, pero violador no.

—No hagas ni caso a los periodistas. Son hienas.

—Mienten mucho. Estaba hoy comprando en el mercado un poco de salmón y unas mujeres se pusieron a hablar de ti a mi lado. Te llamaban de todo y no me pude contener. Las puse finas.

—No hagas ni caso. Oídos sordos. No merece la pena que te pelees por mí.

—Si no me peleo por ti, que eres mi hijo, ¿por quién lo voy a hacer?

—Papá, me da miedo que te peguen o te pase algo. La próxima vez, date la vuelta y vete. Esa gente no merece la pena.

—¿Estás bien, entonces? —pregunta el progenitor de Lázaro.

—Lo estoy —confirma su hijo—. ¿Y tú, papá, estás bien?

—¿Quién te lo ha dicho? —pregunta el padre.

—¿Qué me tenían que decir? No me asustes.

—Yo tampoco quería que te enteraras, pero ayer tuve que llamar al 112, porque el corazón se me iba.

—¿Cómo que se te iba? —pregunta alarmado Lázaro.

—Ya estoy bien, tranquilo, pero tuve un pequeño infarto. Suerte que lo identifiqué rápido y llamé a Emergencias.

—¡Por Dios! —exclama Lázaro.

—Ya sabes que me abrí una cuenta en Facebook y otra en Twitter por la tontería de tenerlo y de ser moderno. ¡En qué hora, hijo! No sabes lo que me arrepiento. Cuando te detuvieron me puse muy nervioso, pero aguanté, te lo juro. Cuando ya no pude más fue cuando, a través de las redes sociales, un montón de gente me empezó a insultar y a amenazarme de muerte. No te puedes imaginar el acoso y las cosas que me decían, auténticas barbaridades. Un odio, una violencia y un rencor que jamás había visto. Tonto de mí, los leí todos y de repente sentí que me quedaba sin respiración y que el corazón latía raro, desacompasado, como desafinado. Me asusté y llamé al 112. El médico me dijo que he tenido suerte porque avisé rápido, que si no lo hago probablemente me habría quedado seco en el sitio. Todavía estoy un poco débil, pero mejorando.

—Júramelo por mi vida.

—Lo juro.

—He podido perderte por una mentira, y por el odio de un montón de borregos hijos de puta. ¡Es demencial! Son como jaurías de locos sedientos de sangre. Pensar que tenemos una sociedad que se mueve a golpe de intestinos y no de cerebro asusta.

—Pensar obliga a esforzarse —reflexiona el padre—. Es más fácil dejarse llevar por las entrañas. Al fin y al cabo, venimos de los primates. En esta sociedad hay mucho gorila y mucho chimpancé.

—Mierda de sociedad, mierda de gente. —La voz de Lázaro desprende odio.

—Hijo, no te dejes llevar por lo mismo que criticas. Además, el voto de los simios esos vale igual que cualquier otro.

—Ahora mismo, me liaría a puñetazos con los que casi te matan.

—Tranquilo, de verdad —pide el padre con candor—. Estoy bien.

El empresario rompe a llorar desconsolado. Salvador, su padre, es lo único que le queda. Su madre murió al alumbrarle y sus hermanas Martha y María fallecieron haciendo submarinismo.

—Lázaro —susurra su padre—. Respira y canaliza esa rabia hacia algo positivo. Yo estoy bien. Mira hacia delante. En cuanto se extienda la noticia de tu libertad y la gente se entere, cambiarán de opinión.

—Ya, pero ¿y el dolor generado? ¿Y el daño hecho? ¿Y si te hubieses muerto, papá? Todos esos que te insultaron, amenazaron y acosaron, y los periodistas que no se cuestionaron nada y que contribuyeron con sus noticias y opiniones a mi lapidación, para mí serían unos asesinos. ¿No te das cuenta? Lo peor es que todos ellos continuarían con sus vidas, felices, orgullosos y sin culpa, porque desconocerían que te habrían matado. Y aunque lo supiesen, ¿tú crees que alguno se sentiría responsable? En este país nadie asume sus errores. Nadie reflexiona. No ven el dolor que generan. Es como dejar caer desde el cielo una bomba atómica en una ciudad, y tan contentos. Claro, desde las nubes no observan la sangre, ni escuchan el dolor ni los llantos, ni ven los cadáveres fragmentados en las calles.

—Tienes razón, son unos inconscientes, pero, hijo, lo importante es que sigo vivo.

—Te prometo, papá, que todo se va a aclarar. No he hecho nada, jamás se me ocurriría importunar a una mujer. Sabes que algo golfo soy, y que en lo sentimental me va a costar sentar cabeza, pero nada más.

—Lo sé, tranquilo. A mí no me tienes que explicar nada ni justificarte. Ahora aprieta fuerte. No te des por vencido y usa la cabeza.

Lázaro decide que ha llegado el momento de volver a tomar las riendas de su vida. No se va a rendir. Durante la siguiente media hora llama al núcleo duro del partido y los convoca ese mismo día a las cuatro en su casa. Unos declinan con la excusa de la premura, pero otros se comprometen a asistir. También invita a Jesús, su abogado. Le quiere cerca por si tiene que explicar los aspectos legales. Tiene una estrategia diseñada, pero necesita saber con qué apoyos cuenta.

Cuatro de la tarde del viernes anterior a las elecciones
Último día de campaña
Domicilio de Lázaro en Benicasim
Reunión de la cúpula de Brotes Verdes

No acuden todos los que ha convocado, pero sí su gran mayoría. Le estrechan la mano y le preguntan cómo está.

—Gracias por venir —comienza a hablar Lázaro. Los ha reunido a todos en el salón—. Os juro, os doy mi palabra —enfatiza— de que no soy ningún violador y os pido que confiéis en mí, por eso estoy en libertad. —Coge un vaso de agua y bebe un poco. Quiere que su mensaje se pose—. Sé que vivimos una situación difícil, incluso muy difícil. Hace pocos días éramos la tercera fuerza política de este país y con proyección para quizá soñar con algo más. Tras la falsa acusación contra mí, todos auguran que nos vamos a despeñar, que nadie confiará en Brotes Verdes y menos en mí. Quizá tengan razón, cuando vas cuesta abajo la inercia no ayuda a remontar. Hay otros que advierten de que no hay que coger un cuchillo por el filo cuando se está cayendo. Yo lo voy a agarrar. No van a lograr que hunda la rodilla en el suelo y baje la barbilla. Voy a batallar, porque creo firmemente que podemos darle la vuelta a esta situación, y me gustaría contar con vosotros. Tengo un plan que quiero exponeros y, si os parece bien a todos, lo podemos poner en marcha. Tenemos solo hasta las doce de la noche. Después llega la jornada de reflexión y la suerte estará echada.

Siete de la tarde del viernes anterior a las elecciones
Comisaría de Policía Nacional de Castellón
Reunión de Policía Judicial
Salón de actos

—Lo primero que quiero hacer es agradeceros a todos vuestro esfuerzo —comienza a hablar Esther—. De corazón. Millones de gracias por colaborar con el Grupo de Homicidios. Sin vuestra ayuda no habríamos podido abarcar tantos aspectos en tan poco tiempo. Vamos a organizarnos. ¿Quién ha hablado con la familia de Alina? —pregunta en voz alta.

Un par de agentes del Grupo de Atracos levantan la mano.

—Contadnos —invita Esther.

—Alina tenía tres hermanos; Jordi, Martina y Héctor. Sus padres están vivos, también. Viven en Villafamés. Todos coinciden en que la última vez que vieron a Alina fue en el bautizo de una sobrina, el pasado 6 de junio. Entre ellos no había conflictos familiares. No tenía apenas relación con la familia. Solo hablaba con su madre por teléfono de cuando en cuando y cada varios meses con los hermanos. Después de preguntarles, nos hemos dado cuenta de que la familia tenía poco conocimiento real sobre la verdadera vida de Alina. Creían que era la hermana rica, con muchos ahorros y que marchaba bien de dinero porque era socia de una empresa.

Acudía a las reuniones familiares con un coche diferente cada vez, todos de gama media alta, Audi, BMW, Mercedes. Cuando le preguntaban, Alina decía que pertenecían a su empresa y que estaban para su uso. También nos contaron que, hasta donde ellos sabían, Alina acudía con frecuencia a Londres. Les explicó que iba a montar una empresa con amigos que tenía allí. Incluso pensaban que durante los meses de julio y agosto estuvo en la capital del Reino Unido de vacaciones. Aunque ha sido muy apresurado, hemos tirado de registros de viajes y hemos comprobado que mintió. Alina ha viajado por medio mundo en los últimos años, pero nunca ha visitado Reino Unido.

—¡Vaya! ¿Algo más?

—De forma tan apresurada es difícil sacar más.

—Está muy bien —les felicita—. Nos sirve para hacernos una idea de su personalidad. ¿Quién ha ido a su empresa?

—Nosotros. —Levantan la mano dos policías del grupo responsable de secuestros y extorsiones.

—Vuestro turno. Dadle.

—Alina ni era empresaria, ni trabajaba en ningún sitio en el momento de su muerte. Tampoco cobraba subsidio alguno. Fue empleada hasta hace aproximadamente dos años en una empresa de porcelana situada cerca de Alcor, a unos veinte kilómetros de Castellón. Estuvo trabajando en ese lugar durante diez años. Era la encargada del turno de tarde. Cobraba dos mil euros al mes. Se relacionaba mal con su entorno laboral. A Alina le costaba socializar y tenía frecuentes enfrentamientos verbales con los trabajadores. Hablamos con algunos de sus compañeros de entonces. La califican como autoritaria y de trato displicente. Hubo una cosa que nos dijeron que nos llamó la atención. Alguno aseguró que a veces parecía no estar bien de la cabeza. Cuando les pedimos que fueran más específicos, no supieron contarnos nada concreto, solo esa sensación de falta de equilibrio mental. El gerente de la empresa también nos reconoció que no se llevaba bien con ella y que tenían frecuentes roces por discrepancias laborales. De su vida privada sabía poco, salvo que estaba casada con un médico de Gandía, que trabaja en el hospital de Castellón, y que ambos vivían en un chalé en propiedad. Usó la excusa de que se había comprado la casa para renegociar su sueldo y lograr un aumento hace unos años. Pasó de ganar mil setecientos euros a dos mil. Un buen día, llegó a la empresa y presentó una carta de despido. Fue algo inesperado y voluntario. Cuando le preguntaron por qué se iba, solo explicó que se trataba de razones personales. De finiquito le entregaron tres mil euros. No tenía ninguna oferta de trabajo, ni dejó su currículum en otras empresas del sector para buscar empleo.

—¿Habéis podido determinar por qué dejó su trabajo?

—Imposible con tan poco tiempo. Pero sí hemos averiguado tres cosas importantes: que Alina jamás se casó, ni tuvo novio médico ni tampoco se compró una vivienda.

A Esther le escama tanta mentira. La víctima no parece tener amistad con la verdad.

—Por si sirve —continúa el agente—, a todos los que hemos entrevistado les hemos tomado una muestra de ADN y las huellas. Hasta ahí hemos podido llegar; como ha dicho la compañera, quizá con más tiempo podríamos haber profundizado un poco más —se lamenta.

—Todo lo contrario. Habéis hecho un enorme trabajo.

A Esther se le nota emocionada. Jamás en su vida había encabezado una investigación solidaria en la que participasen todos los grupos de policía judicial de comisaría de forma voluntaria. Era un hito.

La inspectora se esfuerza tanto por no llorar que es incapaz de pronunciar palabra.

—A falta de una orden judicial, nosotros hemos hablado con un contacto del banco donde tenía sus cuentas —dice una mujer policía que se levanta espontáneamente de su asiento—. No sé si servirá de mucho, pero va hilado con la anterior exposición del compañero.

Esther la anima a hablar haciendo un gesto con las manos. Sigue sin salirle la voz.

—Desde que se despidió del trabajo no había recibido ingreso regular alguno, pero sí hay algo que nos ha extrañado. Consta un ingreso un tanto extraño de cien mil euros, hace diez años. Como se trata de un movimiento antiguo no hemos podido averiguar en el instante quién lo ingresó, pero quizá dentro de unos días nos puedan dar la respuesta. Lo fue dilapidando poco a poco. Hace un mes se quedó a cero y cerró la cuenta. Al revisar sus movimientos, nos hemos percatado de que cinco meses antes de su muerte dejó de pagar el alquiler de la casa en la que vivía y todos los suministros. Ya está, no hemos sacado más —se disculpa la agente.

—Es un buen paso hacia delante —alaba Esther.

—Si le parece, inspectora, seguimos nosotros, que hemos hablado con el casero y hemos podido definir un poco sus rutinas. —Se levanta una mujer que le suena que pertenece al grupo de drogas.

—Vamos con ello.

—Hace cinco meses, como bien ha dicho la compañera, dejó de pagar al casero. Quinientos euros al mes. Sin embargo, dos días antes de su muerte saldó la deuda en efectivo. Dos mil quinientos euros contantes y sonantes. A través del casero, nos hemos enterado de que Alina tenía cuenta abierta en la panadería, pescadería y carnicería. Después de pagarle a él, el mismo día, visitó todos los negocios y solventó todas las deudas. Tengo por aquí las cantidades y los productos, luego si le parece le entrego la lista.

—Perfecto. ¿Algo más?

—Sí, se nos ocurrió pensar que quizá la muerte pudiese tratarse de un error y estar relacionada con inquilinos anteriores. El casero también nos facilitó sus nombres. Somos del grupo de estupefacientes y un nombre nos sonó mucho. Los hemos metido en la base de datos. El titular del contrato anterior al de Alina está fichado por tráfico de drogas. Le llamaban «Buba», porque tenía una deformación en la boca y hablaba muy raro, como en la película *Forrest Gump*. Hemos preguntado por él y nuestros soplones nos han contado que está desaparecido. Al parecer, debía mucho dinero a un par de clanes del hachís. Por aventurar una hipótesis, quizá alguno de sus acreedores no sabía que había abandonado la casa, se encontró con Alina, pensó que era su novia y se la cargó por la deuda.

—Buen enfoque —les felicita Esther.

—Una cosa más. No tenía amigos en el vecindario, aunque todo el mundo la conocía. Siempre tenía la misma rutina, iba a la fábrica a primera hora en su coche, un Ford antiguo de su propiedad, regresaba a casa a comer y cuando acababa volvía al trabajo. Llegaba a casa por la tarde noche. Sus vecinos dicen que a veces salía a correr, pero que lo hacía solo por zonas bien iluminadas. No tenía amigos, ni frecuentaba bares, ni fumaba. Vivía de forma muy austera. Estaba abonada a Movistar Plus, HBO y Netflix. Hemos hecho alguna gestión rápida con algún contacto para comprobar qué consumía y, por lo que nos dicen, sobre todo veía dramas románticos. Nada de violencia, salvo *Juego de Tronos*. Ahora viene la sorpresa. Los vecinos dicen que casi nunca tenía visitas en casa, pero que el día anterior a salir en prensa, es decir, el martes, tuvo dos visitas. Una a la luz del día, de tres personas. Suponemos que pudieron ser los periodistas porque parece que llevaban cámaras; y otra cuando ya había oscurecido. De esta persona nos dijeron que iba vestido de oscuro, estatura normal, tirando a alto, y que no había nada que les llamase la atención. Se fijaron porque poco antes de que abandonase la casa escucharon un grito desgarrador. El testigo auditivo afirma que serían las ocho o las nueve de la noche. Al vecino le enseñé la fotografía de Lázaro, pero se encogió de hombros. Dice que bien podía ser, pero que no le vio la cara.

—¿Se fijó en si se montó en un coche?

—Asegura que se fue caminando a un ritmo normal, ni rápido ni despacio, y que al cabo de un rato le perdió de vista.

—¿Habéis mirado si había cámaras en la zona?

—No hay nada. Es un barrio residencial. Se fue caminando hacia la esquina. Probablemente, aparcó allí porque la calle no tiene salida y se estrecha tanto que dar la vuelta resulta imposible. Hay que salir marcha atrás. Quizá si pedís a las compañías de telefonía los números que estaban enganchados a sus antenas ese día acotéis un poco el campo, pero lo más seguro es que os darán millones de resultados y, sin ningún criterio de búsqueda, no sirve de nada.

—Gracias por el trabajo y la idea, en cualquier caso.

—Inspectora, acaban de publicar un nuevo vídeo en la web —anuncia un agente en voz alta.

—¿En qué periódico? —pregunta, sacando el móvil del bolsillo con la idea de mirarlo inmediatamente.

—Le paso el enlace por WhatsApp. Según dicen, corresponde al día de la agresión sexual. Lo acabo de revisar. En el vídeo se ve a la víctima y al político caminando hacia la *suite*. Las cámaras graban cómo entran en la habitación. Se observa cómo se paran en mitad del pasillo y se besan. Yo diría que él le agarra a ella el trasero durante el beso. Luego entran de la mano en la habitación.

—¡Vamos! —exclama un agente varón—. En mi pueblo, eso ocurre antes de mantener relaciones sexuales voluntarias. Ella se besa con él y entra de su mano a la habitación. ¿Qué pensaba que iban a hacer? ¿Ganchillo?

—No sabía que hubiese hombres de Cromañón presentes —responde irritada una agente femenina—. ¿Y si ella en la habitación se arrepintió o no quiso pasar a mayores? Porque se hayan besado y entren de la mano en la *suite*, ¿ya obligatoriamente tiene que practicar sexo? A ver si te enteras de que no es no.

—¡Jo, tía! —no puede evitar decir el agente con el inevitable cachondeo que produce la expresión—. Hay veces que no hay que decir que sí para consentir. Se sobrentiende.

—Estás muy equivocado. En los tiempos que corren, solo sí es sí.

—¿Cuántas veces se lo tengo que preguntar a mi mujer mientras hacemos el amor? ¿Cada minuto? ¿Cada quince segundos, no vaya a cambiar de opinión?

—¡Tú hace años que no sabes lo que es el sexo salvo contigo mismo! —grita un compañero al fondo de la sala. Un coro de risas acompaña el comentario.

Esther decide intervenir. No quiere perder el control de la reunión ni que se rompa el buen clima de colaboración. Entiende que sus compañeros forman parte de la sociedad y tienen sus propias ideas. Ella misma había formado las suyas desde la propia experiencia, pero, cuando investiga un caso, las arrincona a favor de las pruebas. Sabe construir cortafuegos que separen lo personal y lo profesional.

—Compañeros, por favor, os ruego un momento de silencio. Vuelvo a daros las gracias por las gestiones, y a pediros un poco más de colaboración. Necesito que los que han aportado la línea del blanqueo y los que han abierto la posibilidad de que fuese un error, y que la muerte de Alina tuviese que ver con el anterior morador de la casa de alquiler, por favor, profundicen un poco más, a ver si tiene color. Os pido que sigáis un poco más. El comisario me ha prometido que se pagarán las horas extras. Mañana, la reunión volverá a celebrarse aquí, a la misma hora.

Se escuchan algunos abucheos.

—Ya sé que mañana es sábado. ¿Alguien de los implicados en estas dos líneas de investigación no puede o no quiere seguir? —pregunta abiertamente.

Ninguno pone objeción alguna.

—Pues muchas gracias. Nos vemos mañana.

La sala se va desalojando.

—Jandro, ¿cómo ha ido lo tuyo en el hotel?

—Una pérdida de tiempo. No guardan los vídeos de seguridad de aquella noche. Casi se rieron de mí cuando lo pregunté. Luego se pasaron cerca de una hora rebuscando en los archivos para localizar a la persona que estaba de turno en recepción cuando ocurrió la supuesta agresión. Finalmente, lo encontraron. El colmo de la mala suerte, murió hace diez años.

—¡Qué casualidad! ¿Algo sospechoso en el fallecimiento?

—En principio no. Nadie me ha comentado nada. El hombre se acababa de jubilar.

El agente trabaja a la antigua usanza. Lleva una pequeña libreta de anillas donde toma sus notas. Las revisa hasta que encuentra el dato.

—Tenía sesenta y cinco años cuando falleció.

—Si me hubieses dicho ochenta años, me preocuparía menos, pero, con sesenta y cinco, investiga las causas del fallecimiento. Quizá tengas razón y no haya nada, pero quedémonos tranquilos.

—Me lo apunto en la lista de cosas pendientes.

—¿Algo más?

—He hablado con la señora de la limpieza, una mujer ecuatoriana. Cuando le enseñé la placa se puso muy nerviosa. Sin que me diera tiempo a preguntarle nada, me dijo que tenía todos los papeles en regla, que llevaba diez años viviendo en España y que se presentaba al examen para acceder a la nacionalidad española la próxima semana. Cuando se calló, le expliqué que no pertenecía a Extranjería sino a Homicidios. Se asustó incluso más. Le conté qué necesitaba de ella y se soltó un poco. Asegura que por aquella fecha llegó a España y comenzó a trabajar en el hotel, pero que no guardaba ningún recuerdo especial del día de la presunta violación y que había pasado mucho tiempo. Afirma que si hubiese visto algo anómalo, supone que lo habría recordado. Vamos, que su testimonio no sirve para nada.

—¿Le enseñaste el vídeo en el que se ve cómo se lleva la mano a la boca cuando ve salir a Alina del hotel?

—Fue lo primero que hice. Insistió taciturna en que no se acordaba de nada.

—Pinta a miedo a meterse en un lío.

—Eso pensé yo. Una cosa más, pedí echar un ojo a la habitación, aunque no sé qué pretendía encontrar, porque, salvo para ver con mis ojos el lugar, no sirvió para nada. Un día perdido.

—¿Y el tema del acceso a las cámaras de seguridad?

—Ah, sí, perdona. Por entonces usaban un sistema vinculado a un ordenador y, por lo que me han explicado, cualquiera podía meter un «pincho» y llevarse las imágenes. No había contraseña ni nada. Pedí precintarlo para nuestros chicos de Informática y se han reído de mí. Me han explicado que el actual nada tiene que ver con el que había por entonces. Los ordenadores se les quedaron viejos y cambiaron todo el sistema informático. El que nos interesa a nosotros probablemente estará despedazado en la basura.

—¡Anda que me traes alguna buena noticia!

A Jandro le duele el comentario de Esther.

—Jefa, yo no tengo la culpa de que los ordenadores se queden viejos, ni de que se mueran los testigos...

—Lo sé. Es que está siendo un día muy largo y no veo la luz.

—Las investigaciones llevan su tiempo. Lo sabes mejor que nadie. Necesitas relajarte, te invito a una cerveza.

—Hecho —respondió la inspectora—. Además, tengo que devolverle el coche y las llaves a Julio.

—¿Y qué haces tú con esa antigualla?

—Es una historia muy larga.

—Pues mientras tomamos esas cañas, me cuentas.

Esther aparca el coche de Julio frente al bar.

—¿Tenemos ya el contacto con la segunda denunciante? —pregunta al bajarse del vehículo.

—No, los de prensa no han dicho nada.

—Para una cosa que se les pide, manda narices.

—Les insistiré.

Cuando están entrando en el bar, suena el teléfono de Esther. Mira la pantalla. Es el juez.

—Esto me va a llevar un tiempo —anuncia la policía.

—No te preocupes, voy calentando el sitio.

Jandro entra y Esther se queda fuera, apoyada en un banco.

—Señoría, buenas tardes o buenas noches, que no sé ni qué hora es.

—¿Cuénteme, qué tiene? —Parece agobiado.

—Antes de nada, ¿ha visto que han publicado un nuevo vídeo?

—Sí. Objetivamente, no veo ningún delito ahí. Son dos adultos besándose en un pasillo —responde su señoría.

—Eso creo yo.

—Me escama este goteo de vídeos a través de los medios de comunicación. Me da la sensación de que alguien está jugando con nosotros. Me siento una marioneta. Las elecciones están a la vuelta de la esquina. No puede ser casualidad —razona el juez.

—Le confieso que llevo todo el día dándole vueltas a la misma idea, pero a esta hora no tengo nada que avale esta sospecha. Las investigaciones contra reloj no son mi especialidad. Soy más de ir con sosiego. Al abarcar tanto, seguro que hay infinidad de agujeros por los que se me escapa algo.

—No crea que no valoro el esfuerzo que está haciendo —le anima su señoría—, pero necesito respuestas.

A Jandro le da tiempo a beberse dos cañas antes de que Esther se siente a su lado. Lleva dibujada la derrota en el rostro. El agente le coloca una cerveza entre las manos y espera paciente a que ella rompa el silencio. A veces, a la decepción hace falta hacerla reposar, sin agitarla con palabras, para poder olvidarse de ella, al menos por un rato.

Choca su botellín con el de su compañera para sacarla de sus pensamientos y logra arrancarle una sonrisa.

La televisión suena de fondo.

Los dos levantan la cabeza cuando al comienzo del telediario de Antena 3 escuchan a Vicente Vallés contar que, durante la tarde, Brotes Verdes ha convocado a todos sus simpatizantes a un mitin final de campaña en Castellón.

—A primera hora de esta tarde, Brotes Verdes ha anunciado que al mitin de cierre de campaña de esta noche asistiría Lázaro. Sus últimas horas han sido ajetreadas. Acusado de violación, detenido, puesto en libertad con cargos y sospechoso de la muerte de la mujer que le denunció. Mucho se ha especulado con el rechazo que provoca ahora mismo su figura y si acudiría gente a presenciar el acto. Nos vamos en directo hasta la plaza de toros de Castellón a comprobarlo.

En ese momento, da paso a una periodista que está junto a una de las puertas de acceso al coso.

—Tradicionalmente, en Castellón el electorado no participa demasiado en los actos de campaña y esta plaza la han llenado pocos líderes. Por primera vez, no solo no cabe nadie más, sino que, como veis, hay una multitud en el exterior que se ha quedado sin la posibilidad de ver a Lázaro Arnau. Y eso a pesar de las graves acusaciones que penden sobre él. Hemos hablado con alguno de los asistentes para conocer la razón de su presencia esta noche. Unos nos dicen que acuden simplemente por el morbo y otros para dar su apoyo a Lázaro. El mitin acaba de comenzar. Si os parece, escuchamos al líder de Brotes Verdes.

—No me voy a rendir y no quiero que vosotros lo hagáis. Me han acusado de algo muy feo, repugnante. De agredir sexualmente a una mujer. ¡Jamás haría algo así! Yo amo y respeto a todas las mujeres. Quien diga lo contrario, miente. Que os quede muy claro cuando vayáis a votar pasado mañana: soy inocente. ¡Inocente!

Se escucha una ovación.

—Hay mucha gente con miedo. Las grandes empresas, los grandes *lobbies* de presión, los que se dedican a contaminar, los que piensan que el cambio climático es una patraña… Hay mucha gente interesada en que Brotes Verdes no gobierne. Nosotros apostamos por cuidar del planeta, por reciclar, por las energías verdes, por sancionar a quienes contaminen… Lo sé, proponemos un cambio radical y los cambios no gustan nunca. Las estructuras tradicionales de poder están aterradas. ¿No os parece curioso que nos disparamos en intención de voto en el último CIS y de repente se publican unos vídeos míos de hace diez años? ¿Quién los guardaba y por qué? ¿Cómo los ha conseguido el periódico y por qué los publican justo ahora? ¿De verdad creéis que esto es una casualidad? A mí me parece que alguien quiere adulterar los resultados de estas elecciones generales. A mí me parece que os quieren engañar. A mí me parece que me quieren tachar de la competición con trampas e insidias.

Ovación cerrada.

—Os voy a hacer dos promesas —anuncia cuando amainan los aplausos—. Una: no va a ocurrir nunca, pero si la acusación contra mí no se archiva y tengo que sentarme en un banquillo, ¡dimito! Lo juro. Y la segunda promesa, que es la importante: ¡vamos a ganar estas elecciones!

Ovación aún más cerrada.

—Nunca el número uno de una lista por Castellón ha llegado a la presidencia del Gobierno. ¡Jamás! Hagamos historia. ¡Haced historia conmigo! Coged vuestros teléfonos, llamad a vuestros familiares y amigos y convencedles de que, si creen en la democracia, si no quieren un golpe de estado encubierto, unas elecciones fraudulentas, el domingo todos a votar a Brotes Verdes.

La plaza de toros parece que se cae.

Jandro y Esther se miran con los ojos muy abiertos.

—Tiene labia.

—La tiene —reconoce Esther.

En la pantalla se observa de repente cómo un hombre se abalanza con un cuchillo sobre Lázaro. La gente grita histérica. El político le ve venir en el último instante. Le da tiempo a apartarse un poco y evita la cuchillada en el corazón, pero se lleva un buen tajo en el costado. Los miembros de seguridad se lanzan sobre él y consiguen reducirle. En la imagen se ve cómo Lázaro se saca él mismo el cuchillo y lo tira en el suelo. Su gesto es de dolor. Unos sanitarios corren a socorrerle. Al espontáneo lo reducen con violencia y se lo llevan detenido a empujones.

En el bar, todo el mundo tiene la vista fija en la pantalla. No se oye un murmullo.

Los sanitarios tapan a Lázaro mientras le asisten. El periodista no aporta información, solo describe con voz alterada lo que ve desde el sitio donde está y especula sobre la gravedad de la puñalada.

En la plaza de toros hay un silencio sepulcral. No se oye un alma. Nadie se mueve de su sitio. Da la sensación de que el tiempo ha quedado parado. Todos quietos, a la espera de noticias, mirando el escenario. Solo sobre el estrado hay un movimiento frenético. Llegan dos enfermeros con una camilla. Parece que se quieren llevar a Lázaro. Hay una discusión, tras la que se retiran a una distancia prudente. Uno de los sanitarios que asiste al político se aparta y por fin la cámara capta la imagen del empresario tirado en el suelo. Mantiene el rictus de dolor en el rostro. Alguien le dice algo y él niega con la cabeza vehementemente. Parece que quiere levantarse. Le ayudan a ponerse en pie. Un nutrido grupo de personas le rodea. Se le ve gesticulando con fuerza. Los doctores se retiran un poco y el político se acerca al estrado.

El público, al verle en pie, con vida, le ovaciona y la plaza atruena.

Jamás se ha visto algo igual en Castellón. El suelo tiembla.

Lázaro sonríe y trata de levantar las dos manos en señal de agradecimiento. Se encoge por el dolor. En la plaza resuena un «¡¡¡Ooohhhh!!!». El empresario se recompone y logra estirarse de nuevo. Esta vez levanta solo una mano, la del costado no dañado, y sonríe. Los aplausos arrecian con más energía que antes.

En pantalla se ve que le han vendado rudimentariamente la herida. Tiene un color rojizo, de empezar a mojar la gasa. Lázaro se toca la zona y luego la cara para quitarse el sudor. Se mancha de sangre el rostro, pero no se da cuenta. El público corea: «¡Presidente! ¡Presidente!». Cuando se sosiega la algarabía, Lázaro habla.

—Me han culpado de una violación que no cometí. Me detuvieron, dormí en el calabozo, pero el juez me ha dejado libre. ¿Sabéis por qué? Porque soy inocente. Lo diré las veces que haga falta. Inocente. Habéis visto lo que ha ocurrido. Me han querido asesinar. Alguien muy poderoso quiere borrarme de la carrera a la Moncloa. Tienen miedo al cambio que propone Brotes Verdes. Están muy asustados, pero os voy a decir algo: ni con acusaciones falsas ni con cuchillos me van a derrotar.

Se escucha una enorme ovación. Cuando el sonido se aplaca, Lázaro vuelve a tomar la palabra. Se nota que está haciendo un gran esfuerzo. La herida ha empapado completamente la venda y tiene la frente perlada de sudor.

—Os voy a contar algo personal. En las últimas horas, mi padre se ha salvado también de morir. Un infarto provocado por cientos de borregos que le han acosado, insultado y vilipendiado en las redes. Le atacaban por mí. Le llamaban de todo, padre de violador y mil barbaridades más. ¡A mi padre! Un pobre jubilado, un médico que ha trabajado toda la vida en urgencias, salvando gente. Esta noche, aquí, os voy a hacer una firme promesa: el domingo conquistamos la Moncloa.

Lázaro se tambalea. Su equipo se acerca a socorrerle, pero se reincorpora y les hace un gesto para que se mantengan apartados.

—Ni las mentiras, ni las insidias, ni los cuchillos van a acabar con Brotes Verdes ni conmigo. El domingo, todos a votar. Pero antes, hoy y mañana, llamad a vuestros familiares, a vuestros vecinos, y contadles la verdad, lo que habéis visto aquí hoy. ¡A ganar, a ganar y a ganar!

El empresario recibe una ovación. Aguanta unos segundos, pero se nota que no está bien. Se tambalea. Dos miembros de su equipo corren a asistirle y le sostienen cuando está a punto de desmayarse. En la tele, se ve que tiene los ojos cerrados y ha perdido la consciencia. Le sacan en volandas del escenario.

La música suena atronadora, los banderines se mueven al aire y el público aplaude.

Minutos antes de que comience el telediario de las nueve de la noche en Antena 3
Gimnasio Holmes Place en el Palacio de Hielo de Madrid

Silvia quema su mala leche en el gimnasio a ritmo de ACDC. Lleva horas agitando su red de contactos, pero desde Madrid le cuesta rascar algo en firme de Castellón. Ha intentado proponerle a su director dos veces que la deje viajar, pero no ha querido ni recibirla. Cuando se lo ha propuesto a algún cargo intermedio, todos le han dicho que el asunto lo manejaba directamente Dios. Solo él puede aprobar el gasto.

Después de tantos años de esfuerzo se ve en la calle. Sabe que tiene nombre y prestigio, pero no le apetece ponerlo a prueba buscando otro lugar donde trabajar. Lleva sumida en la misma noria de pensamientos desde que echó a correr en la cinta. Está en bucle. Le vibra el móvil. Ha recibido una petición de chat secreto en Telegram. Corresponde a un número desconocido. Baja la velocidad de la cinta y acepta. Tiene que leer rápido porque los mensajes se autodestruyen a los diez segundos.

—Tengo algo para ti del tema Lázaro —le anuncia el desconocido.

La periodista para la cinta. Necesita concentrarse. Mira el número otra vez, pero sigue sin reconocerlo. A veces le pasa que le escribe gente desconocida para contarle cosas. Los polis se pasan su teléfono unos a otros sin pedirle permiso. Quizá se trate de eso.

—¿Quién eres?

—Un amigo.

—¿Tienes nombre y apellidos?

—Sí, pero no te hacen falta.

—¿Quién te ha dado mi número privado?

—Haces demasiadas preguntas.

Silvia está a punto de ser borde y plantearle un ultimátum, te identificas o adiós muy buenas, pero se contiene. Le ha dicho que tiene algo de Lázaro y se trata de un cebo muy sabroso. Necesita morder y probarlo. Recula un poco.

—Preguntas lógicas.

—¿Quieres una prueba que demuestra que Lázaro no cometió la agresión sexual?

—¿…? —Escribe Silvia, a la que es la primera vez que le pasa algo similar en la vida.

—*El Continente* os lleva la delantera. Te serviría para dar en las narices a la competencia y volver a convertirte en la periodista de referencia. Estos días no he visto tu nombre firmando los artículos.

Le da tiempo a leer todo por los pelos antes de que se borre. Se da cuenta de que quien le escribe no solo sabe quién es ella, sino que también ha deducido con acierto que algo raro está pasando en su periódico.

—Estoy con otro tema —se inventa a modo de excusa.

—¡Qué extraño que dejes pasar una noticia tan gorda!

Silvia no quiere seguir transitando ese diálogo.

—¿De qué se trata?

—Es un bombazo.

—Eso lo decidiré yo. ¿Qué es?

—Un vídeo.

—¿Otro? El de cómo entran juntos a la habitación y el de cómo ella sale aterrorizada ya están publicados.

—Hablo de otro diferente.

—¿Y qué se ve?

—Vas muy rápido. Hay condiciones.

—Tú dirás.

—Yo no existo y no te habré entregado nada.

—Hecho —promete Silvia sin pensarlo.

—Dame tu palabra.

—La tienes.

El móvil recibe al instante un archivo. Silvia mira la pantalla y se da cuenta de que su interlocutor ha ampliado a un minuto el tiempo del que dispone antes de que se borre el archivo. Lo selecciona y se lo manda rápidamente al correo.

—¿Lo tienes?

—Lo tengo.

—Suerte —se despide el desconocido y elimina el chat.

Silvia no ha hecho captura de pantalla porque el teléfono habría avisado a su interlocutor, pero sí ha memorizado su número mientras hacía que meditaba alguna de las respuestas. Lo escribe y lo archiva en el móvil para no olvidarse. Abre el correo y ve el archivo. Le invade la idea de que puede tratarse de un virus. Una trampa de alguien que quiera tener acceso a su teléfono. Duda. Se muere de ganas de ver el vídeo, pero no se puede jugar la seguridad de sus contactos ni tampoco su vida personal.

En casa guarda un portátil viejo que usa para estos casos. Le da lo mismo que se lo infecten. Baja de la cinta, corre hasta el vestuario, recoge su bolsa de la taquilla y sale pitando para casa. Ni se acuerda de que está sudada y necesita una ducha. Solo importa la noticia.

Aunque acierta a la primera, nota que le tiembla el pulso al meter la llave en la cerradura. Se enfada consigo misma por dejarse llevar por los nervios. Entra, tira la bolsa de deporte y el bolso sobre el sofá, saca el portátil y lo enciende. Mientras espera a que arranque, tarda un mundo al ser tan antiguo, mira el móvil. Ninguno de los mensajes que le mandan capta su atención. Revisa la portada de su periódico en internet y lee que Lázaro habla de una conspiración política y empresarial para destruirle. Siempre ha recibido con escepticismo hipótesis así. Históricamente, nunca se ha demostrado ninguna. Se trata de una buena estrategia de comunicación, pero con nula base.

Arrincona cualquier pensamiento, cuando el ordenador termina de encenderse. Abre su correo, descarga el archivo y lo abre.

Al principio no entiende qué está viendo, pero al poco tiempo, cuando observa cómo se abre la puerta y entran dos personas, lo comprende. Abre mucho los ojos, asombrada, y comienza a agitar las manos.

—¡No puede ser! —exclama.

El vídeo dura casi dos horas. Ve los diez primeros minutos sin pestañear y con las manos tapándose la boca. Cuando sale del estado de ensimismamiento, avanza la película hacia el final en modo rápido.

—¡No, no puede ser verdad! —vuelve a exclamar.

La secuencia acaba y Silvia sigue absorta en la pantalla, ahora en negro. No puede despegar los ojos. La cabeza le funciona a mil revoluciones.

—No es un pelotazo —murmura—. Es una puta bomba atómica.

Mete el ordenador en una mochila y sale corriendo hacia el periódico.

No lo sabe, pero en Castellón acaban de intentar asesinar a Lázaro.

Media hora después está entrando en la sede del periódico. Se ha olvidado de que lleva zapatillas de deporte, mallas ajustadas y un top que deja a la vista su vientre plano y duro. En el periódico se respira un enorme frenesí. Lo habitual es que a esa hora ya quede poca gente, pero está lleno. Sospecha que algo ha debido de suceder porque hay carreras y gritos por todos lados. Va en línea recta hacia el despacho del director. Su secretaria hace horas que se ha ido a casa. Se arma de valor, llama a la puerta y abre sin esperar a pedir permiso. No hay nadie. Desconcertada, sale de nuevo a la redacción y se fija en que Dios está en maquetación, rodeado de otros responsables. Deduce que están decidiendo la estructura de la portada, aunque jamás se reúnen en un lugar que no sea el despacho de Dios.

Se acerca, resuelta. Lleva su viejo portátil bajo el brazo. Los jefes la miran, pero ni saludan ni le prestan atención. El periódico es como una secta. El director la ha señalado y ella ha quedado excluida del grupo. En privado puede que se comporten de otra forma, pero en público la lealtad al líder debe alcanzar las máximas cotas de obediencia. La mirada de desprecio de Dios hace que se tambalee su confianza.

—Necesito hablar con usted —pide Silvia.

Ariel levanta la vista de la pantalla.

—¿Qué? ¿Me vas a invitar al gimnasio? ¿A que te acompañe a hacer flexiones?

Se escucha alguna risa en el grupo que le rodea.

—Es importante.

—¿No puede esperar a mañana?

—No, señor.

—Pues estoy con la portada y no sé cuánto voy a tardar —responde, molesto por la insistencia de la periodista.

—Realmente es urgente.

—¿Más que el intento de asesinato de Lázaro en pleno mitin de cierre de campaña? —pregunta irritado.

Silvia se queda estupefacta. Está a punto de preguntar: «¿Lo han intentado matar?», pero logra contenerse. En qué horrible posición la dejaría no haberse enterado. Perdería todo crédito y no va sobrada. También logra contener la cara de asombro.

—Tendrás que esperar —sentencia Dios, al ver que no responde.

—Señor —insiste la periodista—. Lo que quiero contarle cambia la portada del periódico de mañana de arriba abajo. Es, sin duda, más importante que el intento de asesinato.

Nota que Dios duda por primera vez.

—¿A quién han matado? ¿Al presidente del Gobierno y tienes tú la exclusiva?

—No es eso.

—Cuéntame, entonces, tienes mi atención.

—En privado, por favor. Le juro que no se arrepentirá.

Dios suspira y camina hacia su despacho con mala cara. Silvia le sigue.

Los redactores que les ven pasar tuercen el gesto. Más de uno apuesta a que su compañera terminará recogiendo sus cosas esa misma noche.

—A ver qué narices me quieres contar —suelta Dios con enorme agresividad. Se ha sentado en su mesa, no en la de reuniones, que invita más al diálogo, estableciendo distancia con la periodista y marcando jerarquía.

Silvia desdobla el portátil, se lo coloca frente a la cara y le pide que apriete la barra espaciadora.

Dios lo hace, mira la pantalla con desidia, pero según van pasando los segundos sus ojos se van abriendo cada vez más y se inyectan de interés. Silvia juraría que se ha olvidado de parpadear. Al cabo de unos minutos, Dios pausa el vídeo.

—¿Cómo has conseguido esto? —pregunta con tono nervioso, y del que ha desaparecido cualquier deje de rudeza.

—Trabajando lenta pero segura. —Se permite la licencia.

—¿Una fuente?

Silvia asiente.

—Quizá necesite conocerla —aventura Ariel.

Silvia niega con la cabeza.

—Eso va a ser imposible.

—¿Lo tienes solo tú? — pregunta con la misma ansiedad del principio.

—Eso creo, aunque no lo puedo garantizar al cien por cien.

—¡Pero esto es la hostia!

—Lo es.

—Nos vamos a forrar a vender periódicos mañana. Y la web se va a disparar. Es maravilloso. Vamos a batir récords. ¿Te das cuenta?

—Y de paso contamos la verdad —se vuelve a conceder Silvia el comentario.

Dios no se da por aludido.

—Importa más el dinero que la verdad, no lo olvides. Sin financiación no hay medio desde el que contar la verdad. Pero, ¿qué haces de pie? Siéntate, por favor —sugiere cariñosamente.

Silvia permanece en pie.

—Eres orgullosa —dice, mientras toca la barra espaciadora para detener el vídeo. Levanta la mirada de la pantalla por primera vez y la mira—. Permíteme que te haga una sugerencia. Tengo muchos más años que tú y es algo que he aprendido con el tiempo. Debes aprender a olvidar. El rencor solo cansa a quien lo siente. Y mira lo que te digo, en la vida no permitas que tus enemigos, si los tienes, sepan que lo son. En tu caso, no te merece la pena estar enfadada, y menos conmigo. Solo te puede perjudicar. Y, además, te equivocas en algo. Yo siempre he creído en ti. Si me has notado más arisco estos días era para motivarte. Porque sabía que podías dar mucho más de ti, y no me he equivocado. Esto que me has traído es oro puro —dice, señalando el ordenador—. Y, vistos los resultados, me parece que te voy a motivar más veces de la misma forma. Así que acostúmbrate. Y ahora, por favor, toma asiento.

—Preferiría que no lo hiciese. Ya tengo yo mi propia autoexigencia como para que alguien me presione aún más desde fuera —razona la periodista, que finalmente accede a tomar asiento.

—Voy a cambiar la portada. Habrá que retrasar el cierre. La noche se nos va a hacer eterna, pero cuando ocurren cosas como estas disfruto estando despierto. ¿Cuánto crees que tardarías en escribir una doble página?

—Tres cuartos de hora largos. Quizá un poco más.

—Ponte inmediatamente.

—Me gustaría llamar a Lázaro para que me hiciese unas valoraciones.

—Lógico. Ahora te paso su número, aunque dudo que te atienda. Probablemente lo estén interviniendo de urgencia en el hospital.

—¿Y llamar al número del partido?

—Ni se te ocurra. A Lázaro sin problema, porque es el líder de Brotes Verdes y la persona afectada, pero a nadie más. No quiero dar pistas al enemigo.

—No me ha recomendado no tenerlos…
—El resto de medios lo son, pero nunca se lo he dicho.

Durante los siguientes minutos, Silvia escribe frenéticamente, ajena a las miradas de curiosidad de sus compañeros. Nadie entiende qué ha pasado. Están sorprendidos. Muchos de ellos habían vaticinado internamente que esa noche salía por la puerta con una caja en las manos, pero, muy al contrario, da la sensación de que algo gordo y muy secreto se estaba cociendo por las nuevas carreras de los jefes de un lado para el otro. Dios había acompañado a Silvia a su mesa y le había guiñado un ojo antes de volverse a reunir para discutir la portada. Tiene una sonrisa colgada, como si le hubiera tocado la lotería. De vez en cuando se pasa a ver a Silvia por su pequeño cubículo y, aunque ella ni se da cuenta porque sigue tecleando, le hace una leve carantoña en la espalda.

Termina de escribir sin que Dios la haya presionado en ningún momento para que entregara. Relee la crónica y corrige algún error. Cuando se queda satisfecha, decide llamar por teléfono a Lázaro. Solo le queda eso, conocer la reacción del político a su inocencia. Seguro que le sorprende. Marca los números y espera el tono. Nadie descuelga. Se enfada consigo misma por no haberlo hecho antes, pero tenía tanta ansia por escribir la historia que se le fue de la cabeza. Lo intenta varias veces con la esperanza de que esté comunicando, sin éxito. Suena y, al cabo de varios tonos, salta el buzón de voz comunicando que está lleno.

—He terminado ya la crónica —anuncia al grupo de jefes que miran la pantalla del diseñador gráfico. Entre ellos está Dios. Todos le sonríen. ¡Cómo ha cambiado la película!—. He llamado a Lázaro pero lo tiene apagado.

—Lógico. Lo han llevado al Hospital Provincial de Castellón porque está justo al lado de la plaza de toros. Parece que le van a tener que operar. No te preocupes —la tranquiliza Ariel.

—Me hubiera gustado conocer su valoración.

—No pasa nada. Tienes la historia principal, el bombazo del año —dice orgulloso, señalando la pantalla—. Mañana en bares, terrazas, hogares, en el trabajo, en cualquier sitio, todo el mundo hablará de nosotros. No habrá otro tema de conversación. Las demás noticias quedarán opacadas. *La Península* reinará entre los medios de comunicación. Y es gracias a ti.

Dios aplaude y el resto de directivos se suman al aplauso. Silvia se ruboriza.

5

Jornada de reflexión
8.00 horas
Hospital Provincial de Castellón

Jesús sube por las escaleras a la segunda planta. Con un simple vistazo, cualquiera podría averiguar en qué habitación está ingresado su amigo Lázaro. Dos policías nacionales custodian su puerta.

—Buenos días —saluda.

Los dos se levantan impulsados por un resorte. Se les nota el cansancio de una noche en vela.

—Soy Jesús Porcar, el abogado de Lázaro —dice enseñando su DNI y sacando una tarjeta de presentación del maletín de mano que lleva consigo—. Necesito hablar con él.

—No se le puede molestar —contesta el agente que parece más mayor—. Tenemos instrucciones estrictas.

—Mire, si quiere registre mi maletín y me cachea, incluso puede acompañarme dentro de la habitación. Lázaro le confirmará que soy su abogado, pero necesito pasar a verle ya.

—Un segundo.

El que parece el jefe de los dos se separa un poco y hace una llamada telefónica. Mientras habla no quita ojo al letrado. Tiene una prudente mano apoyada en la pistola que le pende del cinto. Cuando cuelga, parece un poco más amable.

—Necesito cachearle, póngase contra la pared con las manos apoyadas y las piernas abiertas.

Jesús obedece de mala gana, pero sabe que si no lo hace se queda sin ver a Lázaro, y necesita hablar con él con urgencia.

El agente se toma su tiempo. Le palpa con consideración, pero sin dejar un resquicio. No quiere sorpresas. Cuando acaba le pide que se dé la vuelta y registra el maletín.

—Todo en orden —concluye—. Acompáñeme.

Lázaro duerme. La puñalada, sumada a la jornada de tensión del viernes, despertar en el calabozo, el interrogatorio de Esther, la reunión en su casa con sus compañeros de partido para convencerles de seguir luchando y para diseñar el plan de acción, el mitin en Castellón con el pabellón a rebosar, los aplausos, el intento de asesinato, los gritos de «¡Violador!» de un nutrido grupo de manifestantes que le esperaban en el exterior cuando lo metieron en la ambulancia, el escrache brutal al que sometieron al vehículo sanitario, al que casi vuelcan porque pensaban que se trataba de una treta del político para zafarse de su protesta, la carga de la Policía contra los manifestantes…

—Lázaro —susurra Jesús.

El político abre los ojos y le sonríe.

—Buenos días. ¿Cómo estás?

Lázaro levanta el pulgar.

—Me has tenido muy preocupado. Vine corriendo desde la plaza de toros, detrás de la ambulancia, pero no me dejaron pasar. Esperé a que te operaran y, cuando me garantizaron que todo había salido bien y que te iban a trasladar a planta, me fui a casa a descansar un poco. Tu padre quería venir a visitarte, pero como está mayor, le dije que mejor esperara a hoy. Le he ido informando de todo.

—Gracias, Jesús —logra articular con voz pastosa el político.

—Agente —se dirige el letrado al policía—. Como ha podido comprobar, me conoce. No quiero parecer descortés, pero necesito hablar en privado con mi cliente, por favor.

El hombre mira al político, quien confirma con la cabeza.

—Estaré al otro lado, por si me necesita —advierte antes de salir.

El sonido de la puerta marca el reinicio de la conversación.

—Tengo buenas noticias. Excelentes.

El empresario abre los ojos, interesado.

—Eres inocente. Se trataba de una denuncia falsa. ¡No violaste a nadie!

—¡Qué sorpresa! Eso ya lo sé yo —dice con ironía.

—No lo entiendes. No se trata de creer o no en tu palabra. Hay pruebas de tu inocencia.

—¿Cómo puede ser? —pregunta Lázaro, desconcertado—. ¿Qué ha pasado?

Jesús abre el maletín, saca un periódico y lo extiende ante sus ojos.

—¿Puedes leerlo? —pregunta.

Lázaro asiente levemente. No se lo puede creer. Allí está el titular. En portada. Escrito a grandes letras.

LÁZARO, INOCENTE

> Un nuevo vídeo, desconocido hasta ahora, desvela que la denuncia que Alina formuló contra el político es falsa. En esta grabación, a la que ha tenido acceso en exclusiva *La Península*, se observa con nitidez todo lo que ocurre en el interior de la *suite* del hotel Luz desde que entra la pareja hasta que la mujer sale de la misma. En la filmación, que dura en torno a dos

horas, se observa cómo Lázaro y su acompañante se besan con pasión, sin que haya ningún signo de violencia, forzamiento o negativa por parte de Alina. Se desnudan el uno al otro y, de las prácticas sexuales que mantienen en el interior del *jacuzzi*, se infiere no solo que son consentidas, sino que Alina lleva la iniciativa en todo momento y Lázaro se deja hacer. Cuando culminan el coito, la denunciante sirve una copa al político, parece que de champán, y otra para ella. En las imágenes da la sensación de que, además del líquido, vierte algo más en su interior, pero la secuencia no es suficientemente nítida como para afirmarlo sin género de duda. Beben los dos y vuelven a practicar sexo, esta vez en la cama, pero en mitad de la relación parece que Lázaro va perdiendo empuje hasta que se queda profundamente dormido. Ella espera quieta durante unos minutos. Da la sensación de que escucha su respiración. Para asegurarse, le da un cachete en la cara, pero el político ni se inmuta. Entonces se levanta de la cama y rasga su propio vestido y las medias. Se viste con la ropa rota y se mira en el espejo. Del bolso saca lo que parece maquillaje y, con color, desfigura su cara como si hubiera recibido algún golpe. Cuando acaba, regresa a la cama y le lanza un beso con la mano a Lázaro. Extrañamente, él se mueve en ese momento. Alina parece asustarse y se dirige de puntillas hacia la salida. Abre la puerta y corre sin mirar atrás.

El artículo sigue aportando información, pero la esencial es esa. Acompaña la crónica de cinco fotografías, una de Lázaro y Alina besándose, otra en la que se aprecia cómo ella, completamente desnuda, se ha encaramado encima de él en la cama (han elegido una en la que se le ve la espalda y parte del glúteo), otra en la que ambos chocan las copas, la penúltima maquillándose frente al espejo los moretones y una última de ella saliendo de la habitación mientras él está tumbado en la cama.

Lázaro levanta la cabeza del periódico sin saber qué decir.

—Fabuloso, ¿eh? —apunta Jesús, y luce una sonrisa espléndida—. Inocente de la violación. Y por lo que se ve en las fotos, encima te lo pasaste en grande y lo diste todo. Eres un toro. ¡Te envidio!

—¿Pero por qué me denunció? ¿Por qué hizo algo así? ¿Qué ganaba mintiendo?

Lázaro está completamente despejado y la aparente debilidad de su voz ha huido.

—Vete a saber. Quizá quería convertirse en alguien famoso. Nunca lo sabremos. Está muerta. Olvídate. Debes enfocarte en lo importante.

—Es que no me lo puedo creer —protesta, mirando al techo de la habitación.

—Escúchame. Lo importante es que tu nombre está limpio y que te presentas a unas elecciones generales. Hoy la noticia tiene nombre, Lázaro, y apellido, Inocente. Tú mismo lo decías antes de que te apuñalasen. Sin duda, alguien muy poderoso te ha tendido una trampa. Aprovecha el vídeo de hoy para terminar de darle la vuelta a la tortilla y ganar las elecciones, pero para ser primero, no segundo ni tercero.

—En el mitin estaba muy enfadado. Iba a perder un montón de votos por una acusación falsa. La verdad es que desconozco si se trata de una trampa y si hay alguien detrás de ella. Esa es la realidad.

—Lázaro, en este punto la verdad da lo mismo. Solo importa ganar. Los españoles se pirran por las conspiraciones y las teorías alternativas. Tú solo insiste en que alguien te tendió una trampa y en que te querían sacar de la carrera a la Moncloa con malas artes.

—No sé, quizá me equivoqué de estrategia. Si pido limpieza, debo comenzar por mí.

—Lo importante es que ganes. Este país y el mundo necesitan un líder verde.

—Mira lo que han hecho conmigo. Una acusación infundada puede hacer mucho daño.

—Pero ¿qué dices? Tú no estás señalando a nadie.

—Eso es verdad —reconoce Lázaro.

—El arte de la política consiste en decir una cosa y la contraria dependiendo de las circunstancias. En un mundo que va a toda velocidad, la verdad y la mentira se funden. Pero es que, además, no existe memoria. Todo es ahora. No existe el ayer. La política perdió su esencia hace años. Puedes decir hoy «A» y mañana «B» y no pasa nada. Hay tanto ruido, tantas distracciones, tanto político hablando y mintiendo, que a nadie le importa ya. Las mentiras no pesan.

El empresario se reclina en la cama y cierra los ojos, pero no replica.

—Ahora tu objetivo debe ser alcanzar el poder. Da igual cómo. Sentarte en el sillón de la Moncloa y dirigir el país como tú quieres. Ese debe ser tu único objetivo. ¿Acaso tus propuestas son mentira? —pregunta Jesús con pasión.

—No, esas no. Planteas el viejo debate de si el fin justifica los medios. Quiero ser un político honesto. Mentir para ser presidente me convierte en uno de ellos.

—Te voy a poner un ejemplo. Si miras *Cielo Azul*, de Kandinsky, y aseguras que el cuadro es azul, dirás la verdad, pero si afirmas que es rojo, naranja y amarillo, tampoco mentirás. ¿Me sigues? La verdad no es estrecha e inamovible. La verdad puede ser amplia y tiene cintura.

—Una forma de verlo.

—La única.

—El tiempo lo cura todo, menos la mentira —murmura Lázaro.

—Deja que pasen los meses y verás cómo nadie se acordará.

Durante unos minutos, se hace el silencio en la habitación. Jesús no sabe si ha convencido a su amigo o no. Le concede un rato para que medite.

Cuando considera que el mensaje ha calado, vuelve a tomar la iniciativa.

—Tú lo que quieres saber es si hay alguien moviendo los hilos para hundirte, ¿se trata de eso?

—Me has entendido perfectamente.

—Déjalo en mis manos. Te prometo averiguarlo. Pero quiero hacerte una pregunta: ¿ha salido alguien a dar la cara por ti? ¿Algún miembro de tu partido o de otros? Al único que te ha defendido sin fisuras lo tienes delante, no lo olvides. —Jesús habla con contundencia, como si estuviese en el informe final de un juicio—. ¿Ha reivindicado alguien tu presunción de inocencia, o se han callado como cobardes por si les salpicaba a ellos? ¿Crees que en los otros partidos no se han alegrado de la zancadilla que te han puesto? ¿Crees que no se estaban frotando las manos y calculando la fuga de votos que iban a recibir antes de que se demostrase tu inocencia? Todos ellos, con su silencio, han colaborado en construir la mentira. Me parecen tan culpables como quienes la han urdido.

Lázaro vuelve a abrir los ojos y le mira fijamente, pero no responde, como si estuviera rumiando la información y buscando respuestas a las preguntas que le formula su abogado.

—Lázaro, me gusta tu honestidad —elogia en un tono más relajado Jesús—. Por eso te voy a votar, pero un gobernante también necesita una pizca de maldad o de picaresca. Tú debes gobernar España. Llevarnos por la senda de la ecología, del reciclaje, de la concienciación con las energías alternativas, del cuidado del planeta. ¿No merece ese objetivo que dejes sobre la mesa una insinuación? No digo que acuses a nadie, solo un esbozo.

—Quizá tengas razón. En el supuesto de que hubiera alguien detrás de esta jugada, le ha salido mal. Si querían borrarme, pegarme una patada en el culo y echarme de la escena política, van listos.

—¡Ese es el espíritu! —exclama Jesús—. Con fuerza, con energía. Eres un ganador. Lo supe el día que te conocí. Si te dan el alta hoy, mañana domingo, antes de que abran los colegios electorales o a media mañana, deberías airearte, darte un paseo, hacer deporte, que eso siempre queda bien y permitir que los periodistas te graben y te entrevisten. Que lo gestione tu gabinete de prensa. Pero que lo hagan con margen para que te saquen todos los telediarios de las tres de la tarde. Estos días has sido carnaza, pero a partir de ahora llega el tiburón.

—No quiero ningún problema con la junta electoral central.

—Lázaro, esa picardía, amigo mío —le riñe Jesús—. No se trata de que pidas el voto. Hazlo con sutileza. Reivindica tu inocencia y di que el pueblo español puede votar a quien quiera sin que ninguno de los candidatos tenga un acusación falsa sobre su cabeza. Algo así. ¿Me prometes que lo harás?

—No sé si me darán el alta.

—Y si no, la pides voluntaria. No me jodas. La puñalada tampoco parece tan grave. El gobierno importa más. Ya te recuperarás una vez que hayas ganado las elecciones.

—Si estoy muerto, de nada servirá que gane.

—Al final me vas a salir un blando.

—Como me levante te doy una colleja.

Jesús sonríe. El hombre postrado frente a él lo tiene todo para triunfar, una acusación falsa, pruebas que lo demuestran, una puñalada injustificada. Es una víctima y la opinión pública adora a las víctimas. A las verdaderas y a las falsas.

A Esther la levanta de la cama el juez.

—Señoría, buenos días —saluda, conteniendo un bostezo.

—¿Ha leído la noticia de *La Península*? —pregunta de forma abrupta, olvidando el saludo.

—No, perdone, estaba dormida. Me ha despertado usted. ¿Es importante?

El magistrado no hace ademán de disculparse y sigue con la razón de la llamada.

—Se lo mando al teléfono. Léalo y me llama inmediatamente —avisa antes de colgar.

La inspectora se toma su tiempo. Está de malhumor. Pasa por el baño, se lava la cara, los dientes y prepara una cafetera antes de mirar el teléfono. El móvil nunca puede ser lo primero por la mañana. Cualquier cosa puede esperar. Cuando la cafetera termina de silbar, apaga el fuego y se sirve una taza de café oscuro. Sorbe un trago.

Ya está preparada para leer lo que sea que le ha mandado su señoría. Cuando acaba con el texto de la noticia, se fija en las fotos, las amplía con los dedos y las revisa una a una. El teléfono vuelve a sonar.

—Le he dicho que me llamase. ¿Lo ha visto ya? —pregunta el juez, ansioso.

—Acabo de terminar.

—Quiero ese vídeo en mi despacho esta misma mañana. Le he mandado al móvil una providencia que acabo de redactar en la que se ordena al medio de comunicación *La Península* su entrega inmediata en el soporte original. Usted y yo lo vamos a ver juntos. Si el vídeo es auténtico y no lo han trucado, hoy mismo archivaré la causa por agresión sexual contra Lázaro. No seré yo quien lastre sus opciones políticas con una acusación falsa.

—Señoría, pero ¿y el asesinato de Alina?

—¿Tiene usted alguna prueba que vincule su muerte con el político?

—No, de momento no.

—Pues no me haga perder el tiempo y consiga el vídeo.

—Señoría, alguien mató a esa mujer. Hay que averiguar quién y por qué.

—Sí, pero a mí me corre prisa la agresión sexual. No puedo ni debo interferir en unas elecciones generales. Y si luego Lázaro sale elegido para el Congreso y es responsable del asesinato, que se encargue el Tribunal Supremo.

—Este asunto apesta.

—Lo hace. No se lo niego, pero ahora lo prioritario es el vídeo. Tráigamelo ya. La espero en mi despacho.

Entiende la exigencia del juez, pero a Esther la petición le escama. Ella vive en Castellón y la sede central del periódico *La Península* está en la capital. No iba a comerse más de ochocientos kilómetros de coche entre la ida y la vuelta para conseguir un vídeo. Le queda la opción de comisionar a algún agente de la Jefatura Superior de Madrid, pero la burocracia lo ralentizaría todo y quién sabe cuánto tardaría en recibir la grabación. Esther, en su fuero interno, sabe cuál es la forma más rápida de conseguirlo, pero no le gusta pedir favores. Siempre acabas pagándolos.

A pesar de que la alternativa le genera rechazo, escribe un mensaje a un amigo. Seguro que él obtiene el número de teléfono que necesita para conseguir el vídeo esa misma mañana.

Bebe café con parsimonia, con la mirada fija en ningún sitio. Se descubre no pensando en nada. Hacía días que no le ocurre. Un momento de ausencia. Le gusta. Le duran poco, su cabeza arde siempre como una caldera, pero la suya se alimenta sin cesar de ideas, hipótesis y pensamientos. La vibración del móvil le indica que tiene un mensaje.

Lo abre y ve que es lo que esperaba. Un número de teléfono. Lo marca sin pensar.

Su interlocutora descuelga al segundo tono.

—¿Sí?

—Hola, ¿Silvia? ¿La periodista de *La Península*?

—¿Quién es?

—Soy Esther Fabregat, inspectora de Policía Nacional que está a cargo de la investigación del caso Lázaro.

Al otro lado del aparato se hace el silencio. Silvia sabe perfectamente quién la está llamando. Ha visto su cara en las noticias. Lleva horas queriendo hablar con ella, trazando sin éxito una estrategia para poder ganarse su confianza, y de repente allí está. Sin esperarlo.

—Encantada de saludarla. ¿En qué puedo ayudarle?

—Necesito que me haga llegar a la mayor brevedad el vídeo de Lázaro en la habitación que ha publicado hoy.

—Si no es indiscreción, ¿para qué lo necesita?

—Cumplo órdenes del juez. Me ha entregado una providencia en la que se ordena a *La Península* la entrega inmediata del material, pero vivo en Castellón. Puedo ir con el coche y presentarme en la sede, pero le confieso que el tiempo apremia y no me puedo permitir el lujo de perder todo el día. Puedo llamar a su director, pero me aterra la burocracia y él acabará llamándola a usted. Así que me he saltado los intermediarios.

—Es lo más inteligente.

—¿Tiene inconveniente en evitar que me pegue la paliza de ir hasta Madrid en coche y mandármelo por WeTransfer?

—En principio no, pero todavía no me ha explicado para qué quiere el vídeo el juez.

—Quiere comprobar que es real, que no lo ha manipulado nadie y revisar el minuto. Ustedes, con buen criterio, no lo han publicado entero. En cualquier caso, si todo es como usted lo cuenta en el periódico, su señoría archivará inmediatamente, hoy mismo, la causa contra Lázaro por agresión sexual y permitirá que las elecciones generales se celebren sin que ningún candidato esté imputado.

—Tanta diligencia me parece elogiable. Nadie ha trucado el vídeo, lo comprobaron los informáticos del periódico y yo lo he visto entero varias veces. No hay saltos temporales ni nada que haga sospechar, pero supongo que aunque yo se lo diga querrá comprobarlo personalmente.

—Eso es.

—Tengo una condición.

Esther sabía que llegaría este momento. Vender su alma al diablo.

—¿De qué se trata? —pregunta.

—Me ha costado mucho conseguir el material —miente, pero no encuentra otra forma de justificarlo—. Me gustaría seguir conservando la exclusiva. Deme su palabra de que no se lo va a filtrar a ningún otro periodista.

Esther se queda en silencio. La exigencia le ha pillado desprevenida. Esperaba otra cosa.

—¿Tengo su palabra? —repite Silvia.

—Claro —reacciona la agente—. Jamás le filtraría nada a un periodista. Menos en este caso. Por supuesto que tiene mi palabra.

—Con eso me vale —confirma Silvia—. No tengo para apuntar. ¿Me manda un mensaje con su dirección de correo? En cuanto lo reciba, le hago el WeTransfer.

—Perdone, Silvia, una cosa.

—Dígame.

—¿No me va a pedir nada a cambio?

—No sé cuál es su experiencia personal con periodistas. En cualquier caso, quiero pensar que soy diferente. Creo que lo que me pide tiene lógica, hace justicia y colabora en esclarecer la verdad, al menos de la denuncia por violación. Mi trabajo consiste en contar noticias, la primera si puedo, no se lo niego, pero mi profesión solo me llena verdaderamente cuando hay posibilidad de ayudar a alguien. Si enviándole el vídeo contribuyo a hacer el bien y ayudo a un inocente, ya estoy pagada.

—Muchas gracias. Nunca imaginé una respuesta así.

—Bueno, como le he dicho antes, no todos nos comportamos igual.

—Ya lo veo —reconoce Esther, sorprendida—. Una cosa más. Guarde mi teléfono y, si alguna vez le puedo ayudar, no dude en usarlo.

—Muchas gracias. No le niego que me da una alegría enorme.

—Le cuelgo y le mando la dirección de mi correo.Y gracias.

—A usted.

Silvia cumple su palabra en cuanto recibe la dirección.

Esther descarga el vídeo en un *pen* y va directa al juzgado. Si su señoría se ha sorprendido por la diligencia de la agente, no lo demuestra.

—Veámoslo —dice, mientras baja las persianas y enciende el televisor del despacho.

Durante dos horas contemplan la pantalla casi sin pestañear. Es una sesión de sexo puro y Lázaro, a tenor de los jadeos de su acompañante, parece un amante generoso y complaciente. «Me tocas como si lo hiciera yo misma», se escucha decir en voz baja a Alina. Esther observa con ojos de profesional, fijándose en cada pequeño detalle, pero nota la garganta seca. Se siente incómoda. Está viendo un vídeo porno casero con un casi desconocido.

El juez tampoco lo lleva muy allá. Durante los primeros minutos le resulta fácil y muy clarificador. Entran juntos en la habitación. Se besan. Cero violencia, cero intimidación. Dos adultos pasándolo bien. Pero en cuanto se meten en el *jacuzzi* y comienzan los besos, las posturas y los jadeos, se nota sofocado. Carraspea varias veces para mojar la garganta, pero lo hace suavemente. No quiere parecer poco profesional. Se da cuenta de que debería haber visto el vídeo en soledad. La mujer no está nada mal y el vídeo le llega a excitar. Suerte que se ha colocado detrás de su mesa y la inspectora no observa la incontrolable reacción que ha ensanchado su perfil. Mientras sigue observando, se concentra en recuperar su silueta normal.

Cuando acaba, el juez pide a la agente que levante las persianas. Él no se mueve del sitio. Ni puede, ni quiere.

—Parece que está claro, ¿no? —comenta el juez, y trata de imprimirle desinterés a su tono de voz.

—Usted mismo lo ha visto.

—No hay violencia, no hay agresión sexual de ninguna clase, solo sexo consentido. ¿Por qué se inventó lo contrario?

Esther se encoge de hombros.

—Vaya usted a saber.

—Estas denuncias falsas hacen un enorme daño a las mujeres que sí son maltratadas o violadas. —El juez se frota las sienes, fuerte—. Si no hubiese habido una cámara en la habitación, a Lázaro le arruina la vida. No sé si la justicia le habría acabado condenando, pero socialmente estaría arruinado. Un paria. ¡Por algo que no había hecho! Me parece demencial.

—Coincido con usted —responde la inspectora—. Socialmente, estaría muerto. Todos, y le incluyo a usted y a mí, seguiríamos viviendo nuestras vidas, felices, y con la sensación de haber hecho justicia, social, pero justicia.

—Entre nosotros, le voy a contar algo que me pasó hace unos años. —Parece que el juez quiere aliviar su conciencia—. Me tocó en el juzgado de guardia el tema de una chica. Acusaba a su novio de haberla violado. El forense dijo que tenía una pequeña equimosis en la vagina que podía ser compatible con la agresión sexual. La creí de arriba abajo. Cuando terminó de declarar, me dijo el fiscal: «No he visto un testimonio más sólido en mi vida. El varón es culpable, seguro». La letrada de la Administración de Justicia pensaba igual: «Menudo hijo de puta. Espero que lo mande a la cárcel». Cuando le tocó el turno a él de prestar declaración, ninguno le creímos. Lloró desesperado. Suplicó, pero desconfié. Me pareció que mentía e interpretaba. Lo mandé a prisión provisional. Tenía la conciencia muy tranquila y la sensación de haber quitado de en medio a un delincuente. Estaba satisfecho conmigo mismo. Dos días después, la madre de la denunciante vino a verme. «Señoría, mi hija no está bien. La conozco perfectamente. Yo la parí. Hace tiempo que le gripó la sesera. Yo la quiero con locura, pero no puedo permitir que por su culpa un inocente vaya a prisión por algo que no ha cometido. Conozco a Álvaro. Es un pedazo de pan. Ha aguantado durante años las tonterías de mi hija, sus cambios de carácter y sus desplantes. Quizá por eso se ha enamorado de otra y la ha dejado. Yo en su lugar hubiera hecho lo mismo. Ella lo ha denunciado para vengarse, me lo ha confesado, orgullosa de lo que había conseguido. Me ha dicho: "Si no me quiere a mí, tampoco va estar con esa guarra". Solo quiero que lo sepa para que tome la decisión más adecuada y acorde a su conciencia. Si tengo que venir al juzgado a declarar oficialmente, lo haré, pero si me evita el conflicto con mi hija, se lo agradecería». Cuando se fue, pregunté al forense si la equimosis podía ser compatible con algo diferente a una agresión y me dijo que sí, que con un tampón también, hasta con sexo consentido. Le pregunté que por qué no lo había dejado reflejado en su informe y se encogió de hombros. Lo puse en libertad inmediatamente y archivé la causa. La solidez y la coherencia del testimonio no se traducen en veracidad siempre. Tampoco es cierto que la mentira tenga las patas cortas siempre. La doctrina del Supremo en cuanto a la declaración de la víctima no es infalible, y en ocasiones conduce a errores imperdonables en un Estado social y democrático de derecho. —El juez se toma un respiro y regresa a la narración de su caso—. Los dos días que pasó en prisión me pesan como una losa, por eso le metí prisa con Lázaro. He estado a punto de equivocarme otra vez y no me perdonaría un segundo error. Voy a redactar inmediatamente un auto de archivo dejando claro que Lázaro Arnau es inocente de la agresión sexual de la que se le acusaba y que su denunciante mintió. No quiero que quede sombra de duda.

—Me alegro de haber ayudado. ¿Es todo, señoría?

—Ni mucho menos, agente —responde serio el juez—. Usted, como yo, sabe que hay muchas incógnitas todavía. ¿Por qué había un aparato de grabación en esa habitación? ¿Quién lo puso y por qué? ¿Tiene que ver con este caso? Es decir, ¿tendieron una trampa a Lázaro hace una década, lo que no parece lógico, o estaba allí por otro motivo y casualmente se grabó? ¿Quién le dio la cinta al periódico? ¿Quién mató a Alina? ¿Tiene que ver algo Lázaro en su muerte, o el fallecimiento está relacionado con otro aspecto de su vida y el autor aprovechó el escándalo para que le señalásemos? Tiene que lograr usted respuestas para todas esas incógnitas.

—Lo sé, solo espero que no me pida que lo resuelva antes del domingo, porque los milagros se me han acabado.

—No se preocupe, ya no hay tanta urgencia, puedo esperar un poco más. Tómese libre lo que queda de fin de semana, pero no lo deje —dice a modo de despedida.

Esther, al salir del edificio del juzgado, llama a Jandro y le pide que avise a los compañeros de Judicial.

—No habrá reunión. Desconvoca a todo el mundo. Lo que queda de fin de semana disfrutadlo en familia o como queráis.

El médico entra en la habitación. Le acompaña un pequeño equipo de doctores jóvenes. Revisa al paciente con delicadeza y le va haciendo preguntas.

—¿Me podría dar el alta? —pregunta Lázaro.

—Eso va a ser imposible —responde el médico, muy serio.

—¿Ni para ir a votar? —trata de argumentar el político.

—Ni siquiera para ir a votar. Ni aunque tenga cita con el Papa en el Vaticano. Lo primero es la salud y usted no se puede mover de la cama bajo ningún concepto. Ha salvado la vida de milagro. Necesita reposar al menos una semana más.

—¿Una semana? —pregunta, preocupado.

—Déjeme que se lo aclare. Ayer le tuvimos en quirófano más de tres horas. Fue una intervención complicada. No lo vayamos a estropear ahora. El gobierno de España puede esperar.

Lázaro cierra los ojos, tratándose de hacer a la idea.

—Me juego mucho en estas elecciones —murmura el político.

—Se juega algo mucho más importante —insiste el médico—, su propia vida.

—Doctor —interrumpe Jesús, que ha presenciado la conversación en silencio—. Entiendo su postura y la respeto. ¿Visitas puede recibir?

—Está usted aquí, ¿no? —responde con retranca el médico—. Puede —puntualiza—, pero poca gente y que le molesten poco.

6

Domingo, día de elecciones

En las últimas veinticuatro horas, Jesús se ha arrogado el papel de amigo, consejero y valedor del empresario. Conquistó ese espacio en la madrugada posterior al intento de asesinato con un chispazo de inteligencia. Aguardó durante toda la noche en el hospital provincial a que terminara la operación. No había nadie más. Al padre de Lázaro, muy mayor, le llamó él y le convenció para que no acudiera. Se comprometió a informarle puntualmente. Estaba solo. Ayudó que la policía bloqueara los accesos por seguridad. Él pudo entrar en el centro médico, cosas del destino, porque llegó corriendo detrás de la ambulancia justo cuando todavía no se habían organizado. Cuando le preguntaron, se identificó como su amigo y letrado de confianza.

A la ausencia de visitas también ayudó el hecho de que, el viernes por la noche, sobre Lázaro todavía pendía la acusación de violación, en libertad provisional, es cierto, pero violador, y arrimarse podía salpicar. Tras la puñalada, algunos sectores de la opinión pública minimizaron la agresión. Unos lo hacían con su silencio y la ausencia de condena pública; otros directamente se preguntaban: «¿Qué agresor sexual no se merece que lo acuchillen?». Jesús lo había leído en Twitter mientras hacía tiempo en la sala de espera. En ese clima, ni sus conocidos se pegaban por visitarlo. Hubo algún intento, pocos, pero fueron amablemente rechazados por cuestiones de seguridad.

Por este cúmulo de razones, cuando los cirujanos salieron de quirófano, no tenían otra persona con la que hablar: solo Jesús.

—¿Es usted familia de Lázaro Arnau? —pregunta el médico, al verlo solo en la sala de espera.

—No tiene hermanos, su madre murió y solo vive su padre, pero es una persona muy mayor. Le he prometido que yo le informaría.

—¿Y usted es?

—Soy su mejor amigo y abogado de confianza. Tengo un documento notarial que lo acredita —les ofrece, señalando su maletín.

—Por favor. No se lo pediría si fuese un desconocido, pero entiéndame.

—Sin problema —sonríe Jesús, al tiempo que les entrega su DNI, el documento y una tarjeta de abogado.

El cirujano lo comprueba todo con minuciosidad.

—Ha salvado la vida de milagro —comienza a explicar el doctor, al tiempo que le tiende de vuelta los papeles—. Unos centímetros más a la izquierda y la cuchillada le habría perforado el corazón. La intervención ha salido bien, pero hemos tenido que coser bastante. Le dolerá durante días, la puñalada es severa y profunda.

—¿Entonces, va a vivir?

—Salvo complicación, va a salir adelante, sí.

—¡Bien! —grita Jesús, al tiempo que levanta los brazos—. Millones de gracias.

Se deja llevar por el impulso y abraza al doctor. En cuanto se da cuenta del atrevimiento se echa para atrás.

—Disculpe —balbucea, avergonzado.

—No se preocupe, no es la primera vez que me pasa —responde, sonriente—. Es un halago. Ahora tome nota, necesitamos que Lázaro descanse y sea sometido a cero estrés. Visitas reducidas a la mínima expresión hasta que recupere fuerzas. Usted y su padre son más que suficientes. Aparentemente está bien, pero créame que si la cura no consolida podemos tener que volver a intervenirle. Que se mueva lo menos posible. Le hago responsable.

—Entendido. Así se hará —miente Jesús, que no tiene ninguna intención de contarle a Lázaro las recomendaciones del médico. Lograr más votos bien vale que se levante de la cama—. ¿Puede usar el móvil?

—Si fuese una persona normal le diría que no hay problema, pero en su caso, mejor apagarlo.

—Este domingo son las generales, ¿cree prudente que pueda seguir la jornada por televisión?

—Creo que es mejor prevenir. Si le evitamos emociones fuertes, mejor. Aunque en esto nunca se puede saber. Quizá una victoria le llene de fuerza.

—Vale, ¿puedo verle?

—Ahora imposible. Va a dormir en la UCI y a primera hora de la mañana, si todo ha salido bien, le subiremos a planta. Si espera un momento, un celador saldrá a entregarle las pertenencias del paciente. Tendrá que firmarnos un papel para acreditar que las ha recibido.

—Sin problema.

Entre las pertenencias, Jesús encuentra el teléfono de Lázaro. El abogado da gracias de que no tiene clave. Se fija en que tiene decenas de notificaciones en la pantalla. Desvía las llamadas del político a su número personal y luego lo apaga.

Esa sencilla acción le convierte en el embudo. Sobre todo durante el sábado. En cuanto se hace público el vídeo de la inocencia del político, todos los que habían estado escondidos salen de su agujero y las llamadas caen sin descanso. Las gestiona una a una. Casi todos miembros de Brotes Verdes, los que figuraban en las listas y los que no. Jesús identifica la verdadera intención detrás de aquel súbito interés; más allá de la salud de Lázaro, llaman para posicionarse ante un eventual buen resultado de la formación.

También llaman rivales políticos, empresarios, directores de periódico y hasta la Casa Real. Aunque su imagen sosegada no lo delata, Jesús está disfrutando.

En los medios, su nombre cobra protagonismo y lo mencionan como la persona más cercana al empresario y como fuente oficial de información del estado de salud de Lázaro. Como los periodistas deben identificarle de alguna forma, le apodan «la mano derecha», «su abogado de confianza», «su portavoz», «su gran amigo»...

Por eso, cuando el domingo por la mañana llega al hospital y los periodistas le detectan, saltan sobre él como lobos.

—Lázaro salvó la vida de milagro el pasado viernes —comienza a decir Jesús, después de que le preguntasen por el estado de salud de su amigo—. Ha salido ya de la UCI y está en planta. Lo han trasladado a la parte de atrás, al edificio Montesinos, para más tranquilidad y porque es más sencillo de establecer allí una vigilancia ante otras eventuales agresiones. En los últimos días se le ha linchado y condenado a través de los medios de comunicación y de las redes sociales. Eso debería hacerles reflexionar. Se le sometió a un juicio virtual sumarísimo y se le condenó. Ya han visto ustedes el vídeo del sexo consentido. Es inocente. Se trataba de acusaciones falsas. Gracias a Dios, el juez de instrucción y la Policía se han dado prisa en conocer la verdad y hoy las elecciones generales se van a celebrar sin trampas. Los ciudadanos de este país podrán votar en libertad a quien quieran, sin ser engañados ni manipulados. El único que no va a poder ejercer su derecho al voto es Lázaro. Los médicos se lo han prohibido. Él me ha pedido que les traslade que voten y que voten en conciencia. Es todo, gracias.

Jesús logra atravesar la nube de periodistas y acceder por la puerta lateral del hospital a un pequeño jardín. Los policías ya saben quién es y se echan a un lado cuando le ven llegar.

Cuando entra en la habitación del político, le encuentra amodorrado.

Se sienta a su lado a esperar. Ha comprado todos los diarios.

«LÁZARO SE LO MERECÍA»

Le llama la atención el entrecomillado en la portada de un diario que le adjudican al detenido por el intento de asesinato de la plaza de toros.

—¿Cómo que se lo merecía? —murmura—. Maldito loco.

Cuando se dispone a leer la crónica, el político despierta.

—Jesús, buenos días —saluda.

—Hombre, despertó la Bella Durmiente. ¿Cómo te encuentras?

—La herida me tira un poco —dice quejoso, mientras trata de incorporarse de la cama.

—Espera, que te ayudo. —Se levanta el abogado.

Una enfermera entra en la habitación con el desayuno y, al ver la situación, se hace cargo de todo.

—¿Y este desayuno tan poco hospitalario? —pregunta Jesús cuando la enfermera ya ha salido de la habitación—. Zumo de naranja recién exprimido, un cuenco con arándanos, una napolitana rellena de chocolate con un aspecto inmejorable y ¿¿jarroncito con flores??

Lázaro se ríe y piensa que hace demasiadas horas que no lo hacía.

—No, en serio, cuéntame cómo lo has conseguido.

—Con una sonrisa.

—Eres el mismo truhan de siempre.

—¿Sabemos algo de cómo van las votaciones? ¿Qué dicen los interventores del partido? —pregunta más serio.

—Todavía es pronto para hablar con nadie. Yo he votado a primera hora y había cola. Me da que la participación va a ser histórica.

—¿A quién has votado?

—¿A quién crees? Al que espero que me haga vicepresidente y ministro de Interior —afirma, riéndose.

—Eso es soñar demasiado.

—¿Lo dices por mi nombramiento? —pregunta, incómodo de repente.

—Lo digo porque primero hay que ganar y ninguna encuesta nos da vencedores.

Jesús dibuja una sonrisa de póquer, que Lázaro no sabe cómo interpretar, de las que valen para la alegría y para esconder el enfado.

—Anda, léeme los titulares mientras termino de desayunar.

El abogado escoge un diario.

—«Lázaro se lo merecía» —comienza a leer. Al empresario no le da tiempo a sorprenderse porque su amigo sigue con el texto:

> Con estas palabras justifica el agresor del político la puñalada que le asestó durante el mitin de campaña del pasado viernes. Se llama Pedro Abad. Tiene treinta y cinco años y, según fuentes cercanas al caso, respondió a las preguntas de los investigadores sin problemas: «Lázaro se merecía morir. Traté de matarlo porque violó a una mujer. Lamento no haberlo conseguido. Pido perdón a mis compañeros por haber fallado. No entiendo cómo no hay pena de muerte para los agresores sexuales. Son una rémora. Hay que eliminarlos y a Lázaro el pri-

mero. No puede ser que un violador se siente en el Congreso de los Diputados». Lo curioso es que al detenido le constan múltiples antecedentes por violencia de género y en la actualidad tiene una orden de alejamiento de su última mujer. Fuentes policiales se muestran preocupadas por el hecho de que el detenido pueda pertenecer a algún grupo organizado y no descartan nuevas detenciones.

—Me parece demencial que pueda existir un grupo de personas que se ponga de acuerdo para asesinar a otra por lo que dice la prensa. Vamos, que no me lo creo.

—No sé qué decirte, pero deberías ser prudente.

—Después de lo experimentado, sin duda. ¿Nos estamos volviendo locos o qué? Un tío casi me mata por algo que no he hecho.

—El mundo va muy deprisa. Ya no se distingue la verdad de la mentira. La aparición de las redes sociales tampoco ha ayudado. Son pozos de rumores y veneno. Antes era más fácil, tenías los medios tradicionales. Sabías de qué pie cojeaba cada uno, pero al menos se trataba información relativamente cercana a la verdad. Desde que existen Facebook y Twitter, la gente no se informa a través de los medios tradicionales, sino que bebe de ahí. El problema es que la prensa de toda la vida ha observado mucho tiempo sin hacer nada cómo, año tras año, su porción de tarta disminuye y recientemente ha dado un paso al frente porque se les acaba el modelo de negocio y se ha lanzado al barro: comprueba menos las informaciones y busca el clic rápido. Al menos esa es mi visión. Te diré más, tengo la sensación de que, amparados en denunciar la corrupción, a veces se fomenta el linchamiento de inocentes, y el ejemplo más cercano eres tú. ¿Crees que alguien se ha disculpado por todo lo que han dicho de ti?

Lázaro frunce el ceño y no responde.

—Ya te lo digo yo. Nadie. Ni lo esperes. Dirán que ellos no te acusaron, que solo reproducían las palabras de una mujer, pero ¿y las comprobaciones? ¿Y tu versión? Los medios jamás reconocen un error. Siempre avanzan, sin que les pesen las víctimas inocentes que dejan a sus espaldas, y todo en nombre de la libertad de prensa y de la obligación de informar a la opinión pública. ¿Quieres que te siga leyendo?

—Casi no.

—Como quieras.

—Sí necesito que hagas algo por mí.

—Tú dirás.

—Aquí al lado hay un hotel Meliá. Acércate y alquila la sala más grande que tengan para esta noche, y a los del partido diles que lleven las luces y la megafonía para amenizar aquello un poco. También reserva alguna otra sala para que la gente de Brotes Verdes pueda seguir el escrutinio a través de las televisiones. Quiero que estén cerca del hospital, por si hay suerte y el doctor se compadece de mí y me deja escaparme un momento.

—Entiendo. Me pongo a ello.

—Ah, y consígueme una televisión.

—El médico la ha prohibido.

—Al carajo el médico, tráeme una, que si no puedo seguir la noche electoral me va a dar un ataque al corazón.

Para Lázaro, el día trascurre con una lentitud exasperante. Sin móvil y con las únicas visitas autorizadas de su padre y de Jesús, no tiene otra compañía que sus propios pensamientos. De vez en cuando, la guapa enfermera del desayuno busca una excusa para pasar unos minutos con él, pero aunque el político trata de alargar sus visitas, ella tiene que seguir trabajando.

—¿Me podrías conseguir una televisión, por favor?

—Me gusta mi trabajo y no quiero perderlo —responde, sonriente.

—Es que según se acerquen las ocho de la tarde, me voy a poner de los nervios si no tengo una —suplica.

—Pregunto al médico si lo autoriza y, si me deja, veré si puedo conseguir alguna.

—Te estaría agradecido siempre.

—Las gracias no hacen realidad los deseos.

—¿Y cuál es el tuyo? —pregunta, desconcertado.

—Una cena para dos cuando salgas de aquí, para celebrar tu recuperación —sugiere, pícara.

—¿Con vino?

La joven asiente, seductora.

—Y en la Moncloa, que nunca he estado.

—Puedo garantizar un bonito restaurante, pero no en la Moncloa —ríe Lázaro.

—Me arriesgaré. Todos en mi familia te hemos votado ya —responde ella.

—¿Me vas a cobrar algo por los votos? —juega Lázaro.

—No, eso te sale gratis —le dice, guiñándole el ojo.

Faltan pocos minutos para las ocho de la noche, hora en la que cierran los colegios electorales. Lázaro está nervioso. El índice de participación ha sido el más alto de la historia de unas generales en nuestro país, casi un 84 por ciento, muy por encima del 79,97 por ciento de 1982.

Jesús le pilla con la tele encendida.

—¿De dónde ha salido? —pregunta, nada más entrar en la habitación.

—Es una larga historia.

—El médico lo había prohibido.

—Me ha dado autorización personalmente.

—¿Estás seguro? —insiste el abogado, con desconfianza.

—Sal y pregunta a los policías de la puerta. Ellos lo han visto todo.

—No hace falta. Si tú lo dices...

—¿Hiciste lo que te pedí?

—Está todo organizado.

—Gracias, Jesús.

—Ha habido que remangarse, mover mesas, sillas, inflar globos —explica mientras se mira en el espejo del baño. Su habitual pulcritud y orden parecen haberse ausentado. Se nota en pequeños detalles, como algún mechón de pelo descontrolado que ha perdido gomina, en una arruga en el traje o en la corbata menos tiesa—. No ha quedado muy profesional, pero de noche todos los gatos son pardos.

Durante una hora contemplan la pantalla, escuchando a los tertulianos opinar. Gran parte del debate se centra en él y en analizar cómo puede haber afectado a la votación pasar de ser acusado de violador a demostrar su inocencia confirmada por el archivo judicial de la causa y también a ser víctima de un intento de asesinato. Da la impresión de que el resto de políticos han quedado opacados por la actualidad que envuelve a Lázaro. No hay hueco para ellos.

Las primeras encuestas anuncian el triunfo del Partido Socialista, pero lejos de la mayoría absoluta. Detrás, a bastante distancia, le sigue el Partido Popular. Brotes Verdes entra en el Parlamento por primera vez, con ocho escaños. Todas las encuestas de los diferentes medios revelan los mismos resultados. Los contertulios de unas y otras cadenas concluyen que los españoles son tradicionales en su voto y que el escándalo de la falsa violación ha perjudicado notablemente las aspiraciones de Brotes Verdes.

—Es una vergüenza —clama Jesús—. Nos han robado estas elecciones.

—Tranquilízate —pide Lázaro—. Ya es un éxito haber entrado en el Parlamento. Nunca antes un partido verde había tenido representación parlamentaria.

—Lázaro, son ocho escaños. ¡OCHO! —grita Jesús—. Se necesitan quince para formar grupo propio. Vas directamente al grupo mixto, al gallinero.

—Desde que te conozco siempre has sido igual. Quizá es por tu profesión de abogado, pero solo ves dos opciones: libertad o cárcel, ganar o perder. En la empresa y en política hay términos medios. Imagina que Brotes Verdes, pese a su escasa representación parlamentaria, se convierte en un partido bisagra. Si llegásemos a un acuerdo de gobierno, a pesar de la poca representación, podríamos generar políticas verdes que ayuden a conservar nuestro planeta. Míralo desde ese ángulo. Ese es nuestro triunfo.

—Pero es que podíamos haber gobernado. Según el CIS, éramos el tercer partido en intención de voto, muy cerca del segundo. Desde entonces solo ha ocurrido tu falsa acusación. Te han linchado y la gente se ha quedado con la idea de que eres culpable.

—Así solo logras estresarme —le riñe—. Piensa en positivo.

—Perdona —se disculpa el abogado—. Tienes razón. Vamos a ganar las elecciones y yo voy a ser tu vicepresidente y ministro de Interior.

—Eso es ser extraordinariamente positivo —dice entre risas Lázaro.

—Creo que no hay duda en que sabría desempeñar el cargo, ¿no? Conozco bien a las fuerzas y cuerpos de seguridad del Estado. Llevo años relacionándome con ellos en los estrados.

—¡Interrogándolos, a ver si se contradicen!

—Eso es un detalle sin importancia.

Lázaro se ríe.

—Y, por otro lado, soy tu hombre de confianza —insiste Jesús.

—Menudo cargo te acabas de adjudicar.

—Hagamos una apuesta —propone el abogado—. Yo me pongo en modo positivo y afirmo que las encuestas están mal y que Brotes Verdes acabará ganando las elecciones. Si acierto, me nombras vicepresidente y ministro de Interior.

—Son dos cargos.

—Casa muy bien con la política de austeridad que propones.

—Y si pierdes, ¿qué gano yo?

—No te cobro nada ni por este procedimiento en el que te han acusado, ni en ningún otro que me encargues durante los próximos cuatro años que dura la legislatura.

—Estás de coña, ¿no?

—Lo digo muy en serio. Piénsalo, en las dos opciones sales ganando. Soy un abogado conocido y muy respetado en España, idóneo para el cargo. No soy un astronauta. Además, independiente, porque no estoy afiliado. Y, por otro lado, si pierdo la apuesta, también ganas.

—¿De verdad crees que vamos a ganar?

—No, pero quiero ser positivo. ¿Tenemos un acuerdo?

Lázaro sonríe y le estrecha la mano.

—Tenemos un acuerdo —confirma el empresario—. Parecemos niños pequeños.

Jesús se echa a reír, feliz.

—Tienes razón, si alguien se enterase de cómo repartes carteras, se llevaría las manos a la cabeza.

El político se une a las carcajadas.

Los primeros resultados, al 20 por ciento del voto escrutado, dejan las encuestas por los suelos y sitúan a Brotes Verdes como tercera fuerza política casi empatada con el PP, que va en segundo lugar. Más distanciado, el PSOE, que va en cabeza.

La cara de Lázaro demuestra sorpresa, cejas elevadas y boca abierta.

—¡Vamos! ¡A tomar viento las encuestas! —grita Jesús, mientras da cortes de mangas mirando a la televisión.

—Jajaja —ríe Lázaro—. Modérate, por favor, a ver si va a entrar alguien en la habitación —le censura, divertido.

Al empresario le invade una sensación de alegría incontenible, pero no es completa. Ansía sobrepasar a los rivales que van en cabeza. No ha nacido para ir detrás ni para obedecer. No puede despegar la vista de la pantalla.

El porcentaje de escrutinio permanece quieto, estático.

—Cierra los ojos y visualízalo —le invita su abogado—. Convéncete de que vamos a ganar y el universo te dará lo que deseas.

—Pues sí que pareces astronauta. Además, si cierro los ojos me pierdo los datos —protesta.

—Tonterías, hazme caso. Solo un segundo, anda.

Lázaro, que no quiere que nada le gafe, se aviene a la propuesta y cierra los ojos.

—Visualízalo. En tu cabeza hay una pizarra, y ahora con una tiza escribe victoria en letras mayúsculas. Las letras se convierten en un neón de luz roja que palpita, victoria, se apaga y vuelve a encenderse. Ahora, imagínate entrando en la Moncloa. Te giras en la escalera, sonríes y los fotógrafos te fríen a disparos. Tu imagen en portada de los diarios de España y del mundo entero: *The New York Times*, *Le Monde*, *La Repubblica*, *Frankfurter Allgemeine*... Tu rostro da la vuelta al mundo porque te acaban de nombrar presidente del Gobierno de España. ¿Lo ves? ¿Lo ves como yo?

—¡Lo veo!

—¡No te oigo! ¡¿Lo ves?! —insiste Jesús.

—¡¡¡Lo veo!!! —grita Lázaro.

—Pues abre los ojos y disfruta de tu victoria —le invita.

Lo primero que ve es el porcentaje de voto escrutado. Ha subido al 25 por ciento. Brotes Verdes ya no es la tercera fuerza política sino la segunda, superando al PP y ganándole posiciones al PSOE.

Escuchan gritos en el exterior del hospital, aunque no prestan atención. Deducen que se trata de alguna pelea o discusión de tráfico. Siguen pendientes de los datos que ofrecen en la tele. Sin embargo, los gritos arrecian. No entienden bien lo que dicen, pero algo está pasando en la calle. El político y su abogado se miran extrañados porque el ruido llega a ser tan elevado que incluso se sobrepone a las voces de la televisión.

Jesús se levanta a ver qué pasa. Desde la ventana, observa a un nutrido grupo de personas. Están al otro lado de la valla que rodea el hospital. Hasta que no abre la ventana de la segunda planta no logra escuchar bien qué gritan.

—¡Presidente! ¡Presidente!

Llevan carteles de Brotes Verdes.

—Es por ti —avisa el abogado—. Y hay un montón. Un río de gente.

—¿En serio? —pregunta.

—Te lo juro, está toda la calle llena. Habrán venido caminando desde el hotel.

Jesús saca del armario una bolsa grande que había escondido sin que Lázaro se diese cuenta y la abre.

—¿Qué es? —pregunta.

—Era una sorpresa para cuando ganases, pero no voy a esperar.

Los dos se han contagiado de buen humor y de la sensación de triunfo.

Jesús saca una especie de palo largo en el que hay una tela gruesa enrollada y que tiene dos cuerdas en un extremo. Las ata a los picaportes de las ventanas y deja caer hacia el suelo el rollo que se va desplegando. Desde la calle arrecian los aplausos y los gritos cuando un gran cartel vertical con el nombre del partido termina de descolgarse. Casi llega al suelo.

—¡Presidente! ¡Presidente! —corean más fuerte desde la calle.

Están pasando tantas cosas que Lázaro se ha olvidado de la televisión. Un foco de luz exterior muy potente baña de claridad la habitación. Jesús, a pesar de sentirse deslumbrado, saluda a los seguidores agitando las manos.

—¡Lázaro! ¡Lázaro! —corean los seguidores.

—¡¡Está aquí!! —grita el abogado señalando con el dedo hacia dentro.

La puerta de la habitación se abre de repente y entra la enfermera atractiva.

—Disculpa, ¿te podemos robar un minuto?

—¿Podemos? —pregunta Lázaro.

—Vengo con unas compañeras.

—Claro.

Entra y le siguen un grupo de enfermeras que van desperdigándose por la habitación mientras aplauden. Son tantas que, cuando se llena el espacio, todavía queda gente fuera. En la calle continúan las consignas: «¡¡Verde, verde, verde!! ¡¡Verde Presidente!!».

El grito se contagia entre los sanitarios que invaden su habitación.

—¡Verde, verde, verde! ¡Verde Presidente!

Lázaro, desbordado, estrecha manos, recibe besos y se hace fotos con todo el que se lo pide. Su habitación parece un santuario de peregrinación, acuden enfermos de todas las plantas a felicitarlo. En el exterior se escuchan sirenas. Los agentes tienen que cortar el tráfico en los dos sentidos ante la avalancha de personas que se han tirado a la calle. Las cámaras de televisión y los periodistas no se hacen esperar y toman posiciones en la parte trasera del hospital, que vive un ambiente festivo.

Lázaro pierde la noción del tiempo. En la habitación hace mucho calor y empieza a sentirse mareado. Escucha una voz que se eleva por encima de las demás. Debe de ser alguien con autoridad porque ordena que salga todo el mundo. Poco después tiene cierta sensación de alivio, el aire ya no está tan cargado. Antes de caer desmayado ve en una esquina de la pantalla que, con el 92 por ciento del voto escrutado, Brotes Verdes ha ganado las elecciones.

7

Tres meses después de las generales
La Moncloa

Lázaro es presidente y, cumpliendo su promesa, nombra a Jesús Porcar vicepresidente y ministro de Interior. En su fuero interno hubiese preferido otro perfil, pero había dado su palabra. Además, algo le dice que es preferible tenerle cerca, controlado.

En los pasillos de la Moncloa se comenta que el «vice» es una persona autoritaria, con escasa tendencia al diálogo y de modos bruscos y dictatoriales. Al presidente el comentario no le ha llegado. Existe la creencia generalizada, extendida por el propio Jesús, de que ambos son inseparables y que Lázaro tiene una confianza inquebrantable en su letrado. Por eso, a pesar de los malos modos, mantienen al jefe ciego. Ajeno a esa realidad.

Muchos se sorprenden de la diferencia de estilos. Presidente y «vice» tienen maneras y caracteres completamente opuestos. Hay quien sugiere que el verdadero liderazgo lo ostenta Jesús y que Lázaro solo es el hombre elegante y guapo que ha logrado seducir a las votantes femeninas. Otros sostienen que a Lázaro le falta carácter o que lo tiene, pero, como distorsiona su imagen afable, usa a Jesús a modo de pitbull para mantener la disciplina y encargarse de los aspectos más sucios del Gobierno. Sea como fuere, de cara al exterior, el equipo encabezado por Lázaro forma un ejecutivo fuerte, unido y que sigue generando una enorme ilusión entre sus votantes. Muchos de sus ministros son independientes, comprometidos con la ecología. Establece una agenda para la sustitución global del parque automovilístico nacional por vehículos eléctricos, para la reducción de emisiones de gases con efecto invernadero por parte de las empresas, de potenciación de las energías renovables en los hogares, la obligatoriedad de utilizar paneles solares en nuevas construcciones, inspectores de basuras con capacidad de sanción para quienes no reciclen, prohibición de vuelos de corto recorrido dentro de la Península si existe una alternativa en AVE... Una batería inmensa de medidas para potenciar la apuesta por la ecología.

Su gobierno pretende ser el más reformista de la democracia y, como él mismo afirma: «Los esfuerzos presentes serán los beneficios del mañana».

Tres meses después de las generales
Comisaría de Castellón

Esther lleva tiempo abatida, aunque trata de disimularlo. Tras las generales, el nuevo comisario nombró a un nuevo jefe de la Brigada de Policía Judicial de Castellón. El anterior era un hombre cordial lleno de virtudes. A simple vista, podía parecer que el hombre se dedicaba a leer el periódico, mirar el fútbol en internet, salir varias veces al día a tomar café, contar chascarrillos y darse una vuelta por las oficinas de los equipos que dirigía para recordar viejos tiempos y respirar compañerismo. A ojos de Esther, cumplía de sobra y sin alardear con los mandamientos de un buen jefe de brigada. Lideraba el grupo. Tenía una fuerte personalidad, era compañero; siempre que lo necesitaban, no se sabe muy bien cómo, lograba más personal y medios para sus policías, hacía de paraguas cuando las presiones o las críticas llovían de arriba; en esos cafés diarios cultivaba las relaciones con jueces, fiscales y empresarios de sectores esenciales a los que en caso de urgencia podía pedir información bajo mano, sin esperar al auto de su señoría, como empresas de telefonía y bancos, que constituyen las joyas de la corona; y las veces que uno de sus hombres cometía un error no grave, fruto de las horas acumuladas en el trabajo y de la tensión, maniobraba por detrás para que saliese lo mejor parado cuando el régimen disciplinario interno de la Policía llamaba a su puerta. A ese hombre lo habían fulminado. Sin ninguna explicación, lo removieron del puesto y lo mandaron a la conocida «M-30». Se llama así al lugar al que destinan a los comisarios incómodos o que han enfadado a algún político con poder. Esther no lo sabía, pero el curioso nombre venía de la autovía que rodea el núcleo urbano de la capital de España. A los castigados los envían metafóricamente a dar vueltas eternamente sin destino ni equipos a los que mandar. Supone una falsa jubilación porque siguen cobrando como si ejercieran, aunque en realidad disfrutan de vacaciones pagadas perennes. Al fin y al cabo, al político de turno le da igual. El sueldo sale de las arcas del Estado y no de su bolsillo.

El nuevo jefe, que había hecho su carrera en la División de Formación, no cumplía con ninguno de los mandamientos del buen jefe. El hombre jamás había trabajado en judicial y lo más cerca que había estado de una investigación por homicidio había sido a través de una pantalla de televisión. Para encubrir sus carencias, echaba muchas horas en el despacho y exigía que todos le imitasen. Escondía sus complejos y desequilibrios detrás de la mala educación y la grosería. No llevaba una semana en el puesto y ya estaba convencido de que sus subordinados, encabezados por Esther, dedicaban la jornada laboral a engañarle y conspirar contra él, como si no tuvieran otra cosa que hacer.

A la inspectora le apasionaba investigar, disfrutaba segando el follaje que envolvía cualquier misterio hasta encontrar la verdad, pero con el nuevo jefe, trabajar se había convertido en un calvario. Evitaba coincidir con él siempre que podía, y cuando no le quedaba más remedio se atrincheraba detrás de una sonrisa paciente y eterna para que no detectase su hastío y desprecio. Aquella mañana, cuando recibió aviso de que debía ir a su despacho, se mentalizó para controlar su ira.

—No hace falta que te sientes —le dijo a modo de saludo—. Voy a terminar rápido. Te acabo de destituir como responsable de Homicidios. Lo he hablado con el comisario y tu nuevo destino está en Seguridad Ciudadana.

—Pero, señor, tengo tres investigaciones abiertas ahora mismo. Una de ellas es el tema de la muerte de Alina, la mujer que denunció al presidente. No he podido avanzar nada porque hemos tenido que resolver dos crímenes desde las elecciones, pero queda por elaborar la documentación para sus señorías.

—Informa a tu sustituto y que lo haga él.

—Le pido que se lo replantee, señor.

—¿Qué pasa? ¿Te crees imprescindible? ¿Crees que has nacido de la pata de Perry Mason? Tu trabajo lo puede hacer cualquiera y seguro que con mejores resultados.

—Me voy a callar lo que pienso, señor.

—No te cortes. Algunos de mis alumnos de la escuela están ahora destinados en régimen disciplinario y les encantará recibir una llamada de su profesor.

—¿Es todo, señor?

—¿No tenías algo que decir?

Esther se contiene. Sabe que es una batalla perdida y seguir el consejo de las entrañas solo puede traerle problemas. Ya habrá tiempo.

—Desaparece de mi vista. No quiero a incompetentes cerca de mí. Y vete desempolvando el uniforme, que se te ha acabado el chollo de ir de paisano.

A Esther se le pasa por la cabeza sacar la pistola e incrustarle una bala en mitad de la frente, pero ni va armada, ni jamás lo hubiera hecho. Aprendió a controlar sus impulsos desde muy pequeña, cuando su madre le pegaba. Su padre la abandonó y ella cayó en una depresión que enjuagaba con alcohol. Esther solo fue capaz de aguantar convirtiendo su mente en una válvula de escape que aliviaba la tensión corporal: fabulaba venganzas en las que siempre triunfaba y eso le sacaba una sonrisa. Así, hasta que fue mayor de edad y pudo irse de casa.

Tres meses después de las generales
Sede del periódico *La Península*

Para Silvia nada ha cambiado. Sigue trabajando en el mismo periódico. Su exclusiva del vídeo que exoneraba de culpabilidad al actual presidente del Gobierno pertenece al pasado. El éxito apenas le duró veinticuatro horas. Otras noticias lo empujaron hacia el olvido. Durante un tiempo, Dios se portó bien con ella, pero desde hace varias semanas su trato se ha vuelto más arisco y distante. Quizá se deba a que las exclusivas que traía no podían compararse con el vídeo del hotel Luz, o a que sus noticias no generaban suficiente tráfico en la web.

No está cómoda.

La oportuna exclusiva le había lanzado a la fama. La reclamaban en todas las tertulias políticas de radio y televisión.

Pidió permiso en el trabajo para asistir y Ariel autorizó que pudiera acudir pensando que así el nombre del periódico obtendría su cuota de publicidad gratuita. Incluso creyó que tener a la mejor periodista del momento serviría para aumentar las ventas. Pero con el paso de las semanas se dio cuenta de que, tras el impulso inicial de la exclusiva, volvían a vender lo mismo que siempre. También que el incremento de publicidad no se sostenía y había descendido a niveles normales. Sin embargo, tenía la sensación de que la estrella de Silvia, la personal, brillaba cada vez con más fuerza y que a él, Dios, le habían dejado de llamar de las tertulias en las que su puesto lo ocupaba su empleada. Eso se traducía en menos prestigio personal y en menos ingresos, porque cada vez que acudía a una tele o a una radio le pagaban y su cuenta bancaria, aunque poco, lo notaba.

—Tu trabajo se está viendo afectado por tu participación en tertulias de teles y radios.

Dios, después de días esquivándola, la invita a tomar un café en su despacho. A Silvia, la crispación en el rostro de su jefe y el comienzo de su discurso le indican que algo no va bien. La periodista deduce que el escudo que le había proporcionado la exclusiva del año acaba de desintegrarse.

—Desde tu salto a la fama te has acomodado —le reprende—. No me has traído un tema digno de compararse ni de lejos con el vídeo sexual del presidente. Nada de nada. Estoy francamente decepcionado.

—Sí que he aportado exclusivas —le contradice Silvia, y enseguida se arrepiente de haber abierto la boca.

—No aprendes. ¿Estás cuestionando mi criterio?

—En absoluto, pero en mi humilde opinión…

—De humildad no vas sobrada, ahora que brillas en el firmamento del periodismo. He hablado con el consejo de administración y hemos decidido que, si quieres seguir trabajando en *La Península*, debes renunciar a tus colaboraciones en tertulias políticas y dedicarle todo tu esfuerzo a este diario.

—¿No puedo ir a ninguna? ¿Ni siquiera a una semanal?

Dios niega con la cabeza.

—Pero es un agravio comparativo. Hay redactores de *La Península* que sí asisten. El sobresueldo me viene muy bien, más después de los recortes que nos ha tocado aceptar en los últimos años.

—Tráeme buenos temas y me plantearé levantarte las restricciones.

—Eso suena a chantaje —responde, taciturna.

—Ni mucho menos. Empléate en levantar temas desconocidos y tendrás tu premio. Pero desde las generales te has dedicado a vivir de las rentas y este periódico no puede permitirse sufragar el sueldo de una redactora que no aporta nada. Y, ahora, sal a trabajar de verdad.

Silvia no logra acordarse de la última exclusiva que consiguió Ariel, si es que alguna vez logró alguna que fuese verdad.

8

Seis meses después de las elecciones

Silvia bordea la depresión. Se siente una víctima. Una y otra vez tiene que rechazar las invitaciones de las tertulias. Le cuesta decir que no, porque derrochaba felicidad cuando podía participar. Rompía la rutina y eso le llenaba los pulmones de ilusión. Cuando le permitían acudir, había comenzado a detectar algo que jamás le había sucedido: miradas furtivas y cuchicheos en lugares tan cotidianos como el supermercado. Incluso alguien se le acercó una vez a decir que admiraba su trabajo. Cada vez que ocurría, su ego recibía una inyección de helio y se hinchaba como un globo. Jamás lo reconocería públicamente, pero había un enorme gozo en ello. Incluso caminaba más recta.

Lo malo es que Dios le ha cortado el suministro de droga. Como buena adicta, hace cuentas y se plantea dejar el periódico. Si suma las cantidades de todos los sitios a los que asistía hasta la prohibición, gana más que su miserable sueldo en el diario. Lo saborea y disfruta del gusto que le produciría decirle cuatro cosas a Dios antes de despedirse.

Controla el irrefrenable impulso que le inunda. Más allá del placer de la ilusión, abandonar el periódico le da vértigo.

Técnicamente, ganaría más dinero, pero pierde los derechos que otorga una nómina por cuenta ajena. Además, la seguridad del empleo fijo nada tiene que ver con la eventualidad de las tertulias. Internamente se sabe una buena periodista, pero tampoco se le escapa que ese no siempre es un criterio válido. También se buscan la confrontación y el espectáculo, y tampoco es ajena a las modas de periodistas que van y vienen: al igual que se han encaprichado de ella, se pueden cansar.

Después de darle muchas vueltas, acepta que solo le queda una salida. Cumplir con el mandamiento de Dios. Debe buscar otro tema sonado y actual que vuelva a colocar al periódico como referente de los demás medios de comunicación. La corrupción siempre ha funcionado, pero han pasado pocos meses para que el nuevo gobierno se haya metido ya en esos problemas... salvo que alguno de sus miembros arrastre la corrupción desde atrás. Entonces tiene un chispazo. ¿Y si...? Puede parecer algo obvio, pero los periodistas llevan tantos temas entre manos que muchas veces se olvidan de cosas evidentes: ¿qué pasó con la investigación del asesinato de Alina, la mujer que denunció al presidente por violación? Nada se ha sabido desde entonces ni nada se ha publicado, quizá porque el juez decretó el secreto de sumario. Está segura de que detrás de la muerte tiene que haber una buena historia.

—Ese va a ser mi objetivo —murmura.

Sabe que Dios jamás le pagará una semana en Castellón. El viaje de ida y vuelta, la manutención, los desplazamientos allí y el hotel. Demasiado gasto para los ingresos de cualquier periódico de hoy en día. El buen periodismo depende del dinero y, si no hay ingresos, difícilmente la opinión pública obtendrá buena información. A falta de publicidad, casi todos los diarios digitales están tendiendo a cerrar sus muros de internet. Solo pagando una cuota mensual se puede tener acceso a las noticias. Silvia desconfía de la fórmula. Es difícil acostumbrar a pagar a quien ha recibido siempre de forma gratuita la información, aunque sabe que en realidad no hay otro camino.

Toma una decisión. Le va a pedir a Dios una semana de vacaciones en mitad de mayo. Se irá a Castellón y rastreará sobre el terreno la noticia. Además, sabe por dónde empezar.

Primer día de Silvia tras llegar a Castellón

La cita es en el restaurante Habanero de Benicasim. Un restaurante a pie de playa, puesto con elegancia y gusto.

Esther detecta a Silvia al entrar. La conoce de verla en televisión, aunque en directo parece más joven y delgada. Observa cómo mira perdida en la terraza. Parece que busca a alguien. A ella. La policía levanta los brazos. Está en primera línea, junto a un 600 amarillo aparcado a modo de decoración.

—No la veía —se disculpa la periodista con una sonrisa—. ¿Te puedo tutear?

—Por supuesto.

—Pues encantada de conocerte en persona —dice, alargando la mano.

—Lo mismo digo —responde, estrechándosela—. Siéntate. ¿Qué quieres tomar?

—Lo mismo que tú estará bien —replica, fijándose en el tinto de verano.

La agente hace un gesto al camarero con el que le indica que quiere que le sirva otra más de lo mismo. El joven asiente en señal de comprensión.

—¡Qué buen tiempo hace en Castellón en mayo!

—Tenemos un clima privilegiado, pero no lo publiques, que se nos llena de gente.

—Voy a poder comprobarlo durante esta próxima semana.

—¿Y eso? ¿Estás de vacaciones?

—Ya me gustaría. He venido a trabajar.

Esther no pregunta. Sabe que, aunque no quiera, Silvia le va a contar qué ha venido a hacer a su tierra. La cita es para eso. Lo sabe desde que recibió la llamada. En circunstancias normales habría rechazado la cita con educación, pero la situación había cambiado. Estaba quemada y necesitaba que la decepción y el enfado que acumulaba desde que la destituyeron como jefa de Homicidios tuviesen una vía de escape. Necesita bajar la presión interior con urgencia.

—¿Quieres saber qué he venido a hacer? —pregunta Silvia, desconcertada ante la ausencia de interés de la agente.

—No hay que ser un lince para saberlo.

—¿Y me puedes ayudar?

—Complicado. Ya no soy jefa del grupo de Homicidios.

—¿Qué me estás contando? ¿Y eso por qué?

Silvia siente cómo se le encoge el estómago. Esther formaba parte de su plan A, si falla no tiene plan B.

—La vida. Da mil vueltas. Qué te voy a contar que no sepas.

—No lo entiendo. ¿Puedes ser más concreta?

—Ni yo lo sé. A los pocos días de las generales, trajeron de Madrid a un comisario nuevo. Quizá lo conozcas, uno que lleva toda la vida luchando contra el narcotráfico, Julio García. El nuevo se cargó a mi jefe de brigada y este me echó. Me comunicó que había perdido la confianza del jefe y me trasladaron a Seguridad Ciudadana.

—No tiene sentido. ¿Hiciste algo mal?

—Le he dado mil vueltas, pero no se me ocurre nada. Quizá me había convertido en un estorbo para alguien.

—¿A quién podías molestar en Homicidios?

—No sé qué responder.

—A mí se me ocurre una cosa, pero quizá sea descabellada y pienses que estoy loca.

—Prueba a ver.

—¿Puede que alguien esté tratando de frenar la investigación del asesinato de Alina? —pregunta Silvia, que tiene la tendencia a traducir en titulares todo lo que le cuentan.

La policía no responde enseguida, como si estuviese sopesando decantarse por la cautela o por confiar en aquella mujer y contarle cuál era su teoría.

—Quién sabe —acaba respondiendo—. Quizá sí o quizá no. Si me apartaron por esa razón, lo hicieron con mucha destreza, porque ni se me había pasado por la cabeza —miente con prudencia.

—Si fuera verdad, me parecería muy grave.

—Vas muy rápido, plumilla. No hay nada que lo demuestre.

Silvia trata de buscar alternativas a su reportaje, pero si Esther ya no dirige la investigación todo se complica.

—Te has quedado muy callada —deja caer la agente.

—Si te soy sincera, pensaba pedirte que me echaras una mano, pero si ya no estás al frente de la investigación poco podrás hacer. A lo mejor debo volver a Madrid.

—Quizá te pueda ayudar.

—¿Y cómo es eso? —pregunta Silvia, y nota cómo la esperanza brota de nuevo en su interior.

—Siempre he tenido la manía de llevarme a casa una copia de todos mis asuntos. Heredé de mi padre una amplia caja fuerte donde lo guardo todo. Nunca se sabe para qué puede servir. Hasta ahora, nunca había tenido que hacer uso de ello.

—¿Me pasarás entonces las primeras diligencias?

—Te dejo que vengas a casa a leerlas, incluso te invito a una cerveza mientras tomas notas, pero no te las voy a dar. Todavía no me fío de ti.

—Eres un poco brusca —protesta Silvia, con una sonrisa en la boca para no parecer muy grosera.

—Me gusta hablar muy clarito y sin rodeos, para que no haya dudas. Si quieres que te ayude, ve acostumbrándote. Este es mi estilo.

—Me gusta la franqueza, pero en mi mundo no se usa. Muchos creen que la verdad está sobrevalorada.

—Lo entiendo. La sociedad entera se mueve bajo ese criterio, pero yo no. Quizá por eso genero odios viscerales o grandes lealtades. Pero sí, lo decía mi madre, bruta soy un rato —reconoce, devolviendo la sonrisa.

—Pues cuando quieras. Yo, casualmente, estoy libre ahora —sugiere Silvia.

—Eres ansia pura.

—Quiero saber quién está detrás de la muerte de Alina. Si la mató el presidente con sus propias manos o si dio la orden de que se hiciera, puedo estar ante la mayor noticia de mi carrera.

—No busques la conclusión antes de conocer los hechos. Estás prejuzgando. Si Lázaro no estuviese implicado, ¿te quedarías sin noticia?

—No, sin noticia no, pero no tendría la misma repercusión, ni por asomo. Normalmente, vende más la culpabilidad que la inocencia. La primera ocupa grandes titulares, la segunda se esconde en pequeños párrafos de páginas interiores. Se da la paradoja de que a veces hay acusados a los que se lincha durante la instrucción de las causas y luego son absueltos. Nunca ocupa el mismo espacio el linchamiento que la absolución. De hecho, la imagen de muchos de ellos queda ya destruida de por vida y nadie se flagela públicamente ni sale a pedir perdón o a rectificar.

—Menos en el caso de la falsa violación que tú misma destapaste.

—Eso fue algo excepcional. Hay un vídeo que demuestra la mentira. Pero si no hubiera existido esa grabación, quizá ahora el presidente formaría parte de la población reclusa de la cárcel de Castellón, o no, pero no sería presidente.

—Entonces, te debe un favor.

—¿A mí? ¿Por qué?

—Tú demostraste su inocencia.

—La verdad es una obligación. No se apunta en el debe.

—Eres más pura que la Virgen Inmaculada. Di lo que quieras, pero el presidente del Gobierno te debe un favor. Acuérdate de que quizá alguna vez lo necesites. Y ahora vámonos, que tienes mucho que leer.

Esther vive en primera línea de playa en Benicasim, en el edificio Ambassador, en la última planta. Desde su balcón se ve el profundo azul del mar, tan cerca que casi da la sensación de que lo puede tocar. A Silvia le fascina la vista, acostumbrada al gris del asfalto. No presta mucha más atención a la casa pero, si se hubiera fijado, se habría dado cuenta de que la agente ha decorado el piso con gusto pero de forma sencilla y, como ella, cuenta con algunos muebles de Ikea.

Tras el impacto inicial de las fabulosas vistas, se salta las mínimas normas de educación y, en cuanto Esther abre la caja fuerte y le entrega los papeles, se focaliza solo en ese punto. No existe nada más. No hay lugar para la conversación. Durante un par de horas lee, relee y toma notas en silencio.

—Me ha parecido que me has ofrecido una cerveza hace un rato —dice levantando la cabeza por primera vez—. ¿Es verdad o lo he soñado?

Esther sonríe y asiente.

—Estabas en otro mundo.

—Me suele pasar. ¿Podría ser ahora?

La agente desaparece en la cocina y regresa con un botellín bien frío en cada mano.

—¿Has acabado de repasarlo todo? —pregunta Esther.

—Sí, eso creo.

—¿Quieres que hablemos de ello en el balcón?

—Me parece una gran idea.

Silvia imita a su anfitriona. Se descalza, se sienta en una silla contra la pared y apoya los pies en la barandilla. Durante un buen rato, las dos permanecen calladas con la vista en el infinito.

—Antes de nada, quiero preguntarte por los móviles. He leído el informe y el teléfono de Lázaro no está bajo la cobertura de la antena que da servicio a la casa de Alina ni en el día de su muerte, ni las jornadas previas, ni posteriores. Hay muchos números desconocidos, pero ninguno es del presidente.

—Eso es —confirma Esther.

—Pero el día del crimen y el anterior, el móvil de Lázaro está desconectado de la red durante varias horas. ¿Puede ser que lo apagase para no dejar rastro?

—Puede, pero la ausencia de un dato no suma un indicio, solo resta a la coartada.

—A mí me parece muy sospechoso —refunfuña Silvia.

La inspectora no dice nada.

—¿Habéis investigado el resto de números? ¿Alguno de alguien sospechoso?

—Los cribamos y nada. No hubo suerte.

—¿Y el de ella?

—El aparato nunca apareció y los posicionamientos no aportan nada.

Ambas beben en silencio durante un rato, escuchando el mar de fondo y contemplando su oscuridad.

—¿Te puedo hablar con sinceridad? —retoma la conversación la periodista.

—Claro, dispara.

—La investigación no brilla por su profundidad. Hay cosas que no habéis contemplado y queda mucho trabajo por hacer.

—Lo sé. A mí me apartaron pocos días después de las generales —se excusa—. Quizá el nuevo responsable haya avanzado más, aunque lo dudo, porque desde entonces ha habido un par de crímenes bastante complicados que no le habrán dejado tiempo para nada.

—¿Quieres que te diga qué echo de menos?

—Dale.

—¿No te molestas?

—En absoluto. Siempre me ha gustado escuchar.

—No interrogasteis a la segunda presunta víctima de la que publicamos una entrevista en *La Península*, y eso merece ser explorado. Parece obvio que mintió. Si lo hizo, ¿por qué? Lo hizo por la fama, por llamar la atención, porque está loca o quizá porque alguien la animó.

—Es una posibilidad.

—Habría que despejar esa duda.

—Le pedimos la dirección y los apellidos a tu periódico, porque solo publicaron el nombre, y nunca nos contestaron.

—¿A quién preguntasteis?

—Ni idea. Le encargué a prensa de la Policía que lo consiguiese.

—Yo tengo su nombre completo y la sigo en Twitter.

—Mira, por ahí puedes empezar.

—Me resulta muy llamativo el ingreso de cien mil euros que recibió Alina hace diez años. La supuesta violación también ocurrió por entonces. ¿Coincidencia?

Esther no responde. Tiene cogido el botellín por el cuello y lo hace oscilar mientras mira al infinito.

—¿Crees que alguien pudo pagar a Alina para hundir a Lázaro?

La agente se toma su tiempo para responder.

—¿No te molestas si te digo algo? —le devuelve la moneda Esther.

—Al revés —responde Silvia, que retira por primera vez la mirada del mar y se fija en el perfil de la agente—. Como a ti, me gusta escuchar.

—Primero hay que recabar los datos. Cuando has acumulado los máximos posibles, puedes formular hipótesis. Nunca antes. ¿Sabes por qué?

Silvia eleva las cejas y con el gesto invita a su anfitriona a solventar la duda.

—He visto a compañeros que con unos pocos indicios se convencían de lo que había pasado y luego buscaban las pruebas para soportar sus conclusiones. Sé de algún caso de una compañera en el que se forzaron las pruebas para que cuadrasen con la idea previamente concebida. Los seres humanos tenemos la tendencia natural de sacar conclusiones primero y luego querer tener razón. No nos gusta confundirnos y asumir errores.

Silvia escucha atentamente. Le da la impresión de que Esther habla con tristeza.

—La esencia de cualquier investigación es averiguar la verdad, no tener razón.

No cruzan palabra durante un buen rato.

—Esa policía de la que me has hablado, ¿qué le pasó? —pregunta Silvia, a la que nunca le han gustado los misterios ni las historias que se quedan a medias.

—Está en la cárcel.

—¿En prisión? ¿Tan grave fue?

—Sí.

—¿Quieres contármelo?

Esther se levanta de la silla y entra en la casa. Silvia no sabe cómo interpretarlo. Quizá le molesta tanta curiosidad, o a lo mejor le ha hecho recordar algún aspecto de su vida íntima que prefiere encerrar bajo mil llaves.

La inspectora regresa con dos botellines fríos y le tiende uno a la periodista.

—Hubo un caso hace unos meses muy complicado —comienza a contar—. Un bebé asesinado. A golpes. Desde el primer momento nos olió mal la pareja de la madre. Era un hombre violento, con antecedentes, con una coartada débil, que respondía siempre con evasivas y muy nervioso. La mujer lo acusaba a él. Decía que le había dejado al cuidado del niño mientras que bajaba a comprar tabaco, pero que luego se lio tomando cervezas. Vega, una subinspectora de mi grupo, se encargó de la investigación. El tema le afectó mucho. Rabiaba. Debí retirarla, pero me pidió continuar y cedí. Se involucró muy por encima de lo deseable. Le advertí que se manejara con prudencia, pero ella en su infancia fue una niña maltratada. Me contó que su padre deseaba un varón y que se frustró tanto con su nacimiento que le pegaba desde que tiene recuerdo. Con excusa o sin ella. No un cachete o un capón, palizas severas. Su madre bajaba la cabeza. Vega los odia desde entonces. A ella, por no protegerla, y a él, por el dolor físico y la falta de afecto. Alguna vez, llorando, me ha confesado que había pensado en matarlo en numerosas ocasiones, pero que el hecho de ser su padre se lo impedía. Tampoco denunció nunca, así que jamás se hizo justicia.

Esther hace una pausa y bebe del botellín con parsimonia. Silvia se mantiene callada. Sabe lo importante que es respetar el ritmo de una narración. Sobre todo cuando existe sentimiento.

—Lo trillamos todo, pero no hubo forma de imputarlo. Él decía que, como el bebé lloraba mucho, se había largado a buscar a la madre y lo había dejado solo. Le dio coartada el portero de la casa y luego unos familiares suyos. La data de la muerte tampoco ayudó. Para la hora a la que el forense dijo que había fallecido el bebé, teníamos una grabación de una cámara de seguridad en la que se le veía a varios kilómetros de la casa. Vega se convenció de que el forense se había equivocado, no hubiese sido la primera vez, y se empeñó en la culpabilidad del padrastro. La entiendo, hablabas con aquel hombre y apestaba a mentira. Se trata de algo que percibes. Mi compañera se frustró mucho. Estaba siempre enfadada, repasando papeles. Presionó mucho a los testigos. Tanto que llegaron quejas a comisaría.

»De repente, se resolvió el caso. Hicimos un segundo registro y los de Científica encontraron una gota de sangre del bebé en las zapatillas del sospechoso. Le detuvimos, fue a prisión provisional y toda la pesca. Durante unos cuantos meses, Vega parecía más feliz que nunca: positiva, divertida, tierna... Hasta que una mañana se presentaron los de Asuntos Internos y se la llevaron esposada. El hombre se dedicaba al menudeo y había instalado un par de cámaras en el acceso a su casa para controlar las visitas. Las tenía conectadas al móvil y, cada vez que llamaban a su puerta, comprobaba en la pantalla de quién se trataba. Una cuestión de seguridad, supongo. Revisando el contenido del teléfono, los de Informática localizaron un vídeo del día anterior a la detención. Las cámaras grabaron a mi compañera forzando la puerta de entrada del domicilio del sospechoso y saliendo minutos después. No se sabe qué ocurrió dentro, pero se deduce. La jueza anuló la prueba, el detenido salió en libertad y Vega ingresó en prisión provisional. Una desgracia, porque te juro que es una gran mujer, solo que entendía la justicia a su manera. Al final, el caso quedó sin resolver. Nunca supimos quién asesinó al bebé.

—Cuando dices compañera, ¿te refieres a colega profesional o de vida personal? —pregunta muy bajito.

La agente sonríe con tristeza.

—Eres buena —elogia a Silvia—. No pensé que fuese tan fácil leerme.

—Tu profesión y la mía se parecen mucho. Tenemos la mente entrenada para escuchar y para preguntar. Para buscar respuestas, cada una a su manera.

—En lo tuyo hay mucho que oye, pero no escucha —critica la agente.

—Es verdad —reconoce—. En lo mío también se fabrican noticias.

Silvia se levanta en la habitación de su hotel algo aturdida y espesa por la ingesta de cervezas. Lo intenta borrar con una ducha fría, pero apenas logra sentirse plena. Le encantaría quedarse tirada en la cama, pero no puede perder tiempo. El primer día de su teórica semana libre lo invirtió en Esther. Ahora le toca dar otros pasos.

Cuando se viste, nota algo pesado en los bolsillos. Palpa y saca unas llaves. Entonces se acuerda. Al final de la noche, Silvia le contó sus dificultades económicas y el esfuerzo que estaba haciendo y la agente le prestó su coche para toda la semana.

—Son las llaves del coche de Vega. Lleva tiempo parado sin que nadie lo use. Quédatelo estos días —le ofreció—, y así te ahorras el alquiler del vehículo que necesitas para desplazarte. Eso sí, esta noche ni se te ocurra conducir, que has bebido demasiado.

—Eres muy generosa, pero de verdad que no es necesario —rechazó.

—Eres tonta. No se trata de altruismo. Hay una condición. Cada noche, cuando termines de trabajar, pásate por casa, compruebo que no lo has abollado y también me cuentas cómo te han ido las pesquisas.

—¿Habrá cerveza?

—En el balcón, pero sin alcohol.

—Hecho.

Por eso aquella mañana un taxi la lleva desde Castellón a casa de Esther en Benicasim, para llevarse su coche. Su plan era visitar a la segunda denunciante de violación, pero, cuando la noche anterior le pidió el teléfono y la dirección a su compañero, Juan José respondió con evasivas, hasta que al final le dijo que había perdido los datos. Se lo comentó a Esther, que se apuntó el nombre completo y prometió buscar a la persona en su base de datos. A la espera de que le diga algo, no tiene un plan definido. Quizá pasarse por la casa de Alina para hablar con los vecinos.

Cuando llega al coche, se encuentra una nota pegada en el volante. Es la dirección que le negó su compañero de *La Península*. Mete primera y va en busca de su primer testimonio, Mónica de Sanz y Bravía.

La mujer reside en el barrio de La Guinea, el más modesto de Castellón, en un piso de la calle Cati, junto al Nuevo Estadio Castalia. El portal está abierto, el telefonillo reventado, las escaleras sin luz y cuando llega a la puerta de la casa toca el timbre, pero no funciona. Tiene que llamar golpeando la madera con la palma de la mano abierta. Enseguida escucha una voz al otro lado que responde: «¡Ya va!».

Una mujer de aspecto decadente abre la puerta.

—¿Mónica de Sanz?

—La misma, dígame.

—Me llamo Silvia, soy periodista de *La Península*. No sé si se acordará de mí, pero hace meses hablamos por teléfono de la violación de Lázaro.

—Puede ser, pero me suena que de *La Península* me vino a ver un chico. Perdone, pero no me acuerdo del nombre.

—¿Juan José?

—Ese.

—Sí, somos uña y carne —miente.

—Entonces pase. Se portó conmigo de maravilla.

El aspecto de la casa invita a Silvia a encogerse y no tocar nada y, cuando Mónica le ofrece un café, lo rechaza al instante. Ni por asomo pondría sus labios sobre ningún objeto de esa vivienda.

—¿Cómo está Juan José? —pregunta la mujer.

—Bien, le manda saludos.

Silvia se ha sentado en una silla del comedor. Observa a Mónica, que, a pesar de que teóricamente tiene treinta y cuatro años, aparenta veinte más.

—Fue muy amable. ¿De verdad que no quiere un vaso de agua?

—No, gracias —responde con una sonrisa forzada la periodista.

—Me gustó mucho cuando vino Juan José y su amigo el de la cámara. No lo dijeron, pero mi piso les debió de parecer horroroso. Lógico. Son apenas setenta viejos metros cuadrados. ¿Sabe cuánto vale esta casa? Las están vendiendo por veinticuatro mil euros.

—¿Tan baratas? —le da carrete Silvia a su objetivo para que se sienta cómoda.

—Una vecina dice que este es el barrio más barato de España. Antes vivía aquí mucha gente trabajadora, pero llegó la crisis del 2008 y con el paro las casas se vaciaron. Empezaron a ocuparlas gitanos, luego rumanos y ahora son moros y negros, principalmente de Nigeria. No se asuste por mi modo de hablar, que soy algo bruta —avisa, y al sonreír se le ven los dientes amarillos—. A mí no me importa la inmigración, pero el problema es que muchos son okupas y no veas la bulla que montan. Ya no es lo mismo que hace años. Siempre ha sido un barrio peligroso, pero entre nosotros que nos conocíamos nos respetábamos. Ahora prefiero estar en casa por la noche. No sé si me entiende.

—Perfectamente —responde la periodista, que no ve la manera de introducir con naturalidad el tema del que quiere hablar.

—¿A usted le gusta mi casa? ¡Y no me mienta!

—Bueno. —Silvia se toma unos segundos para contemplarla—. Es diferente, ecléctica, diría yo.

—No use palabras que no entiendo para evitar decir lo que realmente piensa —le reprende de repente enfadada—. Dígame lo que piensa. ¿Es bonita?

A Silvia se le ocurren mil perífrasis para evitar la verdad, pero el ceño fruncido de Mónica le hace recular.

—A mí no me gusta —reconoce—. No es mi estilo.

La mujer sigue seria, tanto que la periodista teme haber metido la pata.

—¿Sabe lo que le digo? A mí tampoco, pero no tengo dinero para arreglarla.

—Le quedaría muy bonita con algunos cambios. Tiene mucho potencial.

—Le confieso que me gusta la gente franca. Su compañero también lo fue y por eso todo salió rodado.

—¿A qué se refiere?

—Vino por lo de la violación. Me entrevistó, pero como iba a ser portada necesitaba unas fotos algo especiales. Más cuidadas, dijo. Así que me llevó a una peluquería a que me hicieran la manicura y un buen cardado. Luego me compró un vestido muy elegante y unos zapatos maravillosos. Con todo eso nos fuimos a una mansión que estaba en alquiler y me hicieron una sesión de fotos espectacular. ¿La vio?

—Sí, muy bonita.

—Como en la entrevista se decía que era mi casa, luego mis vecinos me preguntaban qué hacía yo viviendo en este antro si tenía un chalé en la playa.

—A mí lo que me interesa es lo que le contó. Tengo algunas dudas.

—No me extraña.

—¿Perdón?

—Que no me extraña que tenga dudas. Fue todo un cuento. Se lo inventó su compañero.

—Un momento, usted me escribió a través de Twitter y me dijo que Lázaro la había violado y que quería hablar.

—Eso es verdad, pero luego, cuando le conté mi historia a Juan José, me dijo que para el lector podía parecer poco atractiva y la modificó con mi consentimiento.

—¿Se la inventaron? —pregunta asustada Silvia.

—Sin la menor duda.

—¿Por qué hizo usted eso?

—Pues, mire, se lo voy a contar —anuncia, resuelta—. Como al final al Lázaro no le ha pasado nada y es presidente, ya no importa. Un día, me vino a visitar un hombre y me hizo una propuesta. Me ofreció quince mil euros a cambio de que acusase a Lázaro de violación y lo contase en los periódicos. En un primer momento me entregó la mitad y la otra parte quedó pendiente hasta después de las declaraciones. Me detalló lo que debía contar. También me facilitó unas fotografías antiguas de una fiesta en el casino en la que una amiga y yo nos colamos para divertirnos. Dio la casualidad de que al evento también asistió Lázaro y que en algunas imágenes se me veía cerca de él. Me explicó que debía facilitárselas a los periodistas para dar credibilidad a la historia. Eso hice, no hay más.

—¿Mintió usted?

—Se lo acabo de decir —responde de repente seria—. No me juzgue. No me avergüenzo. He tenido una vida muy dura. Más de lo que se puede imaginar, y quince mil euros para mí significa mucho dinero.

—Se da cuenta de que pudo mandar a un hombre inocente a prisión.

—Está libre, ¿no? Inocente, ¿no? ¿Entonces, de qué estamos hablando? Además, solo tenía que dar una entrevista y evitar presentar denuncia. Si venía la Policía a preguntar, debía reconocer que me lo había inventado todo, pero jamás vinieron.

—¿Eso fue idea suya o de quien la contrató? —pregunta Silvia de forma abrupta.

—Mire, es mejor que se vaya. Tengo muchas cosas que hacer.

—Solo una cosa más. ¿Cómo puedo localizar al hombre que le pagó y le dio las fotos?

—No tengo ni idea. No le volví a ver más ni me dejó teléfono ni una dirección.

—Por favor. Alguna pista me podrá dar. A usted le gusta la franqueza.

—¿Sabe lo que le digo? Que me gusta, pero en su justo punto. Por hoy he tenido sobredosis. Y ahora, fuera de mi casa. ¿O quiere que avise a mi vecino para que la ponga en su sitio? Es un proxeneta bastante violento, pero a mí me aprecia mucho.

Silvia decide retirarse. La amenaza parece seria.

En cuanto se nota segura dentro del coche, saca el móvil. Necesita contárselo a alguien. Le invade una mezcla de adrenalina por el maravilloso descubrimiento periodístico con el horror que le producen los datos que acaba de conocer. Y lo que es peor, no puede publicarlos, porque van en contra de su propio periódico. El frenesí no le deja pensar.

—Dime que no te la has pegado con el coche de Vega ni que te han puesto una multa —dice Esther a modo de saludo.

—¿Eso que oigo de fondo es una sirena?

—Sí, pero tranquila, conduce un compañero.

—Vale, no te vas a creer lo que me ha ocurrido.

—Soy todo oídos.

Durante los siguientes minutos, la periodista le relata la conversación que ha tenido con Mónica a la jefa de Seguridad Ciudadana, que absorbe la información en silencio.

—¿Qué te parece? ¿Qué crees que debo hacer? —pregunta Silvia cuando ha concluido.

—Necesito pensar. Nos vemos esta noche en mi casa y lo hablamos. Cualquier cosa más, me llamas enseguida —advierte antes de colgar—, pero ahora te tengo que dejar, que nos han dado una alerta por un caso de violencia de género y estamos llegando.

Silvia sigue notando falta de sosiego. Verbalizar lo ocurrido le ha servido para ordenar sus ideas. Tiene claro que a Lázaro le tendieron una trampa, pero ¿quién? La única persona que puede ayudarle a resolverlo es Mónica. Decide que va a volver a visitarla y le ofrecerá dinero. Abre la cartera. Tiene doscientos euros. Quizá los acepte. Si pide más, la invitará a que la acompañe a un cajero.

Cuando va a bajarse del vehículo, observa cómo Mónica sale a la calle. Se para en el portal, hasta que de repente aparece un taxi. Se monta y emprenden la marcha. Silvia no lo piensa dos veces y por puro instinto comienza a seguirla. Nunca pensó en verse en una situación así. Se acuerda de las películas de Jason Bourne. Intenta mantener la distancia con el coche de delante para que no se note que va detrás, pero es muy difícil. Se le cuelan una moto y una furgoneta delante y comprueba cómo se complica su propósito. Tiene la suerte de que la camioneta de delante se desvía y puede recuperar terreno y pegarse un poco. En un cartel lee que va conduciendo por la ronda Magdalena. Después de diez minutos, el taxi hace algo extraño. Se salta un semáforo que se acaba de poner en rojo en la plaza de La Independencia, también conocida como de la Farola. Indecisa, no sabe qué hacer. Si le sigue, sin duda, va a revelar su presencia. Observa cómo el coche avanza unos metros, da la vuelta a la rotonda y se pega contra la acera, justo en el extremo contrario al que está ella. Un individuo con sombrero, grandes gafas y vestido de negro de arriba abajo se acerca al vehículo. Abre la puerta para que se baje Mónica. No le hace ni caso, pero mete la cabeza y parece que le tiende un billete al taxista. Silvia aprovecha para hacerle una foto con el móvil, pero con las prisas y los nervios le da a grabar un vídeo. Luego observa cómo agarra del brazo a la mujer y con algo de rudeza la obliga a caminar hacia el centro de la ciudad, por la calle Zaragoza, que parece peatonal.

Silvia busca dónde aparcar, pero está en pleno centro de Castellón y no hay un hueco libre. Acelera por el paseo Ribalta buscando un hueco y, antes de llegar a la plaza de toros, lo encuentra. Corre como una loca de regreso a la zona donde les ha perdido la pista. Camina hacia un lado y otro buscando sus rostros, pero no los ve. Una hora después, cabreada y desesperada, se da por vencida. En un supermercado se compra una caja de galletas de chocolate y se la come entera.

Después del atracón, solo se le ocurre regresar al domicilio de Mónica y establecer una vigilancia frente al portal. Quiere creer que el hombre que ha visto con ella, a lo mejor, la llevará de regreso a casa. Si lo hace, lo seguirá. Mientras conduce de vuelta a La Guinea, piensa que quizá el desconocido no tenga ninguna vinculación con la trama de la falsa violación y sea un amigo personal con el que tenía previsto quedar; pero frente a este argumento blande otro razonamiento: que, justo tras su visita, Mónica salga de casa a toda prisa le escama, y de intuición nunca ha ido mal.

El día se le hace terriblemente pesado. Escondida en el vehículo, observa el portal de la entrevistada. Alguna vez tiene que abandonar la vigilancia para comprar un bocadillo y algo de bebida y de paso ir al baño. Con el trascurso de las horas, se da cuenta de que en el barrio la han detectado y la miran desconfiados.

Cuando la luz natural comienza a bajar de intensidad y las sombras desaparecen, un joven de piel oscura con gorra roja y muchos collares le toca en la ventanilla. Silvia al principio se asusta. No lo esperaba. Por prudencia, tiene los pestillos cerrados y baja solo unos dedos de la ventanilla.

—Hola, guapa —saluda con desparpajo—. ¿Cómo te llamas?

—Silvia —responde automáticamente.

—Yo soy Goldman —se presenta y señala sus collares y pulseras—. Mis chicos te han echado el ojo hace un buen rato. ¿Se te ha estropeado el coche o eres de la bofia?

—Ni una cosa ni la otra.

Él hace el gesto de oler por la ventanilla, que acompaña de un sonido exagerado.

—No hueles a madero —confirma y sonríe—. Linda, ¿necesitas algo que te pueda proporcionar?

—Estoy bien —responde incómoda Silvia.

—Como quieras.

En ese momento pasa a su lado un taxi que para frente al portal de Mónica. La periodista fija su atención y Goldman se da cuenta. Se abre la puerta de atrás y Mónica baja rápido. Parece que oculta la cara en una bufanda. Entra corriendo sin mirar a los lados. Silvia arranca.

—¿Ya te vas, linda? —pregunta el joven—. ¿Te invito a unas birritas bien frías?

—Gracias, pero tengo prisa —se excusa, y sabe que suena a patraña.

—Si alguna vez vuelves por aquí y necesitas algo, pregunta por mí, Goldman. Soy el rey de La Guinea, relinda.

—Podría ser tu madre —decide responder. Un niñato no la va a intimidar de ninguna forma.

El joven no parece molesto por el comentario. Le da la vuelta a la gorra, le guiña un ojo y sonríe. Tiene los dientes muy blancos, salvo uno que es de oro.

—Siempre me han gustado las mujeres con experiencia, y este barrio lo tengo ya muy trillado.

Silvia acelera y deja a Goldman sin respuesta, de pie en mitad de la carretera. Por el retrovisor se da cuenta de que anda como los raperos, dejando caer de golpe una cadera cada vez y acompañando los movimientos con los hombros y la cabeza.

Silvia llama a la puerta de Esther. Todavía le dura el sofoco por el episodio con Goldman. Al abrir, la periodista se da cuenta de que la agente debe de haber salido de la ducha hace solo unos minutos. Lleva un pantalón corto que deja ver sus piernas bronceadas, una camiseta de tirantes con mucha abertura en la manga, sin sujetador y el pelo recién lavado. Ella, calada de sudor, se siente sucia.

—Si quieres darte una ducha... —le ofrece.

—Me vale con refrescarme la cara y los brazos.

—Ya sabes dónde está el baño. Cuando salgas te tengo preparada una sorpresa.

—¿De qué se trata? —pregunta, impaciente.

—Aséate primero, venga.

Silvia se lava la cara, el cuello, los brazos y las manos. Sin duda, hubiese preferido una ducha, pero no se siente del todo cómoda y prefiere esperar a llegar a su habitación del hotel.

—¿Una cerveza? —ofrece Esther cuando la oye salir del baño.

—La necesito.

—Te he dejado sobre la mesa unos papeles. Échales un ojo y luego me cuentas qué tal el resto del día —dice de camino al frigorífico.

Silvia coge la carpeta y se la lleva al balcón. La coloca sobre las piernas y comienza a revisar los folios. El primero contiene información bancaria. La Policía había pedido los movimientos de la cuenta de Alina de hace diez años y la entidad, tras buscar en sus archivos, respondía que el ingreso de cien mil euros se había realizado en ventanilla y lamentaba comunicar que en su base de datos, tras una década, no queda acreditación de quién realizó el reintegro.

Esther sale al balcón y le tiende una cerveza.

—¿Cómo puede ser que Hacienda lo sepa todo de nosotros y pidas un documento que amplíe la información de un movimiento bancario y te digan que ya no existe? —protesta la periodista.

—Cuando pasan los años es complicado recuperar información, del tipo que sea, aunque con la digitalización cada vez se guardan más cosas. El problema al que te enfrentas es mi día a día de las investigaciones policiales, que los datos que quieres obtener, o no existen, o si los hay no te los quieren dar.

—Imposible. Si lo ordena un juez, están obligados.

—Amiga mía, ¡qué confundida estás!

—No te entiendo.

—Hay veces que ni aun así. Los servidores de las redes sociales más populares, las plataformas de mensajería y de videollamadas por internet se ubican casi todos en Estados Unidos, aunque presten servicio en todos los países. Imagínate que una persona con varios perfiles falsos se dedica a amenazarte de muerte y a acosarte por la red. La única posibilidad de identificarle y detenerle es que la plataforma te facilite su verdadera identidad. Desde España, un magistrado pide el dato a Facebook o Twitter. ¿Sabes qué responden? Que el derecho a la privacidad de sus clientes prevalece por encima de los presuntos crímenes que hayan podido cometer y te niegan la información. Así, delitos que podrías solventar en minutos, te llevan semanas y muchas veces quedan sin resolver.

—¿Pasaría lo mismo si acosaran y amenazaran a Mark Zuckerberg o a su familia a través de su propia red de Facebook? ¿Qué prevalecería en ese caso? ¿La vida del dueño o la privacidad del usuario?

—Yo tengo claro lo que haría.

—Y yo —contesta Silvia.

La periodista pasa de hoja y sigue leyendo. Hay dos declaraciones seguidas de dos mujeres.

—Son las amantes de Lázaro —informa Esther—. No encontrarás nada relevante. Solo piden que se respete su intimidad porque están casadas y alegan que son esposas devotas. Por otro lado, confirman que el sexo con Lázaro siempre fue consentido y muy satisfactorio. Las dos afirman que sus aventuras se circunscribieron a crisis matrimoniales que ya han finalizado, y que siguen manteniendo buena relación con el empresario.

A pesar del resumen, Silvia lee detenidamente las declaraciones.

Las siguientes hojas tienen que ver con la investigación del antiguo morador de la vivienda. Se trata de un camello con antecedentes.

—Una de las hipótesis sobre la muerte de Alina que nos planteamos fue que quizá su asesinato se tratase de un error y que estuviese vinculada al anterior inquilino —explica Esther.

Silvia asiente, pero no abre la boca. Solo lee y se empapa de los datos. Durante minutos permanecen en silencio. El único ruido que les llega es el de alguna sirena lejana o algún claxon.

—Por lo que leo —levanta la cabeza y bebe del botellín a morro—, esta línea de investigación tampoco tuvo resultados. Al inquilino, el tal «Buba» ese, tus compañeros lo encontraron escondido en Barcelona. Reconoció que se estaba ocultando porque debía dinero, pero que había logrado negociar plazos para resolver la deuda y por eso había evitado las represalias. Otro hilo que no lleva a ningún sitio.

—En eso consiste una investigación.

Silvia cierra la carpeta. En los papeles no hay nada más.

—¿Me dejas que te cuente bien lo que me ha pasado hoy? —pregunta la periodista.

—Claro, te escucho.

Silvia relata con todo lujo de detalles su visita a casa de Mónica, la conversación y la persecución, incluido el desconocido.

—Tengo una foto del hombre del taxi. Fíjate si he estado concentrada que ni la he revisado.

Manipula el teléfono y de repente se da cuenta.

—¡Anda! ¡Si le he grabado un vídeo!

Lo ven juntas. Apenas dura unos segundos. Está tan lejos que se observa mal. Imposible reconocer al tipo. Toma nota de la matrícula del taxi por inercia. Hay algo que escama a la investigadora, pero no sabe determinar qué es.

—¿Qué te parece? —le interrumpe Silvia, pero luego no deja que responda y esboza su propia teoría—. Alguien quiso destruir la carrera política de Lázaro. Contrató a dos mujeres para que le denunciaran y luego mató a una para cerrarle la boca.

Esther piensa que su nueva amiga padece el mal del periodismo, tener siempre demasiada prisa.

—Le veo varias pegas a tu hipótesis —le corrige la agente—. Veamos, lo que planteas implica que a Lázaro le comenzaron a tender una trampa hace diez años. Eso entenderás que me cuesta creerlo. Por otro lado, si quería cerrar la boca a las dos denunciantes a las que compró, ¿por qué solo ha matado a una? De todas formas, nos podemos tirar toda la noche especulando con lo que ha ocurrido, pero no servirá de nada. Faltan muchos datos.

—Quizá mató a Alina porque se arrepintió —aventura, sin convencimiento—. En cualquier caso, tienes razón, faltan pruebas, pero no puedo dejar de pensar en ello.

—Vamos a hacer una cosa. Si te parece, mañana me acerco a primera hora a hablar con Mónica. Quizá, viendo mi placa y mi pistola, opte por decirnos el nombre del tipo con el que se reunió ayer, que tampoco sé si nos llevará a ningún sitio, porque solo tu intuición relaciona las dos cosas.

—¿Harías eso por mí? —pregunta ilusionada la periodista.

—Lo haré —confirma, y a Silvia le brillan los ojos—. Por cierto, ¿te has planteado que Mónica te engañase esta mañana?

—Me ha parecido muy sincera —se defiende la periodista.

—Quizá sí, quizá no. ¿Has hablado con tu compañero para corroborar el relato de ella?

Silvia niega con la cabeza.

—Me parecía muy violento llamarle y preguntarle a bocajarro. Lo va a negar todo.

—Pues utiliza la sutileza. Dicen que las mujeres somos más inteligentes.

La periodista le da el último trago a su cerveza y se levanta para irse.

—Estoy muy cansada —anuncia—, y mañana quiero seguir haciendo gestiones desde primera hora.

Esther asiente en silencio. Le cuesta reconocerlo, pero le gusta mucho su compañía. Se arrepiente de haber sido tan dura con ella. Quizá no debería haber subrayado tanto sus errores.

—Como quieras.

—Si mañana logras hablar con Mónica, ¿me lo contarás? —pregunta.

—Claro, recuerda que tenemos una cita todas las noches. Ese es el pacto.

Cuando escucha la puerta cerrarse, da un golpe con el puño a la pared. Le gusta Silvia. Es guapa e inteligente y, aunque la ha mirado disimuladamente, tiene un cuerpo envidiable. Se recrimina no haberla retenido más tiempo. Ojalá se hubiese quedado.

Silvia entra en su habitación del hotel y lo primero que hace es llamar a Juan José. Suenan los tonos, pero no coge. Frustrada, lanza el teléfono sobre la cama.

9

A Esther nunca le apasionó ponerse el uniforme de Policía, pero desde que salió de Homicidios y entró de responsable en el grupo de Seguridad Ciudadana no le queda otra. Gajes del oficio. Pensó que el cambio no le iba a gustar nada. Pasarse el día sentada en un coche o compartir un espacio tan pequeño durante horas con un compañero que puede no caerte bien no se le antojaba un buen plan. Creyó que echaría de menos la investigación, pero ¡qué va!, todo lo contrario. Patrullar le dispara la adrenalina. Ser la primera en llegar, en intervenir en situaciones críticas, aunque, eso sí, se niega a conducir.

Cada día, la inspectora da a primera hora una pequeña charla a los agentes de su turno en la base. Luego coge el teléfono de coordinación que deja el responsable anterior. Sirve para comunicarse con los jefes en caso de urgencia y para llamar a los grupos cuando la intervención corresponde a su ámbito de actuación: si se trataba de un robo, al de atracos; un asesinato, al de homicidios; un secuestro, al negociador... Odia los despachos. Por eso, al igual que sus compañeros, sale a patrullar. Ella escucha todo lo que ocurre en Castellón y siempre acude de apoyo a los casos más complicados o graves, como peleas, violencia de género o crímenes.

Aquella mañana, tras la charla habitual, se monta en el coche con Alberto, su segundo, un agente sagaz, habilidoso al volante y con un cuerpo contundente, de los que disuaden cuando salen del vehículo y se despliegan. Le pide que conduzca hasta el barrio de La Guinea, a la calle Cati.

—¿Qué pasa? ¿Tienes ganas de acción antes incluso de tomar el primer café?

Esther sonríe a modo de respuesta.

No tardan mucho en cruzar la ciudad.

—¿Quieres que te acompañe? —pregunta Alberto, al ver que Esther se baja y no le dice nada.

—Mejor espera aquí.

Sube las escaleras en tensión, no por nada, sino porque forma parte de su estado natural cuando lleva el uniforme y visita lugares potencialmente conflictivos. Al llegar al rellano, observa entreabierta la puerta del domicilio de Mónica. Se le eriza la piel. Quizá se trate de un descuido, pero saca el arma y la sujeta con ambas manos antes de llamar al timbre y gritar el nombre de Mónica. Solo recibe su eco como respuesta. Empuja la puerta con el hombro y se cuela en la casa.

Camina despacio, revisando cada habitación, con el arma por delante para asegurar el espacio. Encuentra a la dueña en la cocina. En el suelo, con cara de sorpresa, los ojos abiertos y un destornillador clavado a la altura del corazón. La deja ahí tirada y termina de comprobar el domicilio por si el agresor estuviera todavía dentro. Cuando confirma que no hay nadie, guarda la pistola en la funda y avisa a Alberto.

—Aparca en cualquier acera y sube al primer piso lo más rápido que puedas —ordena.

Lo lógico es que precinte la escena y llame al responsable de guardia del Grupo de Homicidios, pero no lo hace. Saca su móvil y comienza a hacer fotos de la escena y de cada detalle. No tiene tiempo de ponerse a analizar y quiere poder hacerlo con tranquilidad.

—¿Jefa? —pregunta Alberto desde la puerta.

—En la cocina —responde ella para que siga su voz—. Cuidado donde pisas.

—¿Y este fiambre? —pregunta, sorprendido.

—Por favor, habla con los vecinos, a ver si han escuchado voces o golpes en las últimas horas. Intenta averiguar a qué hora ocurrió —pide Esther, que necesita terminar de hacer fotos sin que le vea.

—Ok. Aunque ya sabe que muchos de por aquí no son de colaborar.

Silvia no ha dormido bien. No se quita de la cabeza todo lo que le contó Mónica la mañana anterior. Está convencida de que no le engañó, pero necesita comprobarlo con Juan José. Apenas son las nueve de la mañana, pero le vuelve a llamar. Esta vez sí le coge.

—¿Sí? —pregunta. En su voz todavía hay legañas.

—Soy Silvia.

—¿Tú no estabas de vacaciones? —pregunta en mitad de un bostezo.

—Estoy en Castellón. Ha salido un día malo, y se me ha ocurrido ir a visitar a Mónica.

—¿Qué Mónica? —Su voz ha ganado consistencia y parece en alerta.

—La que me contactó por Twitter y entrevistaste tú.

Juan José permanece en silencio. La periodista no sabe si se debe a la sorpresa, a que todavía no ha terminado de despertarse o a que no sabe qué responder.

—La del caso Lázaro. La segunda agredida sexualmente —remarca Silvia.

—Me pediste sus datos y ya te dije que los perdí.

—Lo sé, no te preocupes. Por casualidad encontré su chalé, el que sale en las fotos, y hoy pasaré a saludarla. ¿Quieres que le diga algo de tu parte?

—No, no hace falta. De todas formas, no te confíes. Por allí los chalés se parecen mucho unos a otros. Quizá te hayas equivocado, lo digo para que no pierdas el tiempo, no por otra razón. Además, creo recordar que algo comentó de que tenía pensado cambiarse de casa. Lo digo porque, si finalmente aciertas con el chalé, no te sorprendas si no la encuentras.

—Bueno, lo intentaré igualmente —dice, jovial—. Te llamo esta tarde y te cuento.

Juan José cuelga el teléfono. La maldita Silvia puede descubrir su secreto.

En cuanto su compañero sale de la cocina, Esther vuelve a hacer fotos.

De repente, escucha un zumbido rítmico. Algo que vibra. Es un móvil. Busca su origen. Lo localiza debajo de la encimera de la cocina. Se enfunda unos guantes, se tira en el suelo y alarga el brazo para cogerlo. La llamada se corta. Es un iPhone 10. Le extraña que posea un móvil tan caro. En la pantalla lee *Juan José, periodista La Península.* Comprueba que el móvil usa clave y está bloqueado. Lo coloca cerca de la cara de la víctima, en varias posiciones, y logra que se abra. De fondo, escucha a Alberto hablar con algún vecino. Apoya el teléfono en la encimera y con el suyo hace fotos de las últimas llamadas, los mensajes, y sus últimas fotos. No tiene tiempo para más. Ha dejado de escuchar voces y oye los pasos de su compañero regresando. Le da tiempo a tirar el móvil donde lo encontró y a quitarse los guantes antes de que Alberto entre en la cocina.

—El vecino de al lado, que me da que se trata de un okupa, ha escuchado un grito muy fuerte esta mañana, no hace más de una hora. Y luego a alguien correr por las escaleras, pero que no se ha preocupado porque en el bloque cada uno va a lo suyo y los ruidos no se salen de lo normal.

—Gracias, Alberto. Avisa a un par de patrullas para que vengan y precinten la escena.

Esther llama al responsable de Homicidios y le cuenta lo que han encontrado. Le alivia darse cuenta de que nadie le pregunta por qué han acudido al lugar. Tendría que dar explicaciones y no sabe si contar la verdad o inventarse algo.

—Bajo un momento a la calle —avisa—. Quédate en la puerta vigilando que no pase nadie.

Alberto asiente.

La inspectora sabe que se acaba de meter en un lío. Debe pensar en la mejor manera de encubrirlo. Pero antes tiene a alguien a quien llamar. Saca el móvil.

—Buenos días. ¿Qué haces? ¿Estás muy liada?

—Hola, me estaba organizando el día. Tengo algo que contarte. He hablado con Juan José.

—Para —le interrumpe seca Esther— y escucha con mucha atención porque no te lo voy a repetir. Han asesinado a Mónica en su casa.

—¡¡¡¿Qué?!!! —pregunta Silvia desconcertada.

—Lo que oyes. No tengo mucho tiempo. La noticia se acabará filtrando, así que ven cagando leches. Aparca a unas cuantas calles de distancia, que tu coche obviamente mis compañeros lo conocen. Ni los de Homicidios ni el forense ni el juez han llegado todavía. Trata de pasar desapercibida. Y una cosa. Ni te conozco, ni te he llamado. ¿Queda claro?

—¿Tú quién eres? —contesta Silvia. No es la primera vez que le hacen semejante advertencia y siempre responde igual.

Media hora después, llegan los miembros del Grupo de Homicidios. Esther hace de maestra de ceremonias y los acompaña dentro de la casa. Les explica que han tomado declaración a todos los vecinos de la misma planta, les enseña las notas y promete que su compañero y ella pasarán a limpio los apuntes en cuanto lleguen a la base.

Respira aliviada porque nadie le pregunta cómo se han enterado del crimen. Deben de dar por hecho que alguien llamó para advertirlo.

Cuando sale, se cruza en la escalera con el juez del caso Lázaro.

—Señoría —saluda, con una leve inclinación de cabeza.

—Inspectora —contesta e inmediatamente le cambia la cara. El gesto desvela que no sabía quién era al principio, pero ya la ha ubicado—. Me alegro de encontrármela. ¿Y ese uniforme azul? La última vez que nos vimos no lo llevaba puesto.

—La vida y sus destinos —balbucea por decir algo.

—Tiene mucho trabajo pendiente conmigo. No sé si se acuerda. Nada de lo que me ha mandado hasta ahora responde a las preguntas que quedaron en el aire, ni resuelve el crimen de Alina.

—Señoría, no le envié nada. Ya no soy la jefa del Grupo de Homicidios. Me destituyeron. Lamentablemente, no me encargo ya del caso.

—¿Qué hizo usted para merecer ese castigo?

—Todavía no lo he averiguado.

—Entiendo. Entonces queda liberada del reproche. Su sustituto deberá lograr las respuestas. Vaya con Dios —se despide su señoría, que continúa subiendo las escaleras.

En la calle hay una pequeña muchedumbre curiosa. Entre los allí congregados reconoce los ojos curiosos de Silvia. No hace gesto alguno de haberla reconocido. Alberto pone la sirena y logra que se aparten para así poder salir con el coche.

Su compañero parece extrañamente serio. Desde que han salido de la casa no ha abierto la boca. Conduce despacio, pero Esther observa que sujeta el volante con los brazos en tensión. Entiende perfectamente qué le pasa.

—¿Quieres que hablemos de ello? —pregunta la inspectora.

—Estaría bien, la verdad.

—¿Qué quieres saber?

—¿Por qué sabías dónde teníamos que ir esta mañana? ¿Te avisaron los del turno anterior y no me dijiste nada? —pregunta esperanzado.

—No, si te dijese eso, te mentiría.

Alberto se encima contra la acera para interrumpir el tráfico lo menos posible y para el vehículo. Pone los intermitentes para avisar de que está bloqueando el tráfico.

—Dime que no tienes nada que ver. Has subido sola —comenta asustado.

Esther se ríe sin ganas.

—Cuando llegué estaba bien muerta. Fiambre total. No voy matando gente por ahí.

La fiera de su cabeza ruge. La agente respira hondo. Alberto la mira indeciso. Decide que le va a contar la verdad, aunque omitirá algunos detalles.

—La víctima estaba vinculada con una investigación anterior que llevé cuando dirigía Homicidios. La de Lázaro, el actual presidente del Gobierno. Te sonará, seguro. —Alberto abre mucho los ojos. Parece impresionado—. Fueron unas pesquisas contra reloj. En su día quise hablar con la muerta, pero me fue imposible localizarla y también había tantas gestiones importantes que lo olvidé. Ayer me dijeron dónde vivía y esta mañana te he pedido que me llevaras porque simplemente quería plantearle algunas preguntas y charlar. La sorpresa ha sido encontrármela con un destornillador en el corazón.

—Entiendo.

—Nadie me ha preguntado por qué hemos ido esta mañana a esa dirección, pero lo acabarán haciendo.

—Quizá sí, quizá no.

—¿Y eso? —pregunta, sorprendida.

—Hablé con el vecino que escuchó los gritos y le dije que sería mejor que si le preguntaban dijese que había sido un buen ciudadano y había avisado él. A lo mejor les vale con eso.

—Gracias —dice Esther, emocionada.

Alberto mete primera y conduce hacia la base.

Silvia se pasa el día trabajando frente a la casa. Tiene suerte. No ve a ningún otro periodista o fotógrafo. Ella no lo sabe, pero en una fábrica de porcelana esa mañana se ha declarado un gran fuego. Se acaba enterando al escuchar a dos sanitarios de la ambulancia hablando de ello. Como en La Guinea no pueden hacer ya nada, salen corriendo por si hay víctimas en el otro siniestro. Aguarda a que se realice el levantamiento del cadáver y los agentes se vayan para intentar hablar con los vecinos. Rasca unos pocos datos que le sirven para realizar su crónica. Pregunta a todo el que se le cruza por Goldman, pero nadie parece conocerle. Junto con su número y nombre, deja recado en el bar El racó de Paca para que le avisen de que la chica del coche quiere tomarse una cerveza con él cuando pueda. Sospecha que allí, aunque lo nieguen, alguien le puede conocer.

Llega a casa de Esther una hora antes de lo normal. Decide llamarla por teléfono en vez de tocar en el portero automático. Prefiere abordarla así, es menos invasivo.

—Hola, soy yo. ¿Qué tal tu día? —se preocupa Silvia.

—Agotador. Acabo, como quien dice, de entrar por la puerta y mi turno terminaba hace ya unas horas.

—También he cerrado yo el chiringuito por hoy.

—Muy bien, pues vente, aunque tengo la nevera vacía. No me ha dado tiempo a ir al supermercado a por cervezas.

—No hay problema.

—¿Qué tardas? —pregunta Esther.

—Lo menos que pueda.

Diez minutos después, Silvia llama a la puerta de la inspectora. Escucha unos pies descalzos acercarse y abrir. Esther lleva el pelo empapado y una toalla de baño anudada al pecho como única cobertura.

—Te has dado prisa —comenta la agente.

—Se calentaban las cervezas —se disculpa la periodista, y enseña doce latas unidas por las anillas de plástico.

—Métclas en la nevera, mientras termino —pide Esther.

Silvia se mueve como si estuviera en su casa. Se siente cómoda. Guarda todas las latas menos una, que se lleva al balcón. La abre, da un trago y mientras contempla el mar llama por teléfono al subdirector de *La Península.*

—¿Qué pasa? —dice a modo de saludo su jefe.

—Tengo la portada del periódico de mañana.

—¿Pero tú no estás de vacaciones?

—Las noticias no entienden de fechas y yo abro veinticuatro horas al día, los trescientos sesenta y cinco días del año. No concibo el periodismo de otra forma.

—¿De qué se trata?

—Un nuevo asesinato vinculado con Lázaro.

—¿Qué me dices? —pregunta asombrado el subdirector.

—Le he dedicado todo el día a este asunto. Vamos, que entiendo que la jornada de hoy no me contará como vacaciones, ni el resto de la semana que estaré trabajando aquí, y doy por hecho que el periódico se hará cargo de mi hotel, el desplazamiento y las dietas.

—Solo Dios puede dar su aprobación a estos gastos imprevistos, ya lo sabes —advierte muy serio—. Pero cuéntame más detalles.

—Habla primero con él y luego me llamas, que tengo que hacer una cosa urgente. Pero te aviso, el tema vale su peso en oro.

—Lo muevo rápido —se compromete.

Silvia no la ha sentido llegar, pero Esther ha presenciado parte de la conversación desde el marco de la puerta del balcón.

—¿Y qué es eso urgente? —pregunta de sopetón.

—No te he oído —se excusa Silvia, que se ha asustado.

La agente lleva unas mallas cortas negras, una camiseta de tirantes largos similar a la del día anterior; una vez más, dando libertad a sus senos.

—Mi urgencia es traerte una cerveza bien fría —dice Silvia, riéndose—. Siéntate, que voy a por ella. —La inspectora se contagia de la risa—. ¿Con vaso o a morro?

—Siempre con vaso —responde la agente.

No tarda en regresar.

—Espero que no le falte frío.

—Seguro que no. ¿Vas a publicar mañana lo de Mónica? —pregunta Esther.

—Así es. Si no lo hago yo, lo hará otro, y además hay que menear el árbol para comprobar qué manzana cae. Creo que el caso se está calentando.

—Me parece bien.

—¿Me puedes contar algún dato que me ayude a construir la crónica? —pregunta, pero enseguida pone el parche por si acaso—. Sin compromiso. Como veas.

—Te lo voy a contar todo. Confío en ti. Luego ya discutimos qué publicas y qué no, pero esta mañana casi se me cae el pelo por tu culpa.

—¿Y eso? ¿Qué he hecho?

—¿Voy y me presento por ciencia infusa en una casa donde hay un fiambre solo unos minutos después de que le claven un destornillador en el corazón?

—¡La leche! No lo había pensado.

—¿Y encima subo sola? Vamos, que podrían haber pensado que la he matado yo. Mi compañero hasta me lo ha preguntado. Menos mal que contamos con un par de testigos que oyeron un grito desgarrador y cómo alguien huía antes de que yo llegara, porque, vamos, hoy podía haber acabado detenida. Al final hemos mentido. Lo digo en plural porque mi binomio estaba de acuerdo en ayudarme. Hemos dicho que, mientras que patrullábamos por allí, nos ha abordado un viandante para decirnos que hacía un rato había escuchado un grito desgarrador en la casa y que se temía que algo malo podía haber sucedido. Yo he salido corriendo y luego, después de aparcar, ha subido Alberto. Obviamente, no puedes publicar una línea de esto.

—Nunca se me ocurriría —garantiza Silvia—. ¿Lo del destornillador y los gritos, sí?

—Sí, eso te lo puede haber contado cualquiera. Incluso los vecinos.

—Vale. De todas formas, si no te importa, pensaba escribir la crónica ahora, aquí, en tu casa. Y si quieres, luego te la lees entera y me dices si debo eliminar algo.

—Perfecto. ¿Hacemos un Glovo? —propone Esther.

—Vale, encárgalo tú desde mi móvil, que quiero invitarte.

—No hace falta —rechaza la agente.

—Por favor, insisto. Estás siendo muy generosa conmigo y quiero corresponder. Haz el pedido con mi teléfono.

Esther lo coge.

—Me vale cualquier cosa —cierra Silvia la conversación, mientras saca el portátil de la mochila y lo coloca entre sus piernas. Piensa que ojalá pudiese escribir cada día mirando al mar. A veces se arrepiente de vivir en Madrid, pero nunca ha tenido las agallas de dejarlo todo y de dar el salto a la costa.

Empieza a teclear lenta y dubitativa. El comienzo siempre le cuesta más. Las primeras frases deben agarrar al lector por la nuca y sujetarlo mirando al papel sin que se mueva hasta que acabe la lectura. El lenguaje y las construcciones de las frases también influyen. A Silvia le gusta escribir de otra manera, un estilo próximo a la literatura, en su caso, negra, lo que se bautizó como el Nuevo Periodismo en los años sesenta en América del Sur. Siempre ha creído que el periodista debe aportar algo más que información, también una estructura ágil, descripción, declaraciones y un lenguaje narrativo y cuidado. No siempre dispone de tiempo para cumplir con estos parámetros y no todos los temas dan de sí para lograrlo, pero intenta que sus textos sean reconocibles sin tener que identificar al autor, algo así como saber que un cuadro es de Mark Rothko sin tener que aproximarse a ver la rúbrica.

Logra arrancar la historia con estilo e ímpetu y después todo sale ya fluido y directo. Sabe qué quiere contar y cómo. Va sumando líneas sin parar en un brote de plena inspiración. A veces se detiene para revisar el texto, como los pintores que se alejan para contemplar la evolución de su obra. Cuando lleva más de la mitad del artículo, suena su móvil. Le molesta que la interrumpan en pleno proceso creativo, pero espera una llamada. Ve el aparato en el poyete de la ventana de la terraza. Esther se ha ido y otra vez ni se ha dado cuenta.

—Cuéntame qué tienes —exige Dios sin siquiera saludar.

—Asesinan a la segunda mujer que denunció a Lázaro por violación. —Silvia deja que respire la noticia. Al otro lado, Dios no abre la boca. Los engranajes le deben estar funcionando a toda máquina—. Ese sería el titular.

—¿Quién es ella?

—La que se puso en contacto conmigo y entrevistó Juan José.

—Ves cómo debes hacerme caso. Por seguir mis indicaciones, ahora disponemos de fotos suyas que nadie más posee.

—Lo reconozco, señor. Debí hacerle caso desde el principio y sin protestar.

Dios no sabe si le está dando la razón humildemente o se trata de un sarcasmo. Prefiere optar por la primera. Le deja más tranquilo.

—Me alegro de que empieces a ver las cosas como yo. ¿Tienes fotos?

—Las tengo.

—Pues vete mandándolas y escríbeme una página holgada, que si es necesario ya le metemos tijera aquí.

—¿Y lo de los gastos? —pregunta Silvia, apurada.

—Seguro que lo podremos resolver a tu vuelta —concede magnánimo—, pero tráelo todo bien justificado.

Silvia escribe durante media hora más. Lo revisa y da un grito para avisar a Esther.

—¿Quieres leerlo? Ya he acabado.

—Claro. ¿Vas tú trayendo las bandejas con la cena? Están en la cocina. Las he dejado preparadas.

La periodista hace un par de viajes. Cada vez que lleva una bandeja busca encontrar alguna señal de aprobación en el rostro de la inspectora, pero tiene cara de estatua de sal.

—¡Has pedido gyozas de gambas y nasi goreng! ¿Y bien? —pregunta Silvia, ansiosa, cuando ve que cierra el ordenador.

—Escribes muy bien. Por un momento me ha parecido una novela de misterio. ¿Te has planteado dejar el periodismo y dedicarte a la literatura? Seguro que arrasarías.

—Lo he pensado, pero me da pereza. Escribir bien solo es una parte. También debes tener algo interesante que contar, y cuando ya tienes todo eso, llegan el *marketing*, las entrevistas, la visibilidad en redes sociales. Un amigo escritor me dijo que te esfuerzas casi más en la era poslibro que cuando lo estás componiendo.

—Yo compraría todo lo que escribieses.

—Hay cientos de escritores. Cada año se publican miles de libros. No te puedes imaginar. Resulta casi un milagro colocar de forma visible tu novela en la mesa del librero. Las grandes editoriales hasta pagan por los mejores sitios. Al final te das cuenta de que escribir es lo de menos. Hay grandes obras que no lee nadie y basuras que se convierten en verdaderos éxitos.

—Sé positiva y date una oportunidad. Podrías escribir una novela de esto que está ocurriendo ahora.

—No, no tendría paciencia. ¿Algo que borrar o modificar del texto?

—En absoluto. Has elegido bien. Sabes qué contar y qué no.

—Entonces lo envío y cenamos.

—Hecho.

La velada discurre entre risas, anécdotas, confidencias y anhelos.

Una conversación de amigas o quizá de algo más.

10

Silvia se despierta en la casa de Esther. En la misma cama. No hay más en la casa. Ella se ha ido ya. El hueco vacío todavía parece caliente al tacto, como el motor de un coche que lleva poco aparcado.

Sobre la almohada le ha dejado una nota.

Me he tenido que ir a trabajar. Tienes café hecho en la cocina. Puedes coger lo que quieras de mi armario, creo que tenemos la misma talla. Siéntete como en tu casa. Me gustó mucho lo de ayer. ¿Cenamos juntas otra vez esta noche?

Esther

P.D.: He comprado una napolitana rellena de chocolate para que desayunes y también unas magdalenas caseras de la panadería de abajo. No sabía qué te gustaría. Jamás hemos hablado de dulces. También te dejo en la cocina El Continente *y* La Península. *Me gusta mucho más tu noticia que la suya, pero al verla supuse que querrías leerla.*

La periodista arrincona en su mente la alerta que le ha producido leer la frase «me gustó mucho lo de ayer» y se lanza hacia la cocina en busca del periódico de la competencia.

No hay nada que duela más a un informador que se le adelanten. La vida del periodista significa no parar de correr hacia la meta, y cada vez que la cruzas hay otra después. Llegar el primero a todas las que puedas es la exigencia y el premio al mismo tiempo.

Lo coge entre las manos. El titular casi la deja sin respiración.

CUERNOS EN EL GOBIERNO:
LA HIJA DEL VICEPRESIDENTE
LO ES EN REALIDAD DEL PRESIDENTE

Silvia devora el texto:

Según documentación que obra en poder de este periódico, la hija del actual vicepresidente del Gobierno no es su hija biológica. Consta como tal en el registro y también en el libro de familia; sin embargo, justo antes de las elecciones generales, por alguna razón desconocida, Jesús sospechó de su paternidad y se sometió a unas pruebas de ADN. Descubrió que su hija no era suya. Fuentes familiares cuentan que le preguntó a su mujer quién era el verdadero padre y que, tras una gran discusión, ella le confesó que en el pasado y durante varios meses mantuvo una relación de amor paralela con Lázaro. No se sabe muy bien cómo el laboratorio ha podido obtener material genético del presidente, pero en los análisis se asegura que la muestra que les han aportado como de Lázaro corresponde al cien por cien con el de la hija de su vicepresidente. Bueno, su ya no hija.

En los pasillos de la Moncloa la noticia ha caído como una bomba. Todo apunta a que la relación entre los dos hombres más poderosos del país podría estar a punto de romperse y provocar una fuerte crisis de gobierno. En los aledaños del poder, cuentan que el enfado del cornudo vicepresidente con el presidente es monumental y que le considera un traidor. Al parecer, el abogado recibió los resultados hace un par de días y detuvo una reunión que Lázaro estaba manteniendo con el ministro de Justicia. La interrumpió y fue en busca del presidente. Hubo gritos y descalificaciones entre ellos e incluso un conato de agresión que tuvo que sofocar el servicio de seguridad del jefe del Ejecutivo. Desde entonces, no se ha visto a Lázaro en público y hay quien cuenta que un fuerte moratón en el ojo derecho podría ser la causa. En su agenda de mañana tiene previsto recibir al primer ministro portugués en la Moncloa. Quizá sea en ese momento cuando conozcamos sus primeras palabras en torno al escándalo sexual que está haciendo temblar al Gobierno de España.

El resto de datos parece más bien una página de cotilleos que la redacción de una noticia seria. A Silvia le invade la frustración, su noticia del asesinato seguro que ha quedado opacada por los asuntos de faldas del presidente. Ella sabe en qué país vive, donde nos morimos por un buen cotilleo. La noticia de *El Continente* es más propia de una revista del corazón que de un periódico serio, pero sin duda disparará las ventas. Nadie hablará de otra cosa. Desde los programas de televisión a las tertulias en las radios y en los cafés.

La mañana se le antoja triste y encapotada. Ni el café, ni la napolitana de chocolate, ni las tres magdalenas que se come hacen que mejore su humor. Necesita seguir investigando y publicando exclusivas. Solo así logrará que Dios le permita regresar como colaboradora a los programas de televisión y de paso engordar su cuenta bancaria, pero para una que consigue se ve ensombrecida por una infidelidad.

Sobre la mesa del salón, Esther ha dejado nuevos papeles de la investigación del caso Lázaro. Pasa las hojas frenéticamente buscando un par de nombres y una dirección. Quiere hablar con los trabajadores del hotel. Encuentra el nombre y dirección de la limpiadora y el de la familia del recepcionista fallecido. Los apunta en su bloc de notas. Los dos viven en Benicasim. Es pronto para presentarse en un domicilio, así que cuando se monta en el coche decide que hará primero una incursión en La Guinea. Necesita hablar con Goldman. Si es el rey del barrio, algo debe de saber del crimen, y a lo mejor hasta le da acceso a algún testigo que pueda interrogar.

Visita todos los tugurios de la zona en la que le conoció, pregunta por él, pero nadie sabe nada. Da la impresión de que se lo haya tragado la tierra. Decepcionada, vuelve a dejar recado de que estaría muy interesada en verle y tomar esa cerveza que le prometió.

Lázaro se coloca una bolsa de hielo sobre el ojo. Todavía lo tiene hinchado del puñetazo que Jesús le dio. Él, en su lugar, probablemente hubiera hecho lo mismo. Necesita hablar con Sol y saber si la acusación es verdad. Le extraña, porque la esposa de Jesús jamás le confesó nada ni le comunicó que la hubiera dejado embarazada. Quizá lo ocultó por vergüenza. Lleva horas llamándola, pero ella no coge el teléfono. ¿Y si fuese mentira? ¿Y si hubiesen engañado al vicepresidente? ¿Y si las pruebas de paternidad estuviesen mal hechas? Además, no tiene cómo realizar un contraanálisis; qué hace, ¿se presenta en casa de Jesús y le pide un pelo a María, su hija, para cotejarlo con su ADN?

Escribe un mensaje a Sol por WhatsApp y le anuncia que sale para Castellón, que quiere verla y que si es necesario se sentará delante de su puerta hasta que ambos puedan hablar. Comprueba que ella lo lee y que comienza a escribir. Al cabo de unos segundos, le llega el mensaje:

En tu casa a las 13.00. Solo quiero verte a ti, a nadie más. Si hay alguien que no seas tú, no me vuelves a ver en la vida.

El presidente responde con un simple: «Ok».

Llama a su jefe de gabinete y le ordena que tenga preparado el helicóptero para dentro de media hora. El viaje debe ser extraoficial y no constar en ningún sitio. El destino, Castellón de la Plana.

La viuda del recepcionista vive en la calle Santa Águeda. Allí, las casas son bajas y de aspecto pobre. Llama al timbre y poco después le abre una mujer mayor, de unos setenta y cinco años, con el mandilón puesto y un cuchillo intimidante en la mano.

—¿Qué se le ofrece? —pregunta, desconfiada.

—Hola —saluda Silvia, y luce la mejor de sus sonrisas—. Me llamo Silvia, soy periodista. He venido a hablar con usted de su difunto marido.

—Por fin viene un periodista a visitarme, y mire que he llamado veces a la televisión para contar mi historia, pero que no me devuelven la llamada. —Silvia no se puede creer la suerte que tiene—. ¿Usted dónde dice que trabaja?

—En el periódico *La Península*, pero también salgo en televisión.

—Ya decía que me sonaba su cara. Usted es famosa, ¿no?

—Famosos son los cantantes, los futbolistas y los toreros. Yo solo soy periodista.

—Pase, mujer, no se quede ahí, con el calor que tenemos.

Silvia obedece. La buena mujer se detiene en el pasillo y señala una foto.

—Este es mi Felipe, antes de que me lo mataran. Qué guapo era, ¿a que sí?

En la imagen se les ve felices, agarrados por la cintura, muy morenos de piel y en bañador en la playa.

—Muy atractivo —responde complaciente, pero lo que le ha resultado como un golpe en pleno estómago es la noticia del asesinato. ¿Cómo que habían matado a su marido?

Aguanta con paciencia y educación la charla de Irene, que así se llama. Se nota que no recibe visitas con frecuencia, porque parlotea sin cesar de unas cosas y otras, mientras sigue pelando patatas en la cocina. Silvia se ha sentado en un taburete. Se le ocurre interrumpirla para preguntarle qué va a cocinar con las patatas y se encuentra con que Irene le da la receta entera.

—Desde que murió mi marido como sola. Si te apetece quedarte, a mí no me importaría que me acompañaras. Así, por un día, apago la televisión. Felipe y yo no tuvimos hijos y lo que me queda de familia reside en Huelva. Yo me vine por amor y ahora me cuesta irme y dejar atrás esta casa.

—Claro que me quedo a comer. Estaré encantada —responde Silvia. Todavía faltan horas para el almuerzo y ella tiene prisa por saber y por averiguar, pero a veces el periodismo se cuece lento. Lo más complicado consiste en disimular la impaciencia.

Irene sonríe mucho al oírla aceptar la invitación y, mientras sigue pelando patatas, la alegría no se le descuelga de la cara. La mujer le trasmite una inmensa ternura.

—Sé que has venido a hablar de mi marido y que te estoy entreteniendo —reconoce Irene, de repente más seria—. No te sientas obligada a aceptar mi invitación.

—No lo hago. Quiero hablar de Felipe, pero también quiero probar ese pote de patatas con salmón.

La mujer recupera su jovialidad. Durante la siguiente media hora le cuenta la historia de su vida. Nació en Ayamonte, aunque, coqueta, no dice el año para no revelar su edad. Su familia se dedicaba a la agricultura y ella, sin embargo, quería estudiar. Cuando acababa en el colegio le tocaba colaborar en el campo. Lo odiaba. Terminó el instituto y con la mayoría de edad sus padres le advirtieron que ya era momento de colaborar a tiempo completo. Ella quería ir a la universidad, pero no había dinero para ese menester ni forma de convencerles.

—Quería ser como tú, periodista, pero de radio. Me encantaba escucharla por las noches.

En el campo conoció a Felipe. Se enamoraron locamente. Vivían su romance en secreto porque los padres de Irene no lo aprobarían, lo típico de la época. Y llegó el dilema. A través de un familiar, a él le ofrecieron contratarlo como botones en el hotel Voramar de Benicasim. Suponía más dinero y dejar de romperse la espalda en los campos, pero también significaba ochocientos kilómetros de distancia y más de diez horas de viaje.

—Felipe era un hombre guapo y bueno. Me pidió que confiase en él, que nos casáramos y viniéramos a Castellón a vivir. Me prometió que, en cuanto ahorrara un poco, me pagaría la carrera que siempre quise estudiar. Acepté. No puedes ni imaginar las lágrimas de mi madre y el berrinche de mi padre. Me advirtió que si me iba no cruzaría jamás la puerta de su casa. Me fui. Murió con su rencor, sin querer volverme a ver. Con mi madre lo hacía a escondidas. Cuando podía, viajaba hasta Ayamonte y me quedaba en una pensión.

—¿Te arrepentiste? —pregunta Silvia, que se ha involucrado en la historia.

—Nunca, jamás de los jamases. Dios no me concedió hijos, pero me dio un marido maravilloso. Lo mejor de mi vida. Todavía hoy le echo de menos.

Irene se emociona al hablar de él.

—¿Al final estudiaste Periodismo? —pregunta Silvia, después de dejar que respirase un rato el dolor de su anfitriona.

—No exactamente. —Levanta la cabeza y tiene los ojos llenos de ilusión—. Con el tiempo, mucho esfuerzo y mucho ahorro, hice una carrera, pero no Periodismo. Me gustaban los niños y, como no podía tener los míos, me matriculé en Magisterio. Me dieron trabajo en el colegio Mater Dei. Pasado el tiempo, él se cambió al hotel Luz, que acababan de construir, porque le pagaban un poco más. Compramos la casa, la pagamos entera, íbamos haciéndonos mayores, me jubilé y todo nos iba bien, hasta que nos lo fastidió mi cuñado. Es el típico crápula caradura que se aprovechaba de todo el mundo. Como era el pequeño, mi marido siempre miraba por él y cuando le pidió que avalara un negocio nuevo que iba a montar con nuestra casa, no se lo pensó. Le rogué que no lo hiciera, pero me cogió las manos y, lleno de amor, me dijo: «Acuérdate de Huelva, te pedí que confiaras en mí y no te he fallado. No lo haré nunca».

—Estoy viendo venir el final —aventura Silvia.

—Sí, el negocio fue un desastre, mala gestión, deudas por todos lados. Al cabo de unos meses, el banco nos avisó de que o pagábamos o nos embargaba. Felipe empezó a no dormir y a preocuparse. Me prometió que lo solucionaría. Él quería parecer alegre y positivo, pero yo le conocía bien y la ansiedad lo estaba matando.

—¿De cuánto dinero hablamos?

—No lo quise saber, ni él me lo dijo nunca —reconoce Irene—. Una mañana, apareció con una bandeja de cruasanes de esos con mucha mantequilla, que sabía que me chiflaban, y me dijo muy contento: «Ya está todo solucionado».

—¿Cómo lo hizo?

—Nunca me lo dijo y yo no pregunté. Había recuperado la felicidad, parecía el de siempre, pero tenía algo dentro que le oscurecía la sonrisa. Se jubiló y una semana después falleció.

—¿Cómo murió?

—Dijeron que se trataba de un suicidio. Me explicaron que muchas personas que se jubilan no saben afrontar el hecho de no tener rutinas y caen en profundas depresiones. La mayoría lo supera, pero unos pocos se quitan la vida. Así lo justificaron, pero yo nunca me lo creí.

—¿Cómo se suicidó?

—Se emborrachó y se cayó por un acantilado en Peñíscola. Eso asegura el informe, pero me lo asesinaron. Estoy segura. Mi Felipe no bebía, no le gustaba, y jamás me habría dejado sola. Amaba la vida y me amaba a mí. Lo denuncié y no me hicieron ni caso. Recuperé la esperanza cuando me visitaron hace unos meses dos policías, pero, hija, nada que ver con lo mío. Me preguntaron si mi marido me había contado algo de una agresión sexual en el hotel o algo de un tal Lázaro. Les dije que no sabía nada.

—Vaya —se le escapa a Silvia. Su tono demuestra la decepción.

—Siento no poder darte respuestas.

—No se preocupe. Me está encantando pasar la mañana con usted.

—Sí hay algo que no les dije a los agentes —recuerda de repente—. Mi marido tenía un despachito aquí, en casa. No me he atrevido a tocarlo desde que murió. Es superior a mis fuerzas. A lo mejor hay algún papel o algo que pueda ayudarte. ¿Quieres echarle un vistazo, por si encuentras algo?

—Si no le importa —contesta humilde la periodista.

—En absoluto.

El helicóptero del presidente llega a Castellón y aterriza en su empresa. Habitualmente, una escolta de seguridad ciudadana de Policía Nacional le acompaña. Esta vez no. El viaje no se ha comunicado porque pertenece a su esfera personal. Entre los miembros de la escolta hay nervios. No van cómodos. Todo lo que se salga del protocolo les tensa. Saben que puede haberse producido una filtración sobre el viaje y la falta de cobertura y de planificación aumentan el riesgo de atentado. No son ajenos a la cantidad de enemigos poderosos que tiene Lázaro al apostar por las energías verdes en contra de las contaminantes. A la Moncloa han llegado cartas anónimas con amenazas directas y el CNI ha informado de rumores que apuntan a posibles conjuras para acabar con el jefe del Gobierno. Él no sabe nada. No le han informado. Se trata de que no le afecten elementos externos y pueda desarrollar las políticas más convenientes para el país.

Bajan en el ascensor hasta el *parking*, donde el chófer habitual de Lázaro los espera. No hay nadie más. El vehículo no es a prueba de balas ni por supuesto de bombas. Quince minutos después, aparcan frente al chalé del presidente. Los miembros de seguridad se relajan un poco después de revisar la finca y el interior del domicilio arma en mano. No han detectado a una mujer que desde un vehículo aparcado, con los cristales tintados en negro, lo ha observado todo.

La habitación no parece esconder grandes secretos. Se la había imaginado llena de polvo y telarañas, pero Irene le ha explicado que, aunque ella no entre nunca, una mujer del pueblo la limpia una vez a la semana.

—Tómate el tiempo que necesites, si quieres puedes seguir por la tarde, pero en una hora te aviso para comer. Soy de costumbres fijas —le advierte su anfitriona.

Silvia entra y cierra la puerta. Permanece quieta, mirándolo todo. A simple vista no hay más que una mesa amplia, una silla y una estantería. Se la imaginaba más como un cuarto del tesoro. Echa de menos que haya un baúl que esconda alguna clave sobre la muerte de Alina. Comprueba que la estantería rebosa de libros antiguos, algunos más modernos y carpetas. Sobre la mesa hay apenas nada: un cubilete con gomas, una caja de estaño con una pequeña navaja y un taco de folios en blanco. Mira a ver si hay cajones, pero comprueba decepcionada que no. Vuelve entonces a fijarse en la estantería. Decide que la va a revisar de forma metódica. Comienza por las carpetas archivadoras. Coge la primera y comprueba que son recibos de luz, la segunda del agua, la tercera sus nóminas en el hotel Luz, la cuarta las del Voramar... A pesar de la decepción, no se desanima. En las últimas localiza los movimientos bancarios. Decide revisar los últimos. Los más próximos a la fecha de la muerte de Felipe. No hay nada extraño. Ningún ingreso sospechoso ni tampoco ninguna extracción que llame la atención. Vivían al día, sin apenas ahorros.

Cuando acaba con las carpetas, comienza por los libros. Ella, a veces, ha escondido dinero entre sus páginas. Quiere pensar que a lo mejor el marido de Irene guardó algo que la pueda orientar. Los va abriendo metódicamente de izquierda a derecha, revisa sus paginas y los agita para ver si cae algo.

El timbre suena en casa de Lázaro. Los escoltas abren la puerta. Es la mujer de Jesús. La cachean y revisan su bolso. Todo está bien. Ella entra en la casa y los miembros de la escolta salen al exterior a vigilar el perímetro.

—¿Quieres algo? —le ofrece el presidente.

—Un vaso de agua estaría bien.

Lázaro se lo pone y se lo tiende.

—Gracias. ¿Qué tal tu viaje?

—Rápido. He venido en helicóptero. Las ventajas de ser el presidente.

—Desde esta mañana tengo una montaña de periodistas apostados en la puerta de mi casa. Para venir aquí he tenido que salir a escondidas, a través del jardín del vecino. Vivo en una pesadilla.

—Lo siento —se disculpa Lázaro.

—Todos quieren saber lo mismo, si mi hija es de Jesús o tuya —le recrimina Sol.

—¿De quién es?

—Me preguntas así, de sopetón —le censura iracunda—. Eres igual que todos. Me sedujiste, me llevaste a la cama durante meses. Cuando a ti te apetecía, allí estaba yo, y de buenas a primeras me abandonaste. Me dejaste echa una mierda. Yo te amaba y solo pensaba en abandonar a mi marido para formar contigo un proyecto de futuro. ¡Cabrón!

—Nunca te engañé —le dice con suavidad. No quiere conflictos—. Tú tenías tantas ganas como yo de que hiciéramos el amor. Y te avisé. Te dije que no estaba preparado para construir un proyecto, que solo se trataba de que lo pasáramos bien. Era diversión y sexo, nada más. Y no digas que no te advertí que, en cuanto notase que aparecían los celos o se convertía en una obligación, desaparecería. Me prometiste que estabas de acuerdo con mis condiciones.

Sol baja la cabeza derrotada y rompe a llorar.

—¿Qué te iba a decir? —pregunta cuando logra controlar el llanto—. Estaba enamorada de ti, antes de que me tocaras, y todavía lo sigo estando. No he podido olvidarte.

Lázaro guarda silencio. No existe palabra que pueda reconfortar a Sol. Ella se da cuenta y solo le sale rabia.

—Pues sí, María es tu hija. Cuando me abandonaste estaba embarazada, aunque yo ni lo sabía. Lo descubrí un par de meses después y te lo quise decir, pero Jesús me contó que no parabas de seducir a mujeres. Me dijo que por norma las llevabas al hotel Luz. No quise creerlo. Le encargué a un detective que te vigilara durante varias semanas y que grabase vídeos e hiciera fotos de tu vida. Cuando me entregó el material, lo comprobé con mis propios ojos. Te tirabas a todo lo que se movía. Por eso me negué a contarte nada. No merecías saber que tenías una hija porque no posees los valores necesarios para criarla.

—¿Estás segura? ¿No hay duda de que es mía?

—He cometido un error viniendo —dice, recogiendo el bolso—. Nunca pensé que me llamarías puta.

Lázaro corre a sujetarla. Luchan, pero ella enseguida cede y acaba abrazándola contra su pecho. Sol llora desconsolada.

—Tranquila. Seguro que encontramos la solución —susurra Lázaro, pero nota cómo el mundo se le viene encima.

—¿Qué vamos a hacer? —pregunta la mujer de Jesús con voz suave.

—No lo sé —reconoce Lázaro—. No tengo ni idea.

Silvia lleva la mitad de los libros revisados cuando se da cuenta de que hay un grupo de ellos que parecen idénticos. Están encuadernados en piel y en el lomo solo consta un número. Forman una serie de nueve. Abre el primero y comprueba que las hojas están escritas a mano. Ojea su contenido:

Hoy cuando, al atardecer, volvía de los campos, he visto a la mujer más bella del mundo. Apareció de repente en mitad del camino, hasta me sobresalté, porque no la oí llegar. Quizá ayudó que yo iba cabizbajo, con la espalda doblegada por el cansancio, mirando la tierra del camino. Al principio era solo una silueta porque caminaba hacia mí alejándose del sol, pero ya solo su contorno me hizo creer que me había subido la fiebre. Cuando se fue acercando percibí algunos detalles más. Llevaba un vestido largo blanco con los brazos al descubierto. Su color de piel, dorado, se me antojó celestial. Sobre la cabeza llevaba puesto un gorro de paja y un ramillete de flores amarillas y blancas entre las manos. Cantaba una canción mientras se acercaba que me pareció la música más bonita que nadie hubiera podido escuchar antes. Tan extasiado debí quedar que perdí el control sobre mi cuerpo. Solo me funcionaban ojos y oídos. El resto de órganos trabajaban a su libre albedrío. Al llegar a mi altura, me sonrió. Podría haberme muerto en ese instante, porque durante segundos desapareció el aire a mi alrededor. No me habría importado fallecer en ese momento porque creo firmemente que soy de los pocos hombres que ha conocido la felicidad y la belleza en estado puro.

Su sonrisa se tornó preocupación al hablarme y ver que era incapaz de responder. Salí del trance balbuceando, como un colegial al que han cazado robando unos caramelos en un kiosco. Ella no dejaba de preguntarme si estaba bien. ¡Cómo no lo iba a estar! El destino me había regalado el instante más precioso de mi vida. «¿Eres de verdad o una visión?», le pregunté todavía anonadado. Ella se echó a reír divertida. Era una risa clara y brillante. «¿Cómo te llamas?», le pregunté. «Irene», me respondió, y supe que su nombre ocuparía siempre mi corazón durante el resto de mi vida.

Está leyendo los diarios secretos de Felipe. Irene no sabe que existen, porque se lo habría mencionado. Silvia comprueba la fecha y se da cuenta de que corresponde a la primera etapa del franquismo.

Los sigue ojeando. Lee episodios de amor y a veces de dificultades, como cuando Irene hubo de elegir entre sus padres y el hombre que acabó haciéndola feliz. En general, escribía siempre lleno de positivismo, reflejaba las dudas y los inconvenientes, pero acababa dándoles esquinazo, nada que no pudiera enfrentar con el amor de su vida a su lado.

Lo coloca en su sitio y busca el último de los libros del diario. Ojalá Felipe hubiera escrito hasta el último día de su vida. Cuando se dispone a abrirlo, escucha la voz de su anfitriona.

—¡A comer! Y no soy de las que espera, que se enfría todo —advierte.

—¡Voy! —grita Silvia. Aprieta los dientes y deja el libro en su sitio. Solo quiere leer, no tiene hambre.

Cuando entra en la cocina, se encuentra la mesa puesta y su plato ya sobre la mesa.

—Lo primero, a lavarse esas manos. El baño está enfrente —indica Irene, señalando una puerta justo delante.

Lázaro acompaña a Sol a su coche. Se despiden con un abrazo y un beso en la mejilla. Da la sensación de que a la mujer de Jesús le cuesta soltarse y subir a su vehículo, pero finalmente se pone delante del volante y desaparece. Unos minutos después, el jefe del Gobierno y su escolta hacen lo mismo en dirección a la empresa. Le espera un helicóptero de regreso a Madrid. La mujer que les vigilaba lo ha visto todo y ha hecho fotografías.

A Silvia, el almuerzo se le hace interminable. Mientras come, el ansia por leer la devora. Aun así, pone buena cara y aguanta con interés la conversación de Irene, que versa sobre cualquier tema que se le ocurre, desde política a deportes. La periodista pregunta más que habla, porque le cuesta estructurar un pensamiento de lo nerviosa que está. La mujer no parece darse cuenta y, llena de vitalidad, no deja de hablar.

—Me vas a tener que dar la receta de esas patatas con salmón porque estaban buenísimas —pide Silvia.

—¿Quieres llevarte un táper? —ofrece solícita—. Me han sobrado bastantes.

—Estaría encantada, pero vivo en Madrid y estos días me quedo en un hotel.

—Tengo una habitación para invitados, si quieres. Te ahorrarías un dinero.

—Irene, eres generosa, una gran cocinera, siempre tienes una sonrisa y además rebosas belleza. No me extraña que Felipe se enamorara locamente de ti. Yo quiero a una persona como tú pero en hombre.

—No seas zalamera, que ya estoy muy mayor.

—Ojalá estuviese yo así a tu edad.

—¿Quieres un café? —pregunta Irene, pero como la ve indecisa, añade—: Y si quieres, te lo subes a la habitación de Felipe. Me da la sensación de que no has terminado.

—Pues te lo agradecería enormemente. ¿Quieres saber lo que he encontrado?

—No, creo que no. No me apetece descubrir ningún secreto que cambie la percepción de lo que he vivido junto a mi marido. Soy feliz y afortunada. Nada de lo que haya en ese despacho puede conseguir más de lo que ya tengo. Quizá al revés. Así que dejémoslo pasar. Termina lo que tengas que hacer y no me cuentes nada.

Silvia sube a la habitación con el café. Lo apoya en la mesa y coge con cierta ansia el último tomo de los diarios de Felipe, el noveno. Está lleno. Ha escrito hasta la última página. Cuando se fija en la fecha le invade la decepción: 1 de junio de 2009. Faltan tres meses para que Alina corra aparentemente atemorizada por los pasillos del hotel Luz. Aun así, lee los textos, por si encuentra alguna pista.

Después de una hora se da cuenta de que no hay referencia alguna a lo que busca. Tiene ganas de arrojar contra la pared el libro. La frustración invade sus pensamientos.

Está a punto de abandonar, pero de repente piensa que no tiene sentido que alguien que ha escrito a diario durante casi toda su vida, aunque fuesen pequeños textos de apenas unas líneas, no lo hiciera hasta el día de su muerte. Repasa la última anotación del día 1 de junio de 2009 y se da cuenta de que el relato que hace está inconcluso. Caben dos opciones: alguien le interrumpió mientras escribía o falta un diario, justo el que ella busca.

Si escribió algo que pensó que podía ser potencialmente peligroso, quizá lo escondió. Mira a su alrededor. Se decide por la mesa, golpea las maderas por si alguna escondiera una cámara secreta, se tira al suelo por si lo hubiese pegado por debajo del escritorio, da la vuelta a la silla, revisa las paredes, el tambor de la persiana, todo sin éxito. Cuando está a punto de salir de la habitación para contarle a su anfitriona el descubrimiento que ha hecho y pedirle permiso para que le deje registrar el resto de la casa, se da cuenta de que le queda por revisar la estantería, que es de las antiguas y gruesas. Retira todos los libros y los apila en el suelo. La separa de la pared y palpa cada rincón. Vuelve a colocarla y, en un lateral, ve un raspón sobre la madera que llega hasta el canto de la estantería. Trata de meter la uña para levantar la madera, pero le resulta imposible. Entonces se acuerda de la navaja del escritorio. La coge y mete la punta en el canto. Una tapa salta con suavidad. Mira en el agujero que queda y allí, escondido, está el diario que faltaba.

Excitada y con el corazón desbocado comienza a pasar hojas. Lo primero que detecta es que está incompleto. La última anotación es de octubre de 2009.

> *He llamado y he concertado una cita para hablar. Me ha prometido que me dará todo el material que le he entregado y que me concede el plazo de un año para que le devuelva el dinero. Por fin lo he conseguido. Me he liberado de la culpa. Creo que podré volver a ser feliz y a mirar a mi mujer a los ojos con limpieza. Hemos quedado mañana.*

Se trata de un breve comentario sin más desarrollo, lleno de incógnitas.

> *Tengo un peso en la espalda que no me deja vivir. Siempre he seguido el camino de las normas, sin atajos ni desvíos. Me sentía muy orgulloso porque, en la vida, la culpa es el peor compañero de viaje. Me he librado de ella durante décadas y eso que me ha rondado más de una vez para hacerme dudar y caer, pero al final se ha apoderado*

de mi alma. Necesitaba el dinero y acepté, pero no debí hacerlo. Si lo hice fue por Irene y por salvar el hogar que tanto nos había costado construir. Me arrepiento mucho. Mañana trataré de contactar con la persona que me entregó los noventa mil euros para pedirle que me devuelva lo que le di y me comprometeré a reintegrarle toda la cantidad. Esa es la única solución. Irene no se merece verme triste ni preocupado. Sé que sospecha algo y por nada del mundo querría darle yo un disgusto.

La periodista deduce parte del significado, pero le faltan datos. ¿Quién es la persona que le dio dinero? ¿Por qué se lo dio? Quizá fue a cambio de las cintas de vídeo de las cámaras de seguridad la noche que Lázaro llevó a Alina a la habitación, pero se le antoja mucho dinero. ¿Contactó con la persona? ¿Qué le dijo? Silvia va retrocediendo en el tiempo y, según lee, se da cuenta de que la culpa lo acompañó durante varias semanas, aunque al principio en menor intensidad. Pasando páginas, localiza un día relevante.

Hoy, cuando Irene ha llegado de Huelva, le he comunicado que mi hermano había conseguido el dinero y que había cancelado la deuda que amenazaba nuestra casa. Se ha puesto a dar saltos de alegría y a reír como cuando le pedí que nos casáramos. Pagaría lo que fuera por verla feliz. Le he mentido, pero ha merecido la pena. No me arrepiento de nada. Aceptaría ese dinero por ella una y mil veces.

Silvia se desespera, ¿qué entregó Felipe a cambio de dinero y a quién se lo dio? Sigue pasando páginas hacia atrás de forma frenética, hasta que encuentra algo que le llama la atención. Ve que cuenta la historia en días diferentes y decide comenzar por el principio:

Había terminado mi turno hoy cuando, al salir del hotel, se me ha acercado una persona vestida completamente de negro. Aunque me ha dado un nombre, por prudencia le llamaré Cuervo. Bueno, pues el Cuervo me ha abordado sin mucha contemplación, directo al grano. «Sé que estás a punto de perder tu casa y que debes noventa mil euros. Puedo ayudarte a resolver ese problema ahora mismo, si tú me haces algún favor», me ha ofrecido. «Soy una persona decente», se me ha ocurrido responderle. Imagino que le ha hecho gracia porque se ha echado a reír. «No te estoy pidiendo sexo, ni que mates ni trafiques con drogas», ha replicado. «No me interesa», le he respondido brusco y me he ido corriendo, admito que algo atemorizado. El rostro del Cuervo y la intensidad de sus ojos dan miedo. Al llegar a casa no le he dicho nada a Irene. ¿Para qué preocuparla con tonterías? Suficiente tiene con la deuda que nos ha dejado mi hermano y con el banco que amenaza con quitarnos la casa. Ella cree que no, pero la noto preocupada y menos jovial. Como si le hubieran caído años de preocupaciones encima. Tengo que lograr solucionarlo como sea.

Ese mismo día hay otro párrafo:

Estoy inquieto. Llevo dándole vueltas a la cabeza y me pregunto, ¿qué podría darle yo al Cuervo que valiese noventa mil euros? ¿Y si no fuese algo delictivo? O, al menos, un delito pequeñito. Si me vuelve a abordar, escucharé lo que me tenga que decir.

Un día después:

Mientras trabajaba en el turno de noche me ha parecido ver al Cuervo rondando en la puerta del hotel, de negro como ayer, pero estaba haciendo algo y, cuando he vuelto a mirar, ya no estaba. Juraría que ha sido así, pero quizá se ha tratado de mis ganas. Al salir a la calle, tras terminar de trabajar, me he parado para darle tiempo a acercarse, pero no estaba allí. Reconozco que me he sentido decepcionado. Luego, al llegar a casa, me he encontrado a Irene llorando. Le he preguntado qué le pasaba y ella me ha señalado una carta del juzgado. La he leído: «Concluido el plazo voluntario para abonar la deuda, el banco ha decidido ejecutar el embargo. Tienen ustedes un plazo de cinco días para abandonar su domicilio o hacer frente al pago del importe que se les reclama». También yo me he echado a llorar. No sé qué va a ser de nuestras vidas, y la culpa es toda mía. Debí hacer caso a Irene y no avalar a mi hermano. Ojalá vuelva el Cuervo. Estoy dispuesto a hacer lo que me pida.

Un día después:

Por fin se ha presentado el Cuervo. No me ha tenido que insistir, directamente le he preguntado: «¿Qué tendría que hacer para conseguir esos noventa mil euros?». «¿Estás ya interesado? ¿No tendrá que ver con la carta que te ha mandado el juzgado, no?», me ha preguntado con una sonrisa cruel. «¿Cómo sabes tú eso?», le he dicho, pero se ha echado a reír, aunque a mí me ha parecido el graznido de un cuervo. «¿Conoces a Lázaro, el empresario?», me ha preguntado. Le he dicho que sí, que de vez en cuando utilizaba la suite *por las noches. «Siempre que viene avisa por teléfono, y tú seguro que debes de enterarte. En dos días, este jueves, acudirá con una chica. La habitación, de momento, está reservada con un nombre falso, pero la cancelaré a última hora para que quede vacía. Así podrá usarla Lázaro. Lo único que te pido es que en cuanto él llame para preguntar si está disponible, subas a la* suite*, abras la rejilla de la ventilación y coloques esta cámara. Cuando se vaya, sacas el aparato sin que nadie lo sepa y me lo devuelves. También quiero las cintas de las cámaras de seguridad de esa noche». Le he preguntado para qué quería grabar lo que ocurría en la habitación. «Eso no es de tu incumbencia», ha respondido. He supuesto que querían chantajearle o algo así. Lázaro es rico, he pensado. Seguro que puede asumir una extorsión. El que no puede asumir la tristeza de Irene soy yo. «¿Cuándo me darás el dinero?». «Cuando me entregues los vídeos. Comprobaré que no me has dado el cambiazo y, cuando lo tenga claro, te haré la entrega», me ha respondido, «Sencillo y limpio», ha concluido el Cuervo, tendiéndome* *una bolsa. La he cogido y me he ido. Reconozco que tengo miedo, pero lo haré.*

P.D.: Mi mujer se ha ido a Huelva a ver a su madre. Me siento muy solo.

Dos días después:

Lázaro ha llamado a eso de las dos de la mañana para preguntar si la suite *estaba libre. Parecía algo alegre. He comprobado en el ordenador que la reserva de una tal Yolanda López García había sido cancelada a última hora de la noche. Justo lo que me había advertido el Cuervo. Le he comunicado al empresario que podía usarla sin problema. A continuación, he subido a la* suite*, he quitado los dos tornillos de una rejilla de ventilación, he metido la cámara, le he dado a grabar y he vuelto a poner la rejilla. Poco después han llegado Lázaro y una joven. Parecía que venían de una fiesta. Reían y se besaban. A eso de las cuatro y media de la madrugada, he escuchado el ascensor bajar. Ha salido la joven, sola. Me ha dado la sensación de que algo malo había ocurrido. Llevaba el vestido roto y me ha parecido que llevaba un ojo morado. He hecho como que no he visto nada. Luego, antes del amanecer, se ha ido Lázaro; parecía abotargado, somnoliento. Quizá fuese la cogorza. He subido antes de que llegasen las señoras de la limpieza y he sacado la cámara de su escondite. Luego, he metido un DVD en el ordenador y he grabado las imágenes de las cámaras de seguridad. Lo he hecho dos veces, una para el Cuervo y otra para mí, por seguridad. Cuando lo tenía ya todo, las he borrado del servidor. No quería que nadie me viese entrando y saliendo de la* suite*. El Cuervo me esperaba en un coche. Me ha pedido que me subiera y me ha llevado a un* parking*, para que nadie nos viera. Ha comprobado la grabación y, cuando ha visto lo que quería, me ha dado un sobre. Lo he contado allí mismo. «¿No te fías de mí?», me ha preguntado graznando. No le he respondido. Había noventa mil. Entonces he abierto la puerta del coche para irme, pero me ha su-*

jetado por el brazo: «Toma mi tarjeta. Quizá te enteres de algo y podamos volver a hacer negocios». Me la he guardado en el bolsillo y me he ido con la intención de no llamar jamás. Se trata de un cartón con un número, nada más.

Me he ido directo al banco y, en cuanto han abierto, he saldado la deuda de mi hermano. Me han dado un resguardo. He hecho una copia y la he presentado en el juzgado. La secretaria me ha confirmado que el juez emitiría una providencia en la que cancelaría el embargo y daría por cerrado el asunto. He llegado a casa con ganas de contárselo a Irene, pero hasta mañana no llega de Huelva. Me meto en la cama porque estoy agotado y feliz.

Silvia no da crédito a lo que acaba de leer. La trampa a Lázaro se comenzó a urdir hace más de una década y ella tiene entre sus manos la prueba. La historia que va a poder contar supera con creces a la mejor película de suspense. Con una noticia así, seguro que Dios le permite volver a ser contertulia, y si no le deja, ya se puede ir olvidando de ella porque presentará la dimisión.

Al final del diario, pegados con un celo, hay un DVD y una tarjeta en blanco con un número anotado. Cierra el diario, lo vuelve a colocar todo en su sitio. Cuando ha acabado de dejar la habitación como la encontró, esconde el diario debajo del vaquero, entre el pantalón y la piel, por la parte de atrás. Después lo tapa con la camiseta. Espera que Irene no se dé cuenta. Necesita enseñárselo a Esther. Cuando haya terminado ya se lo devolverá.

El sol ha dejado de calentar con fuerza cuando sale de la casa de Irene. Se despiden con cariño, pero Silvia no deja que la abrace porque puede detectar lo que lleva escondido en la espalda. En cuanto se monta en el coche y arranca, llama a Esther.

—Tengo novedades importantes. Necesito verte. ¿Estás ya en casa?

—Sí, aquí ando, ven cuando quieras.

La policía lee el diario de Felipe sentada en una silla del balcón de su terraza, con los pies apoyados en la barandilla. Tiene una cerveza bien fría al lado a la que no presta ninguna atención. Silvia espera ansiosa. Quiere saber qué piensa y discutir con ella cuáles cree que son los próximos pasos que debe dar.

Le suena el teléfono.

—¿Qué tienes para mañana? —pregunta de forma abrupta Dios—. Recuerda que ya no estás de vacaciones y que estamos haciendo el esfuerzo de correr con tus gastos. Tus horas me pertenecen.

—Estoy trabajando en ello.

—¿Todavía no me puedes dar un titular?

—Algo saldrá en breve.

—Eso espero, porque con el tema de los cuernos, *El Continente* te ha pasado por la izquierda.

¿Cómo que la han adelantado a ella? ¿Y Juan José? ¿Y el resto de integrantes de las secciones de Política y Sucesos? ¿Ellos no trabajaban? Pero Silvia decide no responder al ataque.

—Nosotros contamos lo del asesinato de Mónica y, por lo que he visto, el resto de medios se ha hecho eco de nuestra primicia.

—Sí, es verdad, pero a España le van los culebrones. Todo lo liviano y de poca profundidad se consume mejor. La vida ya es demasiado dura.

A Silvia le vuelven a dar ganas de contestarle que, si el periodismo se doblega y comienza a informar sobre los romances de unos y de otros, la sociedad perderá libertad y la corrupción campará a sus anchas sin que nadie la denuncie, pero para qué decir nada.

—Tiene razón. Tengo que dejarle, que me meto en una reunión —anuncia al ver que Esther cierra el diario y le da un trago a su cerveza.

—No tardes en llamar —advierte Dios.

—¿Y bien? —pregunta Silvia ,y apoya su teléfono sobre el poyete de la ventana.

—Si todo lo que cuenta en estas páginas es verdad, tienes un notición, pero si lo publicas perderás ventaja. Ahora mismo, el Cuervo no sabe que nadie lo busca. En cuanto lo averigüe, desaparecerá. Como policía, te diría que tu deber es entregarle este diario al Grupo de Homicidios de la Policía, pero como amiga te recomendaría que siguieses investigando hasta que no sepas qué más hacer. Quizá lo resuelvas tú sola. Sabes que cuentas conmigo para ayudarte, en la medida de mis posibilidades.

—¿Y me echarías una mano con algo nuevo del asesinato de Mónica?

—He conseguido despistar la declaración del testigo que escuchó el crimen, aunque él no lo sabía. No es nada especialmente novedoso, pero puedes entrecomillar un titular. Eso siempre os gusta.

—Me puede valer —reconoce animada la periodista.

—Bueno, y me acabo de acordar. También hice fotografías de la escena del crimen. Si quieres las revisamos juntas.

—¡Cómo no lo habías dicho antes!

Descargan las imágenes en el ordenador de Silvia y se pegan una a la otra para poder ver la pantalla. Apenas hay distancia y sus brazos están pegados. La periodista nota la piel suave y cálida de la inspectora.

En la primera, se ve la cocina de forma amplia, en la segunda el plano es del cadáver.

—¿Te da reparo verla muerta?

—En absoluto, he visto cientos de cadáveres en sumarios.

—¿Ves el destornillador? El mango es de color amarillo, a la altura del pecho.

Silvia amplía la fotografía.

—Ahora sí lo veo.

Regresan al plano general y observan que hay una cafetera sobre los fuegos y un par de tazas altas de las de Ikea preparadas en la encimera. Silvia las señala.

—Da la sensación de que había preparado café para dos. Lo que me lleva a concluir que con toda probabilidad conocía a su asesino.

—Sí, yo pienso lo mismo. Te diré más, estoy convencida de que la persona que le encargó que mintiera en la entrevista que concedió a tu periódico es quien la ha matado —reflexiona Esther en voz alta—. ¿Se trata del Cuervo o de una persona diferente?

Siguen pasando fotografías del escenario en silencio y después comienzan con las de la pantalla del teléfono de Mónica. En el listado de últimas llamadas aparecen nombres comunes que habría que comprobar, pero no hay nada que les llame la atención. Tampoco en el WhatsApp, mensajes varios, todos identificados. Con las fotografías del álbum de fotos no tienen mejor suerte. Son imágenes cotidianas sin que, en principio, haya nada más, aunque también necesitan un estudio en profundidad.

—¿Tenía Telegram? —pregunta Silvia, decepcionada por no encontrar alguna clave que les permita seguir avanzando.

—Creo que sí. Me extrañó porque, aunque cada vez está más extendida, no es tan habitual como WhatsApp. Creo que la abrí y le hice alguna foto antes de que llegara mi compañero.

Las va pasando hasta dar con ellas. La carpeta de mensajes está vacía, pero en últimas llamadas ven un número desconocido.

—No hay más —dice Esther y vuelve hacia atrás para revisar las del escenario.

—¡Espera! ¡Ponme ese número otra vez! —pide Silvia, alterada.

Cuando la agente regresa a la imagen, la periodista coge su móvil del poyete de la ventana y comprueba los contactos de su Telegram. Abre uno con el nombre *Fuente Lázaro vídeo*.

—¡Mira! —le dice a Esther—. El número al que llamó Mónica y el que tengo archivado son el mismo.

—¿Y a quién pertenece? —pregunta interesada la inspectora.

—En realidad, no lo sé. Un día estaba en el gimnasio y recibí un mensaje de esos que se autodestruyen. Un desconocido que me ofrecía un vídeo de Lázaro, le dije que estaba interesada y lo mandó. Luego borró el chat y desapareció, pero memoricé su número y lo guardé por si lo necesitaba en el futuro.

—A ver si lo he entendido —expone Esther—. No sabes quién es la persona que te envió tu mayor exclusiva hasta ahora.

Silvia alza las cejas.

—Eso es.

—Vale. Y si lo he entendido bien, el número de esa persona que te proporcionó el vídeo de Lázaro manteniendo sexo consentido con Alina también es la última y única llamada a través de Telegram del móvil de Mónica.

Esta vez, la periodista asiente.

—Alcánzame un momento el diario de Felipe —pide la inspectora.

Silvia lo hace y unos segundos después Esther le enseña la tarjeta blanca del Cuervo.

—Es el mismo número también.

La periodista coge la tarjeta, incrédula, y repasa número a número. Es verdad.

—A ver si lo entiendo bien. El Cuervo parece que contrató a Alina para fingir una agresión sexual. Al mismo tiempo, le dio un buen dinero a Felipe para que instalara una cámara en la *suite* y luego le entregara la grabación de la noche de lujuria entre Alina y Lázaro. El generoso pago también incluía que el recepcionista le diese las imágenes de las cámaras de seguridad del pasillo y del *hall*. Diez años después, filtra a *El Continente* las imágenes de las cámaras de seguridad que ponen en un serio brete a Lázaro. Por otro lado, el Cuervo también debió de pactar alguna remuneración con Mónica para que mintiese sobre el presidente del Gobierno, y probablemente la asesinó porque algo salió mal. A ti, sin embargo, te facilita el vídeo del interior de la *suite* que demuestra que en realidad Alina y él tuvieron sexo consentido y placentero.

—No lo entiendo —reflexiona Silvia—. Si había organizado una campaña contra el presidente, para eliminarlo de la escena política, ¿por qué me filtró a mí un vídeo que le exoneraba de toda culpa?

Las dos se toman un tiempo de reflexión.

—Quizá, y solo se trata de una hipótesis —remarca Esther—, el encargo viene precisamente de Lázaro y todo formó parte de una estrategia de *marketing* para alcanzar el poder. El Cuervo primero le difama y, después, jugando con los tiempos, justo horas antes de que se celebren las elecciones, le eleva a los altares. No solo se demuestra su inocencia, también trasmiten la idea de que han querido destruir su reputación tendiéndole una trampa. España adora a las víctimas. La gente vota con las entrañas y no con la cabeza. Así, logras que Brotes Verdes y Lázaro pasen de no tener representación parlamentaria a gobernar un país. Desde un punto de vista sociológico, pone sobre la mesa lo manipulables que somos los seres humanos.

—Lo que dices tiene sentido —reconoce Silvia, pensativa—, y, de demostrarse, tendríamos a un presidente del Gobierno fraudulento. Eso es de una gravedad extrema, porque significa el amaño de la voluntad popular.

—Toda la razón.

—Para demostrar la hipótesis deberíamos constatar que existe relación entre el Cuervo y Lázaro —argumenta Silvia—. Si consiguiera establecer una conexión y lo publicara, tendría que dimitir inmediatamente, lo que implicaría convocar unas nuevas elecciones, sí o sí, porque dirigiría el país un gobierno ilegítimo, nacido de las trampas.

—Recuerda que presupones y que te falta el nexo de unión. Hay que localizar al Cuervo, luego detenerle y por último provocar que confiese. Demasiados condicionantes, y lo único que tenemos es un número de teléfono.

La conversación la interrumpe Dios, que reclama una crónica ampliatoria del crimen. Silvia se ve obligada a desconectarse de lo que le interesa para escribir un texto con la declaración del testigo auditivo del asesinato de Mónica. Lo hace del tirón, sin prestar demasiada atención, y lo envía.

Antes de irse a dormir, la agente y la periodista pactan que todavía no contarán lo que saben al Grupo de Homicidios, entre otras cosas porque quedaría al descubierto que Esther hizo fotografías en la escena del crimen y manipuló un teléfono de forma irregular. De conocerse, su comportamiento podría invalidar la cadena de custodia de la prueba.

Se hace tarde y Silvia acepta el ofrecimiento de volver a quedarse a dormir. Disfruta cada vez más de la compañía de Esther.

—¿Por qué no dejas el hotel y te vienes a mi casa?

—No quiero convertirme en un engorro —rechaza la periodista.

—Si lo fueras, no te invitaría. Y tiene una ventaja básica.

—¿Cuál?

—Podríamos dejar las cervezas sin alcohol y pasarnos al vino.

Las dos ríen enloquecidas.

—Vale, mañana traigo las cosas —acepta Silvia.

La inspectora le da un abrazo y un profundo beso en la mejilla. La informadora no se siente nada violenta.

11

Un día más, Silvia se despierta después de que Esther se haya ido. No le extraña encontrar el hueco de la cama vacío, ni tampoco ver una nota sobre la almohada. Se frota los ojos para poder enfocar bien:

> *Hola, periodista durmiente, esta vez he hecho tortitas. Imaginé que te gustarían. Están en un plato en el microondas. Tienes mantequilla y mermelada de fresa en la nevera. En la puerta también encontrarás nata y chocolate, por si te va más la lujuria de las calorías.*
>
> *El portero me ha subido tu periódico. Tu noticia va en pequeño en portada. A mí me gusta mucho. También me ha comprado* El Continente. *Nunca me ha gustado el tipo de periodismo que hacen, pero tiene pinta de que hoy van a arrasar en ventas. Suerte y que descubras muchas cosas.*
>
> *Esther*
>
> *P.D.: Te he dejado un juego de llaves de la casa en el cenicero de la entrada y un hueco en el armario de la habitación de planchar.*

Silvia se tapa los ojos con la base de las manos y grita desesperada. ¡No puede ser! *El Continente* otra vez encabezando la información. No quiere ni imaginar el humor de Dios. Ella está lejos, pero sabe que la ola de su ira es capaz de llegar a cualquier extremo del mundo.

Entra en la cocina y evita mirar los periódicos que hay sobre la mesa. Aunque le cuesta, aguanta la presión de conocer lo que cuenta su competencia. Se prepara un café y unas tortitas con nata y chocolate. Si hay que pasar el trago, piensa, mejor endulzarlo. Cuando ya lo tiene todo hecho, da un sorbo a su taza, corta un pedacito de la tortita y mientras la saborea coge *El Continente*.

EL PRESIDENTE Y LA MUJER
DEL VICEPRESIDENTE, EL AMOR CONTINÚA

El titular ocupa toda la portada y viene acompañado de una secuencia de imágenes de Lázaro y Sol en la puerta de la que dicen, en el pie de foto, que es la casa del empresario castellonense. Se abrazan y parece que se besan en la boca.

Silvia quiere morir. Van a vender ejemplares como churros, todo el mundo les va a mencionar, lo que implica una enorme publicidad gratuita, y en internet se van a disparar. Y lo peor es que los gritos de Dios van a alcanzar la misma proporción, pero a la inversa.

El antetítulo dice:

Utiliza recursos públicos en un viaje privado a Castellón

Se vuelve a tirar de los pelos.

Lee el texto.

Un helicóptero despegó ayer por la mañana desde la Moncloa en dirección a Castellón. En el interior viajaba el presidente, de incógnito, acompañado de tres miembros de su escolta personal. El desplazamiento no fue comunicado a través del protocolo habitual ni las autoridades de Castellón recibieron aviso de la visita de Lázaro. El aparato aterrizó en la empresa del líder de Brotes Verdes. Desde allí, se trasladó a su domicilio, adonde minutos después llegó Sol, la todavía esposa de Jesús, el vicepresidente. Permanecieron en el interior más de una hora. Lo que ocurrió dentro solo ellos lo saben, y aventurar si hubo sexo sería especular. Parece obvio que hablarían de la crisis que ha estallado en el Gobierno después de que este periódico contara que la hija del vicepresidente, María, en realidad es hija biológica del presidente. Nada se sabe de cómo concluyó ese encuentro, pero lo que sí presenció nuestro fotógrafo fueron las muestras de amor y cariño que se dedicaron en la despedida. Hubo abrazos y besos, lo que demuestra la gran complicidad que existe entre ellos.

El presidente, además de la patata caliente de cómo gestionar un gobierno donde los cuernos han destrozado la relación de confianza con su vicepresidente, tiene un nuevo incendio que le acaba de explotar en la cara. Lázaro utilizó un helicóptero público en una visita de carácter absolutamente privado, y cuyos gastos se cargan directamente al erario público.

Silvia tiene una sensación de angustia enorme. Se derrumba dentro de sí misma. El periodismo significa competir a diario. Una carrera contra uno mismo y después contra otros, que pueden pertenecer incluso a tu propio medio. Perder implica un golpe en el estómago que te deja ausente de energía, depresivo y con falta de confianza. Ganar, sin embargo, se olvida rápido, al día siguiente ya nadie lo recuerda. Es un éxtasis breve, como un orgasmo, y en cuanto se acaba hay que empezar a correr otra prueba, con la inquietud de no saber si mañana alcanzarás el mismo nivel.

Ella lleva varios días sintiendo la derrota.

Expulsa el pesimismo de su cabeza y se arrepiente de su debilidad. Le debe a su padre levantarse y luchar. Nadie lo sabe, pero Silvia es hija de un comisario de Policía Nacional, el máximo responsable de la investigación de uno de los mayores atentados terroristas de nuestro país. Tiene prohibido decir su nombre porque solo le trae dolor. Tanto que para que nadie le preguntase o la reconociese, se cambió los apellidos en el registro civil y usa los dos de su madre.

Era una adolescente cuando una mañana los terroristas reventaron cientos de vidas en Madrid con sus bombas. Su padre salió corriendo en cuanto lo supo. Desde aquel día apenas iba a casa a ducharse, dormir unas horas y cambiarse de ropa. Jamás le había visto tan triste y preocupado. Ella trataba de darle conversación, hablarle de sus estudios y proyectos, le enseñaba los dibujos que pintaba, pero él parecía tener la mente en otro mundo. Alguna noche, cuando estaba ya en la cama, le oía hablar con su madre y llorar en el salón. Ella le consolaba. El horror de un atentado puede herir profundamente el alma.

Con el tiempo, su padre fue recuperando la calma y algo de alegría de vivir. Pero la vida les tenía preparada la mayor de las torturas. Un periodista de un diario importante comenzó a acusar al hombre que ella idolatraba de haber manipulado pruebas del atentado. Afirmó que su padre encabezaba una conspiración en la que la Policía había encubierto a los verdaderos responsables y que los que se pudrían en la cárcel no eran más que unos cabezas de turco. La campaña de difamación duró un año. Se dice pronto, pero a ella se le antojó una tortura interminable. La gente creyó las mentiras, le sometieron al escarnio público, tenía periodistas guardando su puerta a cualquier hora del día y se abrió una investigación judicial. Daba la sensación de que si un magistrado avalaba que se tuviesen que realizar indagaciones, implicaba que había algo de verdad. Los titulares pesaban mucho. Tanto que acabaron fulminándolo. Lo destituyeron y lo arrinconaron sin destino. Ningún compañero lo apoyó públicamente ni dio la cara por él. Se quedó solo. Alguna llamada privada, pero poco más. Durante meses vio a su padre consumirse, dejar de comer, adelgazar hasta quedarse en los huesos, tanto que cuando le miraba a la cara se notaban los bordes de su calavera. Ella, pero sobre todo su esposa, le consolaron, lloraron con él, le quisieron de forma incondicional, hasta que la cuerda se rompió. Su madre, que se había convertido en un muro de contención durante meses, no aguantó la presión y se suicidó. Pudo hacerlo limpiamente con la pistola de su marido, pero para no buscarle problemas se ahorcó.

Silvia creyó que su padre, roto de dolor, no lo superaría. Se arrastraba como un anciano. Tras el entierro y el funeral, bajó las persianas de su habitación y se metió en la cama vestido. Ella se tumbó a su lado para arroparle. «No quiero volver a levantarme. Quiero morirme», le confesó él. Ella, que solo tenía diecisiete años, se echó a llorar: «¿Qué va a ser de mí sin ti? Si te mueres, yo os seguiré a ti y a mamá», le prometió llorando. Nunca supo si fue aquella frase o qué otro proceso mental siguió su padre, pero dos días después se levantó de la cama y le prometió que cuidaría de ella. Al cumplirse un año de los atentados, el periodista que había enarbolado la teoría de la conspiración fue nombrado director. En su discurso de presentación reconoció con la boca pequeña que había cometido un fallo, pero a continuación adujo que el error era inherente al ser humano. Así se limpió las manos y pasó página, el muy canalla. Silvia no sabía si aquel hombre llegó a saber nunca que por su culpa su madre se suicidó, que su padre perdió la ilusión por la vida y que a ella le destrozó la juventud.

Su ilusión era haber estudiado Bellas Artes. Adoraba pintar. La tragedia de su familia le hizo cambiar de opinión. Se matriculó en Periodismo para luchar contra la mentira y las lapidaciones. También con el propósito de, si alguna vez se encontraba al director de aquel periódico, cara a cara, llamarle asesino y descorchar sobre él la culpa y empaparle de ella, también a su sombra, para que le acompañase toda la vida.

Por eso, aunque tiene la tentación de publicar lo que ha averiguado del caso Lázaro, sabe que no debe hacerlo; le faltan piezas para terminar de construir la verdad y, además, si el Cuervo lo lee puede desaparecer. Por encima de una noticia, se dice, siempre debe primar la resolución del caso. A su padre no le puede fallar.

Sigue comiendo tortitas con chocolate.

Jesús llama a la puerta del despacho del presidente y entra sin esperar respuesta. Lleva *El Continente* en la mano.

—¿Me lo puedes explicar? —pregunta muy serio, lanzando el diario sobre la mesa.

—No hay mucho que contar —responde aparentemente tranquilo, pero nota cómo la tensión le agarrota los músculos—. Me escapé a ver a Sol para preguntarle si era verdad que tu hija en realidad era mía.

—¿Y qué te dijo?

—Que sí.

—¿Seguís liados? —pregunta, mirando las fotos de portada.

—Fue un beso en la mejilla, es la perspectiva —desmiente.

—Te lo vuelvo a preguntar. ¿Seguís liados?

—No, aquello acabó hace mucho.

—¿Durante cuántos meses te beneficiaste de mi amistad mientras me ponías los cuernos?

Lázaro duda sobre si mentirle, pero decide contarle la verdad.

—Durante seis meses.

—¡¡Seis meses!! —exclama Jesús.

El presidente asiente.

—¿Y ahora, qué? —pregunta el vicepresidente.

—Vamos a esperar una semana a ver cómo se desarrollan los acontecimientos, pero creo que vas a tener que dimitir. Se ha quebrado la confianza entre nosotros.

—También puedes irte tú —invita Jesús—. El que se ha equivocado eres tú, no yo.

—El pueblo me eligió a mí y yo a ti, que no se te olvide.

Jesús asiente y se va.

Cuando Esther se dedicaba al mundo de los homicidios sostenía relaciones con trabajadores y empresarios de todo tipo. Siempre necesitaba fuentes. Había veces que no podía esperar la orden judicial y necesitaba encauzar la investigación. Por eso conocía a gente de bancos que se despistaban un momento y le permitían acceder a las cuentas de los sospechosos, a funcionarios de Hacienda que constituyen la mejor base de direcciones para encontrar a alguien, a empleados de empresas de telefonía, para saber dónde se posicionaba el móvil y con quién se comunicaba... A uno de estos es al que llama para preguntarle a qué compañía pertenece el móvil del Cuervo.

—El número es mío —responde su amigo.

La inspectora no se puede creer la suerte que tiene.

—¿Me puedes mirar a nombre de quién está y la dirección?

—Claro —responde, solícito. Se le escucha golpear las teclas y luego un silencio—. Ahmed Mashal.

Esther frunce el ceño. La dirección que le da corresponde a un barrio colindante con el de La Guinea, a los bloques sociales de detrás de la cooperativa San Isidro.

En cuanto cuelga, llama a Silvia y le da los datos.

—Yo no tengo excusa para presentarme así, de repente, todo sea que me encuentre otro fiambre —explica la agente—. Ve tú, pero ten mucho cuidado porque, si Ahmed es quien buscamos, ya ha matado a tres personas.

El periodismo muchas veces se construye a base de inconsciencia. Uno se lanza a por la noticia sin reparar en las consecuencias, como si el micrófono, la grabadora o la cámara protegiesen al informador de cualquier infortunio.

Silvia no recibe los datos con miedo, sino como una oportunidad de avanzar en su investigación. El Cuervo puede aclararlo todo y ella lo tiene a tiro por primera vez. Cuando está a punto de salir de casa, le suena el teléfono. Se trata de un número desconocido.

—¿Sí?

—Hola, muñeca. Aquí Goldman. Me han dicho que andabas buscándome desesperada. ¿Qué puedo hacer por ti, mi joya?

—Me gustaría invitarte a una caña. Voy ahora para tu barrio. Si estás por allí y quieres, nos vemos.

—Dime el sitio. Me pongo mis collares y voy.

Media hora después están sentados frente a frente en una esquina de la terraza de El racó de Paca.

Goldman la mira con lujuria. No tiene otra forma de hacerlo. Como si solo pudiera pensar en desnudarla y llevarla a la cama. Silvia, que lo suponía, se ha llevado una de las camisetas con tirantes largos de Esther y, antes de entrar al bar, se ha quitado el sujetador y lo ha guardado en el bolso.

—El otro día me dijiste que reinabas en este barrio.

—Así es, muñeca —confirma, sin poder quitarle la vista del pecho.

—Mírame cuando me hables —pide la periodista.

—Como gustes, mi reina.

—Quiero saber si has oído algo del asesinato de Mónica. Nos conocimos frente a su portal.

—Algún rumor, pero nada confirmado. ¿Qué quieres saber?

—Quién lo hizo. Eso me gustaría.

—Si buscas a un chivato, vas dada. Jamás colaboraría con la pasma.

—Soy periodista, no policía.

—Lo veo, lo veo —repite con una sonrisa bobalicona y deja de mirarle a los ojos.

—¿Conoces a un tal Ahmed Mashal?

—¿Por qué lo quieres saber?

—¿Me vas a ayudar o no? Porque si es que no, dímelo y no pierdo el tiempo.

—Tranquila, gatita. Claro que le conozco. ¿Qué quieres saber?

—Háblame de él.

—Es un adicto al *crack*. Cuando le ves por la calle da pena. *Escurrío* como el palo de una fregona. Para pincharse roba lo que puede y hace de *aguador*. Poco más. No es un tipo peligroso. Si quieres te llevo a verlo. Sé dónde encontrarlo.

—¿Crees que Ahmed pudo asesinar a Mónica?

Goldman la mira con una sonrisa a medio definir, como tratando de discernir si le toma el pelo o habla en serio.

—Ese despojo es incapaz de matar a nadie.

Silvia nota que la decepción le inunda. Odia entrar en un callejón sin salida.

—Quiero verle —pide, terca.

—Pues vamos.

Goldman se monta en el coche de la periodista y la lleva a ver a Ahmed al barrio de viviendas sociales. Le localizan en un pequeño descampado muy descuidado, lleno de maleza, latas oxidadas, botes de plástico y alguna jeringuilla en el suelo. Parece que va ido. Silvia le ve moverse como un zombi, arrastrando los pies, sin fuerza ni musculatura, con la mirada perdida, y sabe que aquel hombre no puede ser el Cuervo. Le vio durante unos segundos y se movía con agilidad y rapidez.

—Me quedo aquí —anuncia, mientras abre la puerta—. Yo que tú cerraría los pestillos y me largaría rápido. Mi compañía ha garantizado tu seguridad, pero ya no.

Silvia ya había olido el peligro y sabe que no miente.

—Por cierto, una cosa más. Uno de mis chicos vio salir a alguien corriendo del portal de Mónica la mañana del crimen. Una persona vestida de negro de arriba abajo.

—¿Algo más que me sirva para identificar al asesino?

—No soy ningún chivato. Luego estas cosas se te vuelven en contra.

—Vamos, hombre, que no voy a decir nada.

—Solo te diré una cosa, vas muy confundida.

Goldman cierra la puerta de golpe y sale corriendo sin que Silvia haya tenido margen de preguntar nada. Descarga su frustración contra el volante. Por el rabillo del ojo ve algo que se mueve en su puerta. Se gira y grita del susto. Un drogodependiente trata de abrir su puerta. Mete primera y sale de allí escopetada.

Dios lleva toda la mañana gritando. Está convencido de que su redacción la forman periodistas que en su día fueron buenos pero que hace tiempo perdieron la pasión por el periodismo y el deseo de comerse el mundo. Se han aburguesado y cumplen con su horario escrupulosamente, ni un minuto más. Llevó al consejo de dirección una lista negra de nombres meses atrás. Pretendía despedirlos, pero la superioridad, con una vista cortoplacista, hizo cálculos de las indemnizaciones para poder resolver sus contratos y les salió una cifra cercana al millón de euros. Le dijeron que se olvidara, pero así le resulta casi imposible levantar el periódico. Sin ilusión, ni iniciativa. Por eso decidió instaurar el reino del terror. No iba a poder echar a la calle a los antiguos, pero ellos lo desconocían. Mientras, se cebaba con los más nuevos, los que tenían contratos más escasos y apenas costaba despedir, pero al mismo tiempo los que trabajaban con más ilusión, sin mirar el reloj.

—¿Silvia? —pregunta, dubitativo. Mira la pantalla del móvil y comprueba que no se ha confundido.

—Sí, jefe, disculpe. Es que estaba saliendo de un lugar peligroso. Ya estoy con usted.

A Dios le importa un pimiento dónde se encuentra.

—¿Qué tienes para mañana?

—¿A esta hora? —pregunta, extrañada—. A esta hora, nada.

—Te lo voy a dejar muy claro. Quiero una exclusiva para mañana que nos permita devolver el golpe a *El Continente*. Nos están aplastando y no lo voy a tolerar.

—Señor, yo hago lo que puedo —se defiende Silvia.

—No me cuentes tu vida, si haces o no, y tráeme buenas noticias.

—Yo lo intento, pero no es fácil. Un poco de ayuda de la redacción no me vendría nada mal. Quizá Juan José pueda conseguir algo.

—¿Me estás diciendo tú a mí qué tengo que hacer? A quien estamos pagando el hotel y los gastos de estos días en la playa es a ti, a nadie más. ¿Crees que me engañas? Estoy seguro de que en vez de romperte la cara a cada segundo por traerme algo, te pasas el día tirada al sol en la piscina o la playa.

—Eso es falso —estalla indignada Silvia—. No paro de trabajar. Y si me paga los gastos es porque le estoy mandando crónicas a diario de lo que encuentro aquí.

—Te lo voy a dejar muy claro —avisa con tono amenazante—. Para mañana quiero una exclusiva de cuernos de Lázaro. Un testimonio nuevo. Una mujer a la que se haya tirado recientemente, alguna del pasado. Como ves, no soy exigente en ese aspecto. Me da igual, pero quiero algo.

—No sé por dónde empezar. No existe un grupo en Twitter de examantes de Lázaro que pueda rastrear. Además, estoy trabajando en algo más gordo.

—¿Podemos dar un avance mañana? —pregunta repentinamente interesado.

—Todavía hay que esperar.

—¿De qué se trata? —insiste.

—He prometido no decir nada hasta que culmine la investigación, lo siento.

Al otro lado solo escucha silencio.

—A mí me suena a excusa barata —estalla Dios, que no ha acabado de acumular tensión y mala leche desde que se ha despertado—. O me traes una gran historia o no te molestes en volver. ¿Te ha quedado claro?

El director se siente liberado. Necesitaba atornillar a alguien hasta el precipicio.

Silvia no sabe qué decir. La amenaza la ha dejado sin habla. Unos segundos después, escucha cómo Dios cuelga la llamada sin despedirse.

No sabe qué hacer ni por dónde empezar a buscar una amante de Lázaro. No constan como tal en los listines telefónicos.

Después de darle muchas vueltas, no entiende cómo Dios no confía más en su profesionalidad. Ya le ha dado muestras de su trabajo. No le ha revelado en qué trabaja porque no se fía de él, pero está investigando la historia de su vida. Persigue un asunto muy por encima de unos cuernos o una paternidad desconocida. Silvia trata de resolver delitos que han quitado vidas y pueden llevar a gente a la cárcel. Ni punto de comparación. Anda detrás de descubrir si las elecciones generales fueron manipuladas, aunque esta parte no se la ha contado porque no se fía, y para que no la obligue a publicar antes de tiempo.

Está descentrada. Nadie puede cuestionar su compromiso con el periodismo. Ni el tiempo que dedica a trabajar las noticias. No se merece tener un jefe así. Si hiciese balance, se daría cuenta de que las únicas historias importantes en *La Península* de los últimos meses las ha firmado ella.

Le invade la rabia y toma una decisión drástica, irse a su hotel y tumbarse a tomar el sol en la piscina, aunque pierda el trabajo. Su jefe no se merece otra cosa.

Esther, como suele, va sentada al lado de Alberto en un coche de la Policía. Circulan por el centro de Castellón, pendientes de la radio. Junto a la plaza de María Agustina ven varios coches de Policía Local y algunas ambulancias que bloquean el paso. Se arriman un poco para averiguar qué ha ocurrido.

—¿Todo bien, compañero? —pregunta Esther bajando la ventanilla del coche.

—Controlado, pero gracias —responde un agente.

—¿Qué ha pasado?

—El conductor del autobús se ha llevado por delante a un taxista que estaba parado en el semáforo y lo ha lanzado contra la marquesina.

—¿Heridos?

—El taxista, el más grave; el resto, los pasajeros del autobús, con magulladuras.

—¿Y el chófer? —pregunta Esther.

—Ese ha dado positivo en alcohol y ahora le estamos sometiendo al test de drogas.

—¡Vaya panorama! —exclama Esther.

El agente se despide porque tiene que controlar el tráfico. Alberto avanza lentamente para poder contemplar la magnitud del siniestro, una costumbre muy española, independientemente de la profesión.

El taxi está destrozado. Parece un acordeón.

—Si el conductor se ha salvado —comenta Alberto—, es porque ha bajado Dios a verle.

La inspectora asiente despistada. El taxi le ha hecho recordar el vídeo del Cuervo.

Desde que lo vio, Esther tiene una sensación extraña. Esa inquietud la vuelve a asaltar otra vez. Lo ha revisado varias veces en casa con Silvia y sabe que existe algo raro, que no cuadra, pero es incapaz de «frontalizarlo», una expresión que se inventó durante la investigación de un triple homicidio y que significa traerlo a la parte consciente del cerebro, la frontal. Abre el móvil y revisa la secuencia. Esta vez busca dos cosas muy concretas, la matrícula del taxi y el número de licencia. Se le ocurre pasar por la principal parada en la avenida Hermanos Borrull para preguntar por el conductor. Allí se conocen todos.

—Alberto, necesito un taxi.

—A sus órdenes, jefa.

Le cae bien Alberto. La entiende casi siempre a la primera y su lealtad nadie la puede cuestionar.

En la parada hay una veintena de coches aparcados esperando cliente. Los conductores hablan entre ellos y comentan el accidente. Alberto, como no le ha dado ninguna otra indicación su compañera, se queda dentro del vehículo.

—Buenas tardes —saluda la inspectora, y los conductores le responden en grupo—. Estoy buscando a un compañero suyo por un tema de un olvido durante una carrera. El coche es el 60.

—Soy yo —dice uno, levantando la mano—, pero no me he encontrado nada perdido en el coche.

—¿Le importa que miremos? Son unas llaves.

—Claro, agente —acepta y señala su vehículo, un Toyota Prius muy limpio, a unos metros de distancia.

Los dos caminan hacia el coche. Cuando han llegado, el hombre lo abre con el mando a distancia.

—Mire usted lo que necesite —invita a Esther.

—En realidad no vengo buscando un objeto perdido.

—¿Entonces? —pregunta repentinamente preocupado el taxista.

—Mire este vídeo —invita la inspectora y le enseña la pantalla del móvil—. Fue solo hace unos días. ¿Lo recuerda?

—Perfectamente. Llevaba a una señora que había recogido en La Guinea. Parecía muy nerviosa. Recuerdo que me dijo que tenía mucha prisa.

—¿Y la persona que le abrió la puerta? ¿La vio?

—Sí, claro. Fue quien me pagó. Iba completamente de negro, salvo por un detalle que me llamó la atención. En la muñeca llevaba un reloj rojo bastante grande, como de plástico, de esos que se ponen los corredores para controlar las pulsaciones.

—Se fijó en el acento, ¿era de aquí?

—Sí, española.

—Si le trajese a un especialista podría usted ayudarnos a realizar un retrato robot con sus indicaciones. Es urgente que encontremos a este hombre. Se trata de un asunto muy serio.

Mientras habla, Esther observa la cara de desconcierto del taxista y entonces «frontaliza» la idea que llevaba escapándosele desde el primer día.

—¡Pero, claro! —exclama—. ¡Cómo no me habré dado cuenta antes!

Cuando Esther llega a casa, Silvia ya está allí. Le ha dado tiempo a colocar su ropa y a preparar algo de cena. No quiere sentirse como una okupa, y además la actividad le hace no pensar en la amenaza de Dios.

—¿Cómo ha ido tu día? —pregunta la periodista al oírla entrar, y de repente la frase le suena a las que se dicen las parejas.

—Tengo algo importante que contarte.

—También yo —reconoce Silvia.

—Me doy una ducha rápida y hablamos, ¿vale?

—Perfecto.

—¿Y todo esto? —pregunta Esther al ver el despliegue en la cocina—. ¡Qué buena pinta tiene!

—No es nada. Solo huevos rellenos de atún, cebolla, tomate y un poco de mayonesa.

—¿Y esto otro?

—Un poco de gazpacho casero.

—¡Qué buena pinta! —exclama la inspectora—. Pero no hacía falta.

—Sí que hacía. Me apetecía demostrarte mi agradecimiento.

—Tonterías. A mí me gusta que haya alguien en casa y que estés aquí —le dice, cogiéndole de la mano con cariño—. Y ahora me voy a duchar corriendo, que con los manjares que has elaborado se me ha abierto el apetito.

Silvia la espera en el balcón con una cerveza en la mano. Minutos después se le suma Esther con otra y el pelo empapado.

—¿Empiezas tú? —pregunta la agente.

—En unas horas me quedo sin trabajo.

La inspectora escucha con atención el discurso de su amiga, sus miedos, congojas y hasta sus lágrimas. También admira y entiende que defienda su dignidad periodística por encima del autoritarismo y la falta de educación de su jefe.

—¿Qué te parece? —le pregunta, tras vaciarse.

—Que haces lo correcto y que ojalá en este país hubiese más valientes como tú, que se quedasen a la intemperie por decencia, nobleza y honestidad. Si hubiese muchos más, las cosas cambiarían, pero reconozco que deseo una utopía.

—¿Crees que me quedo a la intemperie?

—Era una forma de hablar, creo que se van a pelear por contratarte y que debes empezar a decir que sí de nuevo a las tertulias. Pero también te aviso, esto que hemos empezado no puedes dejarlo a medias. Tienes que acabarlo. Sobre ese pilar debes comenzar tu reconstrucción como informadora.

—Hablando de eso —comenta Silvia—, he llegado a un callejón sin salida. El titular del móvil y el Cuervo son personas diferentes. El tal Ahmed debió de vender su identidad para conseguir dinero y pagarse un pico. Le he visto, un despojo humano, imposible que sea la persona que buscamos.

—Lo sabía —reconoce Esther.

—Cómo que lo sabías.

La inspectora le cuenta su encuentro con el taxista, salvo el final.

—¿Y de qué te diste cuenta? —pregunta completamente atrapada por la historia la periodista.

—El Cuervo es una mujer.

—¿En serio? ¡No me lo puedo creer!

—Mira cómo se mueve en el vídeo, no es algo obvio, pero se intuye —dice, mostrándole la pantalla del móvil.

—Tienes razón —reconoce, sorprendida.

—Hace deporte, probablemente corra y, según el taxista, está bastante musculada.

—Pero nada nos acerca a saber quién es ni cómo encontrarla —reflexiona en voz alta la periodista—. No minusvaloro tus descubrimientos, pero nos falta ese detalle que nos permita singularizarla.

—Para eso tengo una idea brillante y alocada —deja caer con una sonrisa traviesa.

12

Desarrollan el plan durante toda la noche, lo discuten, analizan cada posible ángulo, las aristas más complicadas y, cuando ya lo tienen definido, se van a dormir. A primera hora de la mañana, la inspectora llama a un conocido, el dueño del mejor gimnasio de Castellón. Lo conoció durante una investigación por asesinato. El sospechoso y algunos miembros de su banda acudían allí a fortalecer sus músculos y por las noches asaltaban chalés vacíos. Arrancaban la temporada de robos en segundas viviendas cuando descendían las temperaturas y trabajaban a destajo durante todo el invierno, apenas cuatro meses, porque en Castellón, con el cambio climático, han desaparecido la primavera y el otoño. El verano se prolonga desde abril a noviembre y el invierno ocupa los cuatro meses restantes, de diciembre a marzo. En uno de los robos se confundieron. La casa estaba habitada por un señor mayor. Según confesó el propio asesino, entró con la cara al descubierto y, cuando se dio cuenta de que el dueño le había visto y podía testificar contra él, le dio una paliza brutal. Pretendía solo aterrorizarle para que si le preguntaba la Policía dijese que no recordaba nada, pero se le fue la mano y lo dejó seco, sin latido. Esther acumuló evidencias contra el sospechoso, pero quiso más. Con permiso judicial y la colaboración del dueño del gimnasio, colocó micros ambientales escondidos en las máquinas que más solían utilizar. Así fue como grabó la confesión del crimen. El asesino se lo contaba a uno de sus amigos. Desde entonces, la agente y el dueño del gimnasio se hicieron amigos y a veces quedaban a tomar alguna cerveza y hablar de todo un poco.

Silvia sale del baño justo cuando Esther termina de hablar.

—Lo va a hacer. Nos va a ayudar —confirma la inspectora—. Ahora, a cruzar los dedos.

La periodista desayuna de pie, un simple café, y sale disparada hacia el gimnasio. Se sienta en una butaca de la recepción, detrás de una planta de grandes hojas verdes. Desde allí controla el único acceso y al tiempo tiene la sensación de pasar más desapercibida. Lleva el pelo recogido debajo de una gorra.

Repasa el plan mentalmente. El dueño del negocio ha mandado un mensaje por Telegram al número de teléfono del Cuervo. Se trata de un texto publicitario redactado en mayúsculas en las que se anuncia una oferta especial válida tan solo para las próximas veinticuatro horas. Ofrece seis meses de cuota gratuita y otros seis meses más, obligatorios, con un descuento de hasta el cincuenta por ciento, un regalo. Silvia y Esther esperan que el Cuervo pique el anzuelo. Nadie que invierta horas en cultivar su cuerpo se puede resistir a una propuesta tan ventajosa. Quizá dude o desconfíe, pero han planificado los posibles resquicios. Si el Cuervo llama para comprobarlo, se encontrará que los recepcionistas conocen la oferta y creen que es real. Le darán la información que solicite, pero le explicarán que debe acudir presencialmente para cumplimentar el formulario y beneficiarse de la oferta. Si se presenta, le pedirán sus datos y una fotocopia del DNI. Nadie más que el Cuervo conoce la oferta, pero si manda un cebo para tantear el terreno, seguirán el mismo protocolo y luego investigarán las posibles relaciones.

Esther y Silvia discutieron mucho sobre la presencia de la periodista en el gimnasio. La inspectora alegó la peligrosidad y el hecho de que si la reconocía podía huir. La periodista contestó que solo tenían una oportunidad. Si el Cuervo acudía con un DNI falso, o decía que no lo llevaba, o simplemente desconfiaba y no rellenaba el formulario, alguien tendría que estar allí para seguirla.

—¿Qué me va a hacer a plena luz del día en un lugar público? —razona Silvia.

Esther cedió a regañadientes.

La mañana se hace eterna para la informadora. Tras los primeros minutos de tensión, le cuesta tener la vista fija en la entrada. Juguetea con el móvil, responde a mensajes de compañeros que le preguntan por qué Dios ha dado orden de vaciar su mesa y meter sus cosas en cajas, revisa las redes sociales… A veces se entretiene más de la cuenta y, cuando se percata, levanta la cabeza rápido para seguir vigilando y con el deseo de que no se le haya escapado nadie. El recepcionista, un chico muy majo, siempre que la ve nerviosa le guiña un ojo y niega con la cabeza. Sabe por qué está allí, se lo ha explicado el dueño.

A última hora de la mañana, justo antes de la hora de comer, se abre la puerta y ve que uno de los trabajadores trae la prensa y la coloca encima de una mesa. Es de acceso libre para los socios. Se levanta de su puesto de vigilancia, mira las portadas y casi se le escapa un grito al leer el titular de *El Continente*.

SEXO EN LA MONCLOA

Lázaro nunca se ha casado porque jamás ha encontrado a la mujer de su vida que le retire de su soltería. Al menos eso dice él; sin embargo, hay quien sostiene que en realidad se debe a que es un mujeriego y disfruta de la compañía de un montón de mujeres. El famoso vídeo con Alina en la *suite* del hotel Luz de Castellón, que casi le cuesta la cárcel, es una prueba más que evidente de por dónde van los tiros. La polémica se centra ahora en saber si como presidente del Gobierno puede seguir con las mismas prácticas de seductor o el cargo le obliga a aparcar su figura de donjuán. Pero, sobre todo, ¿puede llevar a sus aventuras a la Moncloa? Según ha podido saber *El Continente*, una semana después de entrar a vivir en tan distinguida mansión, invitó a una joven a una cena privada y después se la llevó a su presidencial cuarto donde, según apuntan, mantuvo relaciones sexuales hasta bien entrada la madrugada. La chica, unos diez años más joven que Lázaro, se hizo un *selfi* a las puertas de la Moncloa y la colgó en sus redes sociales. El siguiente texto acompañaba la imagen: «Recién llegada de Castellón a la capital. Una cita muy especial, con una persona muy especial». Las fuentes consultadas por este periódico apuntan a que se trata de la enfermera que le atendió tras recibir la puñalada que casi acaba con su vida durante el último mitin de campaña. Quizá quedaron pendientes las caricias para cuando se recuperase.

La controversia versa sobre si el presidente puede utilizar los recursos de la Moncloa, desde la comida hasta la cama, para llevarse jovencitas, deslumbrarlas y luego hacerles el amor. Nunca antes se había hablado de esta posibilidad, porque el resto de inquilinos habían estado todos casados. Lázaro es el primer soltero. No resultaría extraño que los partidos de la oposición abordaran esta cuestión en la sesión de control al Gobierno, un Ejecutivo muy desgastado por los líos de faldas de Lázaro y porque las mujeres que se relacionan con él acaban asesinadas.

Silvia deja de leer en cuanto recuerda para qué está allí. La secuencia que presencia en ese momento apenas dura unos segundos en los que ocurren muchas cosas. El recepcionista la mira en actitud de alerta. Una mujer está rellenando el formulario con la mano derecha. Lleva un reloj rojo enorme. Algo debe de notar porque levanta la mirada y se da cuenta de que el joven no le presta atención. Ve que tiene la cabeza girada en actitud de aviso hacia otro lado. Sigue la dirección de su mirada y entonces ve a Silvia. Sabe quién es inmediatamente. La periodista de *La Península* a la que envió el vídeo de Lázaro practicando sexo. Ella también la observa. Quizá con los ojos demasiado abiertos, sorprendidos. El Cuervo sabe que algo no va bien. Sin retirar la vista de Silvia, dobla el formulario, se lo guarda en el bolsillo y también el bolígrafo. No vaya a ser que se deje alguna huella.

Silvia se sabe descubierta. Los ojos del Cuervo parecen los de un depredador. Se le han tensado los músculos como si estuviese a punto de saltar sobre ella. Observa cómo recoge todo tratando de tomar una decisión y cómo coge una servilleta del dispensador de recepción. No sabe cómo porque está aterrorizada, pero sus pies se ponen en movimiento y van en dirección a la desconocida. El Cuervo se da la vuelta, abre la puerta con la servilleta en la mano y sale corriendo como una gacela. Silvia va detrás de ella. Sabe que su forma física es deplorable, pero no se le ocurre otra cosa. En apenas unos segundos, le saca varios metros de distancia. Gira la esquina y se pierde de vista. La periodista corre detrás, pero cuando llega al cruce ya no la ve. El corazón le palpita desbocado y le falta el aire. Por el rabillo del ojo nota un movimiento al que acompaña una ligera brisa. No le da tiempo a girarse. Recibe un golpe en la cabeza y cae al suelo.

Cuando comienza a recuperar la conciencia escucha de fondo una conversación.

—¿Está bien? ¿Qué le ha pasado? —pregunta una voz que la periodista asocia con una persona mayor.

—Nada, no se preocupe —responde otra que imagina pertenece al Cuervo—. Mi hermana, que ha tenido de repente un golpe de calor y se ha caído al suelo. No es la primera vez. Gracias por su preocupación.

La frase suena a conversación zanjada, pero la buena mujer no se da por aludida.

—Está sangrando —insiste la voz.

—Lo he visto, no se preocupe, de verdad.

—Quizá habría que llamar al 112, los traumatismos en la cabeza hay que tomarlos en serio.

—Señora, por favor —la voz del Cuervo suena dura—, me está agobiando, a mi hermana y a mí. Buenos días.

Esta vez sí se da por aludida y se va.

—¿Qué quieres de mí? ¿Por qué me buscas? —pregunta el Cuervo.

—El vídeo.

—¿Qué le pasa?

—Quiero más —se le ocurre decir a la periodista.

—Mientes. Memorizaste mi número y me has tendido una trampa. ¿Por qué?

—Hace mucho que no doy una exclusiva —consigue decir—. *El Continente* se lo está llevando todo.

Silvia a duras penas logra abrir los ojos. El Cuervo parece un felino. Nota algo duro en las costillas. Mira y ve un revólver.

—Muévete —ordena—. Vamos a un sitio más tranquilo donde poder hablar.

La periodista sabe que si obedece está muerta. Si la lleva a un garaje oscuro, puede ocurrirle cualquier cosa. Solo pensar que le pueda sumergir la cabeza en una bañera y privarla del aire le da arcadas. Por no aguantar, no cree ni que resista un par de puñetazos. Si el Cuervo quiere saber, ella le contará todo, desde el principio, con todos los detalles.

—Estoy muy débil —se excusa, evitando moverse.

—Es eso o un tiro en la tripa a bocajarro. Morirás, pero no enseguida. El dolor será enorme. El estómago arde y notarás cómo se te escapa la vida. No hay nada que puedas hacer para evitarlo. Así que decide, o muerta ahora o me lo cuentas todo en otro sitio y quizá te permita vivir.

—Iré contigo —acepta Silvia.

La periodista piensa a toda velocidad. Quizá pueda gritar o salir corriendo. No quiere morir. Se pone en pie y comienza a caminar. Se cruzan con un joven y Silvia aprovecha para empujar al Cuervo contra él. La mujer parece que va a perder el equilibrio pero cae bien, como los gatos. Saca el arma y apunta.

Se escucha el estallido de la pistola. Suena similar a un petardo.

Silvia no nota nada. Se revisa el cuerpo pero no hay orificio. Entonces ve cómo el Cuervo cae al suelo y comienza a sangrar entre gritos de dolor.

Una mujer con uniforme de la Policía se aproxima con el arma desenfundada y el dedo sobre el gatillo.

—¿Estás bien? —pregunta.

Silvia entonces reconoce a Esther.

—Sí. Creo que no me ha dado.

La inspectora guarda el arma y esposa al Cuervo, mientras Alberto la apunta con la pistola.

—Estás sangrando. ¿Seguro que estás bien? —insiste la agente.

—Lo prometo. Solo es un mal golpe.

—Me gustaría que te revisase un médico. Mi compañero está avisando a Emergencias.

—¿Qué haces aquí? —pregunta Silvia—. ¿Cómo has sabido que estaba en peligro?

—Nos ha entrado por la emisora un aviso de una persona que decía haber presenciado una agresión entre dos mujeres. Cuando ha dado la dirección me he percatado de que era justo al lado del gimnasio. He tenido la intuición de que estabas involucrada y en peligro. Más cuando me ha llamado mi amigo y me ha dicho que has salido corriendo del gimnasio detrás de una mujer.

—Benditas llamadas. Me has salvado la vida —reconoce Silvia—. ¿Está viva? —pregunta señalando al Cuervo.

—Sobrevivirá. Le he dado en el hombro con el que empuñaba el arma.

—¿Y ahora qué hacemos?

—Cuando te vea el médico, dile que te mareas y que te duele mucho. Con el parte podrás aplazar tu declaración. Esta noche pensamos bien qué debes contar. Quizá solo que ibas por la calle y te ha asaltado. Ya veremos. Mejor no improvisar.

—Vale. Me haré la enferma, aunque no creo que me cueste mucho, porque verdaderamente no me encuentro muy allá.

Las previsiones de la inspectora se cumplen. Trasladan a Silvia a Urgencias, donde le cosen la brecha y le hacen un escáner de la cabeza. No parece que haya daño interno. Aun así, el médico ordena reposo durante al menos veinticuatro horas. Al terminar, una ambulancia la lleva a casa de Esther. Se da una ducha y se tumba en la cama.

Lo del Cuervo reviste mayor gravedad. El disparo le ha astillado la cabeza del húmero y parte de la escápula. También se ha llevado por delante el tendón que da movilidad al brazo. Tras escuchar la declaración de la inspectora y su compañero, leer el informe de la intervención, el informe médico del hospital que asegura que la intervención ha ido bien y que solo necesita ya reposo, y a la espera de la declaración de la víctima, el juez de guardia manda al Cuervo a prisión provisional.

Esther llega a casa bien entrada la noche.

—Han abierto una investigación interna —se justifica cuando Silvia le pregunta preocupada por qué llega tan tarde—. Cada vez que disparamos una bala hay que acreditar que su uso era imprescindible. Más si el proyectil hiere a alguien. Hay que responder a infinidad de preguntas y rellenar mucho papeleo.

—Pero me salvaste la vida —argumenta con simpleza.

—Tú lo tienes claro y yo disparé porque también consideré que existía ese peligro, pero mis jefes no estaban allí. Solo quieren saber. No pasa nada. Tranquila.

—Yo voy a declarar donde haga falta —se ofrece la periodista—. Creo que nunca podré pagarte el favor que me has hecho. Me has regalado mi vida.

—Y a mí me gusta que estés aquí, viva, conmigo.

Las dos mujeres se miran a los ojos con intensidad y se abrazan. Es un abrazo largo, sentido, en el que las pieles se rozan y comparten su calor.

—Tú también me has salvado la vida —susurra la policía al oído de Silvia. La periodista intenta deshacer el abrazo, para mirarla a la cara, pero Esther la retiene, firme—. Cuando te conocí me sentía perdida, desconfiada, triste, desencantada. Había perdido a mi pareja, pero lo peor es que la mujer a la que amaba había traicionado todo lo que yo defiendo, la limpieza, la honestidad y la palabra. Descubrir que ella no era quien yo creía fue un puñetazo en la garganta, de esos que parece que te van a partir el cuello y te dejan sin aire. Un dolor inmenso que se unía a perderla, a la mujer que amaba. No tuve tiempo ni de despedirme ni de recriminarle su traición ni de que me diese explicaciones. Se la llevaron directamente de comisaría, sin que pudiésemos hablar. No he querido ir a verla a la cárcel. Me enteré de lo que había confesado por terceras personas. Sé que renunció a su puesto de policía antes de que la expulsasen. Ahora es un civil como tú. Podía estar en un módulo solo de miembros de las fuerzas del orden, pero lo rechazó. No sé muy bien por qué. Se pone en riesgo al juntarse con presas comunes.

—¿La echas de menos? —pregunta Silvia, todavía apoyada en su hombro.

Esther llora en silencio.

—La echo mucho de menos —reconoce cuando logra controlar las lágrimas—, pero no a la pareja que descubrí, sino a la que yo creía que era. Por eso jamás he ido a visitarla.

—Todos tenemos derecho al error y al perdón —reflexiona Silvia—. Quizá debas darle una oportunidad.

La inspectora deshace el abrazo. Por primera vez parece vencida. Sin energía.

—Y, por otro lado, deberías estar contenta. Has detenido al Cuervo. Ha matado ya a tres personas. A Felipe, a Alina y a Mónica. Has sacado de las calles a una asesina despiadada.

—No te das cuenta, ¿verdad? —pregunta Esther.

La periodista no sabe qué responder.

—¿A qué te refieres?

—No podemos imputarle el asesinato del recepcionista del hotel sin los diarios. Si se los damos, perderás tu exclusiva. Ni aun entregando los documentos podremos probar la muerte, solo el soborno, y es la palabra de un muerto contra la de un vivo. De Alina, por lo que me han contado, me da que no han encontrado pruebas que demuestren su presencia en la escena del crimen, y de Mónica no tengo ni idea. Solo nos quedas tú. Quizá una tentativa de homicidio y una tenencia ilícita de armas. Aunque la condenen, estará en la calle a los cuatro días y jamás pagará por robarle la vida a tres personas.

—Algo se podrá hacer —se niega Silvia a rendirse.

—Pues, salvo que se te ocurra una brillante idea, estamos jodidas.

—Pensaré en algo.

—¿Y sabes qué nos falta también? Descubrir el móvil.

—¿Y si voy a hablar con ella? —propone la periodista.

—¿Por qué se entrevistaría contigo? ¿Qué puedes ofrecerle para convencerla?

—Las familias de sus víctimas tienen derecho a saber la verdad.

—Y, según la ley, ella a guardar silencio.

—No pienso renunciar ni rendirme.

Esther sonríe.

—Me gusta ese carácter tuyo, luchador.

—Yo también me hundo a veces y dudo.

Las dos mujeres se vuelven a abrazar prolongadamente.

—Creo que debemos irnos a la cama, descansar y mañana desayunar juntas —sugiere Esther—. Seguro que ambas nos llenamos de energía y vemos las cosas menos oscuras. Además, tenemos que planear lo que cuentas en tu declaración.

—Tienes razón —reconoce la periodista con media sonrisa.

Jesús llama a la puerta del despacho del presidente y entra sin esperar señal. Lázaro está sentado en el sofá con los pies sobre una mesa baja de cristal. En la mano sostiene una copa de vino tinto. Hace un gesto invitándole a pasar y a servirse una copa. El abogado rechaza beber.

—Me gustaría hablar contigo —pide Jesús.

—Yo también quería decirte algo —responde el presidente—, creo que nuestra relación está rota y que no te puedo mantener como vicepresidente. Lo mejor es que presentes tu dimisión mañana a primera hora.

—Si es lo que deseas —responde humilde Jesús.

—Es lo mejor para ambos.

—Yo, sin embargo, pretendía hacerte otro planteamiento.

—Te escucho.

—Lo primero, quiero pedirte disculpas por el puñetazo y la escena del otro día. No debí cuestionarte ni comportarme así. Pero, entiéndeme, fueron dos golpes muy duros de encajar en dos días. Lo he pensado y es lógico que te quisieras reunir con mi mujer, supongo que para preguntarle si mi hija era tuya.

—Así fue —confirma.

—Te voy a hacer una confesión. Nunca he querido a mi mujer y me siento culpable por ello. Debería haberle regalado una vida de felicidad y amor y lo único que le he dado ha sido dinero. Le ha permitido vivir holgadamente, comprar lo que quisiera, pero nada más. Cada vez que pienso en ello, tengo la sensación de haberle robado la vida.

—¿Por qué me cuentas todo esto ahora?

—He estado pensando, más allá del sentimiento de posesión, que si tuvisteis una aventura durante meses y eso le hizo vivir y ser feliz, en realidad te tengo que estar agradecido. Le regalaste sentimientos que yo jamás le pude ofrecer. Por eso he venido hoy a verte, para disculparme y darte las gracias.

—¿Y que María sea hija biológica mía?

—Este aspecto me ha costado más, pero he llegado a la misma conclusión. Tengo que darte las gracias. Mi hija, bueno, la de mi mujer, fue fruto del amor y de la felicidad. Es algo bonito. Maravilloso, me atrevería a decir. Es nuestra hija, tuya y mía. Biológicamente tuya, pero desde el punto de vista del trato y la educación, mía. En realidad, siempre he estado casado con mi trabajo y no le he dedicado el tiempo que se merecía. También me siento culpable por eso.

—Nunca hubiera pensado que lo pudieras ver de forma tan generosa —reconoce Lázaro, cuya gestualidad se ha vuelto mucho más amable.

—Al principio solo me salió rabia, pero en cuanto lo piensas racionalmente y con frialdad, llegas a la conclusión con suma facilidad.

—¿Y tú? ¿Cómo llevas eso de ser el vicepresidente, perdóname por la palabra, cornudo? —pregunta abiertamente.

—Es humillante. Debo reconocerlo, pero te diré algo. Yo también he tenido mis aventuras fuera del matrimonio. Alguna vez te las contaré.

—Pues ten cuidado con los periodistas, que no te cacen. Tengo la sensación de que la Moncloa está llena de oídos y ojos indiscretos. ¡Mira que publicar lo de la enfermera!

Jesús se ríe, como en los viejos tiempos.

—¿Pero te acostaste con ella?

—Cómo lo sabes. Una leona. Me gustó mucho, tanto, que la he invitado dos veces más, pero no ha trascendido.

—Eres un truhan. No has cambiado nada —dice y hace una pausa larga. Aparca la sonrisa y devuelve seriedad a su rostro—. Si sigues pensando que debo dimitir, mañana mismo tendrás una carta sobre la mesa, pero si valoras algo mi opinión, creo que nuestra relación se puede reconducir y que el tiempo ha demostrado que trabajamos bien juntos. Además, piénsalo, mi cese significa más madera contra ti. Tengo la sensación de que te están acorralando y lo que ahora necesitas son amigos que te apoyen, no que contribuyan a destruir tu imagen.

—No se me había ocurrido este giro en los acontecimientos. Déjame que lo piense. Quizá tengas razón, pero habría que darles una foto, tuya y mía, juntos, trabajando o haciendo deporte. Algo que demuestre nuestra buena sintonía y que les descuadre. Lo hablaré con el gabinete de prensa.

—Buena idea. Una cosa más. Si te parece, mañana viajaré a Castellón para hablar con mi mujer y plantearle el divorcio. Nada beligerante, te lo prometo. Solo que creo que debo dejarla libre. ¿No te importa?

—Buena idea, y muy caballeroso por tu parte. Hazlo, pero no te lleves el helicóptero.

Jesús sonríe abiertamente.

—Iré en AVE —confirma—. De lo de la niña ya hablaremos, ¿te parece?

—Sí, no hace falta resolverlo ahora todo.

El abogado tiende la mano hacia Lázaro, que la agarra con fuerza, mientras ambos se miran a los ojos.

13

El Cuervo ingresa a primera hora de la mañana en la cárcel de Castellón, directamente en enfermería. Le duele mucho el pecho y el hombro. En lo demás no quiere pensar.

Mientras estuvo en comisaría usó la llamada que le permite la ley para ponerse en contacto con su Salvador, así le llama ella. Él le cogió el teléfono a la primera.

—Me han detenido. Te necesito como la otra vez.

—¿Dónde estás?

—En la comisaría de Castellón.

—¿De qué te acusan?

—Dicen que he intentado disparar a una periodista.

—¡¿A una periodista?! Pero ¿cómo se te ocurre hacer algo así? Mira que te he advertido mil veces de que vayas con prudencia y no te fíes de nadie.

—Creo que me pusieron una trampa.

—¿Perdona? —pregunta asustada la voz.

—No sé hasta dónde sabe y si sabe algo en realidad, pero me estaba buscando y me encontró.

—¿Quién te buscaba?

—La periodista. Tengo mucho que contarte, pero ya sabes que prefiero no hacerlo por teléfono. Hasta tú me advertiste de que tuviera cuidado con los móviles, porque no sabes quién te puede escuchar.

El hombre tarda en responder. Está pensando. El contratiempo es mayúsculo.

—Va a ser muy complicado que vaya en persona —anuncia dubitativo—. Me entiendes, ¿no?

—La otra vez, hace años, lo arreglaste todo en un santiamén.

—Eran otras circunstancias —se defiende.

—¿Me vas a dejar tirada? —pregunta repentinamente preocupada—. Me diste tu palabra de que jamás me abandonarías, de que siempre podría contar contigo. Por eso decidí quedarme contigo, porque confío en ti.

—Y la cumpliré, pero necesito tiempo para desarrollar una estrategia. No puedo presentarme así a lo loco sin perfilar antes un plan.

—Me han avisado de que el juez va a ordenar que me ingresen en la cárcel de Castellón. Sabes que encerrada no aguantaré mucho. Si el irlandés descubre que estoy viva, no va a tardar en hilar y seguro que me manda para el otro barrio.

—No te preocupes, si no puedo ir yo, trataré de mandar a alguien que sepa manejarse y te pueda ayudar. Moveré mis hilos.

—Quiero que vengas tú. Solo confío en ti.

—Si confías en mí, estate tranquila, te sacaré del aprieto. Ya lo hice una vez.

—Eso es lo que quería escuchar —dice el Cuervo más tranquilo—, pero te lo advierto, como mucho tienes dos días. Si no me proteges tú, tendré que hacer un trato.

—No me amenaces.

—Solo enunciaba una frase condicional. Si no tengo noticias tuyas en el plazo marcado, pediré declarar ante el juez.

El Cuervo rememora cada palabra de la conversación con su Salvador mientras está tumbada en la cama que le han asignado en enfermería. Sabe que maneja hilos y voluntades y que debe andarse con ojo.

Nadie, ni la médico, ni la enfermera, la ha tratado con cariño. Tampoco la presa que manda allí. Ella la que menos. Es una chica de mediana edad, muy musculada, más incluso que ella. Deduce que pasa horas en el gimnasio. Su rostro y sus gestos denotan seguridad y firmeza. No hay cercanía en el trato, pero tampoco abuso o desprecio, solo distancia. A la hora del desayuno ha tenido la delicadeza de preguntarle cómo le gusta el café, pero nada más. El Cuervo ha respondido que le daba igual y se lo ha traído solo, sobre una bandeja, con un paquete de galletas y un plátano.

De momento no nota el peligro.

Jesús está decidido a impulsar el AVE a Castellón. Puede viajar sin problema hasta Valencia, pero las conexiones con su tierra son deplorables. Ahora que ostenta la vicepresidencia tratará de promover su desarrollo. No piensa dimitir y espera haber convencido a Lázaro de la necesidad de permanecer juntos. Piensa en ello mientras camina por el andén de la estación Joaquín Sorolla. En el exterior le espera un chófer. Ha concertado una cita con el abogado de su mujer. Ha decidido divorciarse y quitarle el apellido a su no hija. Su esposa no le interesa. No puede sacar nada más de ella, salvo gastos. Tuvo su función en el pasado, pero ha llegado el momento de desprenderse de quien solo puede lastrar su carrera política. Su hija no es suya. No siente ningún amor hacia ella, solo profunda indiferencia.

Sabe qué le ha prometido al presidente, pero no piensa cumplirlo. Ni divorcio amistoso, ni paciencia con la niña. Las dos a la calle. Qué español cornudo aguantaría tamaña humillación. Si Lázaro acaba enterándose y le pregunta, mentirá. Al fin y al cabo, así se juega a la política.

La reunión se celebra en el chalé que se construyeron en Lledó. Lo llamaban en su día el todo a cien, a cien millones de pesetas, ahora a seiscientos mil euros. Nunca le gustó el entorno. Un secarral de tierra amarilla y calles de asfalto. Los árboles que habían plantado eran tan jóvenes que apenas daban sombra y la vegetación verde, el césped y las flores parecían haberse extinguido. De puertas adentro, la situación cambiaba, pero era como vivir en una isla, porque aquel lugar no formaba un barrio ni tenía tiendas ni bares. Tierra seca y chalés al estilo Minecraft, construidos con figuras geométricas. Nunca quiso vivir allí, pero Sol le insistió. Le explicó que la escala social les obligaba a residir en ese lugar, el de las familias que se sitúan en la parte alta de la pirámide poblacional.

—Quiero que te vayas de esta casa —le dice Jesús a su todavía mujer. Ni siquiera se han saludado. La cortesía y la educación no tienen cabida. Solo el odio—. Te recuerdo que está a mi nombre y tenemos separación de bienes. La que me obligó tu padre a firmar si quería casarme contigo.

—De aquí solo me sacas con los pies por delante.

—No creas que no lo he pensado —reconoce con la sonrisa de un depredador.

A Sol le da miedo por primera vez en su vida, pero enseguida reflexiona y concluye que se trata de una pose.

—Nunca has tenido agallas —le reprocha Sol—. Siempre te tuve que llevar de la mano a las reuniones sociales para abrirte el camino. No sabías hacer nada solo. Ni vestir. Ni comer. Te tuve que enseñar. Te has convertido en lo que eres por mí. Me debes tu presente.

—Pamplinas —rechaza con un gesto Jesús.

—Esta casa la elegí yo, trabajé con el arquitecto, con el mejor diseñador de interiores de España, pensé cada esquina, cada mueble, cada lámpara. Estás muy equivocado si crees que me vas a echar de mi casa. Además, soy yo quien cuida de nuestra hija, mientras tú vives el sueño de la política en Madrid. Cualquier juez me otorgará la casa como residencia familiar.

—Tendrías razón si fuese hija mía, pero no olvides que la engendraste con Lázaro. Ahora mismo es una okupa en mi domicilio. Os quiero a las dos en la calle, ya.

—No nos movemos de aquí. Si quieres, la niña y yo concedemos una entrevista en cualquier periódico, les contamos lo grosero y déspota que te has mostrado y que nos hagan unas fotos con las maletas en la puerta. No durarías en el Gobierno ni veinticuatro horas. Esa imagen de víctima que llevas a gala tornaría inmediatamente a la de un canalla. ¿Crees que si Lázaro lo sabe o lo ve publicado te dejará seguir a su lado? —Se ríe con ganas—. Eres más necio de lo que jamás imaginé.

—Tenéis cuarenta y ocho horas para recoger todas vuestras cosas y salir de mi propiedad —anuncia una vez más, aunque internamente sabe que no se van a ir. No se puede permitir un escándalo y convertirse él en el protagonista de las noticias. Salvo que sea como viudo y padre destrozado acudiendo a un funeral.

Al salir de su domicilio, llama al teléfono secreto de un antiguo cliente. Un irlandés, el jefe de una banda de narcotraficantes que alijaba cocaína en contenedores en los puertos de Málaga y Tarragona. En su día le avisó de que la Policía lo iba a detener, y le debía una. Tiene un encargo que hacerle.

El Cuervo se despierta sobresaltado. Al lado de la cama, sentada en una silla en actitud vigilante, la presa que le trajo el desayuno parece en alerta.

—Ponte el termómetro —ordena y le tiende uno de los antiguos de mercurio—. Estás sudando y tienes la frente caliente.

Obedece. Se lo coloca debajo del brazo izquierdo. El derecho no lo puede mover.

Las dos reclusas se observan y evalúan sin pudor.

—Me llamo Vega, ¿y tú? —pregunta.

—Chelo —responde a secas.

—¿Tú eres la de la tentativa de asesinato? —pregunta la presa desconocida.

—Puede.

—Lo he leído en la prensa. —Y señala una mesita algo alejada donde se ven varios periódicos—. Sale una foto tuya mientras te detiene una poli. ¿Fue ella la que te disparó?

El Cuervo traga saliva. No entiende. ¿Una foto suya? No vio a nadie con una cámara, pero bien podía haber sido cualquier viandante. Ahora cualquiera te hace una foto. Le molesta que hayan publicado su rostro. Alguien de su pasado puede reconocerla, y en teoría ella está muerta.

—¿Y tú? —pregunta para que no note su nerviosismo.

—Una equivocación. Soy inocente. Por eso me dejan trabajar en enfermería.

—Claro —responde descreída.

—Dame el termómetro —pide Vega.

Chelo se lo entrega. Sabe que está por encima de los 37,5 grados. Lo nota en su cuerpo.

—Tienes casi 38 —anuncia—. Voy a avisar a la doctora. Supongo que te dará algo para que te baje la fiebre.

—Una cosa —pide cuando la ve irse—. ¿Me acercarías el periódico, por favor?

Vega parece dudar un segundo, pero al final salva la distancia hasta la mesa, recoge un diario y se lo entrega.

El titular que ocupa la portada nada tiene que ver con ella.

EL PRESIDENTE ES EL MEJOR
AMANTE QUE HE TENIDO

Las declaraciones las hacía la enfermera del hospital de Castellón. Contaba cómo se conocieron, la promesa que le hizo a cambio de una televisión en la que ver la jornada electoral y su visita a la Moncloa. Lázaro se había comportado con glamur y elegancia. La había paseado por los jardines, le había enseñado su residencia y habían comido en la terraza. Los dos bebieron un vino excelente y terminaron en la habitación presidencial. El guion obvio de una película de sobremesa de los domingos, piensa el Cuervo. Lo más llamativo de la entrevista es que elogiaba las cualidades amatorias de Lázaro. Desde la cárcel no podía saberlo, pero en todas las tertulias televisivas habían empezado a llamarle el presidente Amor.

A su noticia no le dedican mucho espacio.

DETENIDA UNA MUJER POR EL INTENTO
DE ASESINATO DE UNA PERIODISTA

Ofrecía pocos datos. La hora, el lugar en el que se había producido y la aparición casual de una pareja de policías que lo habían evitado. Habían tenido que usar su arma y disparar ante el evidente peligro. De la detenida no aportaban información. Solo que había resultado herida y que ya había ingresado en prisión provisional con el visto bueno de los médicos que la habían atendido.

El Cuervo se alegra de que no tengan más datos sobre su vida. La historia que lleva a sus espaldas podría ocupar varios periódicos enteros.

—¿Ya lo has leído? —pregunta Vega, que regresa con un vaso y una pastilla en la mano.

—Ya terminé.

—Me ha dado la doctora esto para ti.

—¿Qué es?

—Ni idea. No pregunto. Tómatela o no. A mí me da igual.

La presa la examina durante un rato.

—¿Crees que te quiero envenenar?

El Cuervo niega con la cabeza.

—Entonces eres desconfiada. Haces bien. Eso te permitirá sobrevivir aquí.

La conversación la interrumpe un funcionario de prisiones.

—El subdirector de Seguridad quiere verte. Acompáñame —ordena.

Silvia entra en los juzgados de Castellón. Pasa bajo el arco de seguridad y pregunta por el juzgado de instrucción número 1. Su señoría la ha llamado a primera hora y le ha pedido que acuda a su despacho sin falta. Quiere tomarle declaración. No ha podido planificar nada con Esther porque, cuando se ha levantado a media mañana, ella ya no estaba. Se ha encontrado una nota en la almohada que decía:

He tenido que salir por un asunto urgente. Evita prestar declaración hasta que hablemos. Invéntate cualquier excusa.

Le había dicho a su señoría que se encontraba mal, pero él ha insistido. Le ha prometido que solo la entretendría unos minutos. Tenía a una mujer privada de libertad y quería saber si había tomado la decisión correcta.

La letrada de la Administración de Justicia la está esperando y la acompaña hasta el despacho del juez.

—Buenos días —saluda su señoría.

—Hola —responde ella lacónica.

El despacho es frío, sin decoración, salvo por una fotografía familiar en la que se ve al juez abrazando a una mujer con el pelo azul.

—El fiscal ha decidido no acudir, así que voy directo al grano.

—Como quiera.

—Cuénteme qué pasó ayer.

—Iba paseando por la calle y de repente apareció esta mujer que me amenazó con un arma. Me pidió que le diese el dinero. Me negué. Entonces me quiso agarrar el bolso y la empujé para quitármela de encima y correr. Ella se rehízo bien y me apuntó con la pistola. Escuché como un petardo y creí que me había disparado. Pero no notaba dolor y vi que se desplomaba en el suelo. Apareció una agente con el arma en la mano. Luego su compañero. La esposaron y me preguntaron cómo estaba. Poco más le puedo contar, señoría. Fue todo muy rápido —trata de zanjar Silvia la conversación.

—La entiendo, señorita, pero si me lo permite tengo algunas preguntas más.

—Como quiera.

—A ver. ¿De dónde venía usted?

La periodista no sabe qué responder. Contar lo del gimnasio significa abrir la puerta a toda su investigación.

—Estaba dando una vuelta por el centro, mirando tiendas. Iba a buscar una terraza donde comer —responde pensando cada palabra.

—¿Es usted de aquí?

—No, vivo en Madrid. He venido a pasar unos días de descanso a casa de una amiga.

—Es usted periodista, ¿no?

—Así es.

—¿No la vi yo el otro día en La Guinea con el asesinato de una vecina? Juraría que sí.

—No se equivoca —responde con naturalidad.

—Menuda manera que tiene usted de disfrutar de unos días de descanso.

—Me gusta conocer las ciudades paseando y eso incluye los barrios más deprimidos. Casualmente, andaba por allí cuando se montó el lío y me quedé a curiosear. El periodismo no tiene horarios ni entiende de vacaciones.

—Entonces, nadie la avisó. Estaba allí por casualidad.

—Eso he dicho.

—¿Suele encontrarse muchas noticias mientras camina?

—Pues más de las que se puede creer.

—Ya, de lo de La Guinea escribió usted una crónica, ¿no?

—Sí, lo hice.

—La leí. Me gustó, aunque no entiendo muy bien de dónde sacó los datos. Decreté el secreto de sumario.

—No tenía ni idea.

—Si lo hubiera sabido, ¿habría cambiado algo?

—La verdad es que no, señoría.

—¿Y los datos?

—Como siempre, preguntando por allí y por aquí.

—Ya veo. ¿Conocía usted a su asaltante?

Silvia niega con la cabeza.

—Y a la agente que le salvó la vida. ¿La conoce?

—Ahora sí.

—¿Y antes del asalto?

—No, jamás la había visto —vuelve a mentir, aunque no suena muy convincente.

—Ya —zanja el juez, después de mirarla un buen rato a los ojos sin parpadear.

Necesita tragar saliva, pero se contiene. Siempre que lo hace se le mueve mucho la nuez.

—¿Nunca la había visto, ni había hablado con ella, ni tiene nada que ver con alguna crónica que haya publicado en el pasado? —insiste de forma preocupante.

—Nada —contesta, con una sonrisa forzada—. Vivo en Madrid y supongo que la agente reside aquí.

—No sé si me ha entendido bien, me refería a su asaltante.

—Ah, pues tampoco.

—Bien, ¿cuánto tiempo piensa quedarse por Castellón?

—Me acaban de despedir del trabajo, así que probablemente prolongue mis planes de vacaciones iniciales.

—Lamento oír lo del despido. Me gusta cómo escribe.

—Gracias.

—Hemos terminado. Si no le importa, antes de irse déjele a la letrada de la Administración de Justicia la dirección que tiene en Castellón, por si surge alguna eventualidad urgente —le pide.

—Así lo haré.

—Una cosa más —recuerda.

Silvia, que había hecho amago de levantarse, permanece sentada.

—Usted fue la periodista que sacó a la luz el vídeo sexual de Lázaro en la habitación del hotel Luz.

—Sí, fue una exclusiva mía.

—Por ese vídeo decidí archivar el procedimiento contra él.

—Me alegro de que le sirviera.

—¿De dónde lo sacó? —pregunta el juez abiertamente.

—Sabe que tengo el derecho a no revelar cuáles son mis fuentes.

—¿Rehúsa decírmelo?

—No quiero parecer brusca, pero sí.

—Me pregunto quién puede guardar algo así durante una década y con qué propósito vieron la luz esas imágenes justo antes de las elecciones. ¿Se ha planteado que quizá la utilizaron?

—Reconozco que sí, que se me ha pasado por la cabeza, pero al menos averiguamos cuál era la verdad.

—Sin duda. Ahora sí hemos terminado. Gracias.

Al Cuervo no le baja la fiebre.

—Si a media tarde no está por debajo de 38 grados, la voy a derivar al hospital —comenta la doctora a uno de los funcionarios de la enfermería—. Me preocupa que no remita la temperatura, y aquí no hay maquinaria para someterla a pruebas. Coméntaselo al subdirector de Seguridad para que tenga en mente la posibilidad de un traslado urgente.

Vega lo escucha, ella y medio pabellón de enfermería. Pronto se cotilleará por media cárcel. En un lugar donde lo único que se hace es esperar, cualquier chascarrillo de un preso se convierte en un entretenimiento con el que pasar el tiempo.

Vega recoge la bandeja de la comida junto a la cama del Cuervo. No la ha tocado. Solo ha desaparecido la pastilla del antibiótico, pero el nivel del vaso de agua no ha bajado. Parece dormida. La destapa un poco y observa que está empapada en sudor. Sobre el colchón, a la altura de la axila, descubre una de las pastillas. Sigue destapándola y localiza la segunda, próxima a la cintura. Parece que se le ha caído del bolsillo del pijama.

La reclusa le hace pinza en la nariz para impedirle respirar. El Cuervo nota la agresión y abre los ojos y la boca. Vega aprovecha para meterle una pastilla y se la cierra para que no pueda escupirla.

—Traga —le ordena.

El Cuervo lucha por respirar e incorporarse, forcejea con un brazo, el sano, pero Vega la sujeta con fuerza. Un gesto espasmódico en la garganta denota que ha cedido.

—¿Quieres morirte o qué? —le pregunta cuando la ha soltado.

—Me van a matar —confiesa ella. Tiene los ojos vidriosos, como idos.

—¿Quién te va a matar y por qué?

—No ha venido. Me ha abandonado —susurra, delirando.

—¿Quién?

—Soy un estorbo, un problema.

—¿Por qué? ¿Para quién?

—Muerta, me quiere muerta.

Se desmaya y no dice más.

Vega decide quedarse a su lado. Tiene curiosidad por saber, y por primera vez desde que ingresó en prisión se salta la disciplina autoimpuesta de machacarse en el gimnasio.

Desde que salió de los juzgados, Silvia anda intranquila. Mentir a un juez resulta fácil, pero manejar el miedo a ser descubierta es otra cosa. Necesita hablar con Esther para aliviar su conciencia y saber si ha hecho bien, pero lleva todo el día con el móvil apagado. Tampoco se atreve a tratar de localizarla en comisaría. Implicaría dejar demasiado rastro.

Como no tiene nada que hacer salvo esperar, rebusca en los cajones hasta que encuentra un bikini que le queda bien, solo la parte de abajo, porque de pecho son muy diferentes. Lleva días viendo la playa a los pies de la casa de Esther con la idea de bañarse, pero siempre le falta tiempo. Al verano todavía le faltan meses, pero ya ha visto a alguna persona de edad avanzada introducirse en el mar hasta la cintura. Si ellos pueden, Silvia también.

Siente la arena en los pies después de meses de zapatos. Disfruta de cómo los rescoldos de las olas cubren y descubren sus pies y cómo la arena de alrededor se humedece y ella se hunde un poco. El agua en un primer impacto está fría, pero el cuerpo se acostumbra enseguida. Avanza despacio, notando cómo el mar va cubriéndola poco a poco. La arena es suave y sin rocas, el agua trasparente y brillante. Cuando le llega a la altura del pecho, se deja caer y se sumerge por completo. No piensa en nada salvo en dejarse llevar y en refrescar su mente. Pierde la noción del tiempo y de repente lo obvio se abre paso en forma de preguntas y respuestas. Quizá debió hacérselas antes, pero, cuando uno no para de rastrear en busca de datos, testimonios y pistas, muchas veces se olvida de mirar el cuadro desde la lejanía, con una perspectiva global.

¿Quién se beneficia de que Brotes Verdes gane las elecciones? ¿Y quién de que caiga el presidente? Solo le viene un nombre a la cabeza.

Las piezas comienzan a cuadrar. Los acontecimientos que ha vivido adquieren una estructura, se apilan en perfecta simetría y toman un significado pleno en su mente.

Se trata solo de una hipótesis. No tiene ninguna prueba que soporte la idea que acaba de nacer en su cabeza. Quizá, incluso, esté confundida, por eso necesita hablar con Esther y contárselo todo. Ella tiene una mente mucho más acostumbrada a la investigación criminal.

Se olvida del mar, de la arena, de nadar y corre de regreso a casa.

El domicilio está vacío.

Llama por teléfono, pero sigue apagado o fuera de cobertura.

—Necesito hablar contigo. Es muy urgente —le anuncia en una nota de voz.

Su hipótesis está enjaulada en el cerebro y necesita salir, tomar cuerpo. Coge unos folios y comienza a dibujar la estructura de los acontecimientos que ha vivido en los últimos meses.

Esther la encuentra dormida en el sofá, con la televisión encendida. Sobre la mesa hay una nota escrita:

Por favor, despiértame, llegues a la hora que llegues. Es muy importante.

La inspectora se sienta a su lado. Le acaricia la frente y dibuja con el dedo el contorno de sus labios. Silvia abre los ojos.

—Déjame que me disculpe —susurra Esther—. Me fui sin decirte nada porque necesitaba pensar en todo lo que hablamos. Descubrí que todavía quiero a mi pareja, quizá de otra forma, pero se me ocurrió que debía ir a la cárcel, como me dijiste, a hablar con ella, creo que la he castigado demasiado tiempo con mi indiferencia.

—¿Y qué ha pasado? —pregunta la periodista, incorporándose un poco en el sofá.

—El subdirector de Seguridad de la prisión es amigo mío y me debe algún favor. Lo llamé y le pedí que me dejara reunirme con ella sin cristal de por medio, y hasta allí que me fui.

—¿Cómo fue el reencuentro?

—Todavía estoy asimilando lo que ha pasado. Salió mucha basura. Hay que segar antes de volver a plantar. Nos quedan cosas de las que hablar. Necesito pensar antes de hablar de ello.

—Como quieras. Sabes que puedes contar conmigo.

—Gracias —susurra con una media sonrisa entre triste y anhelante—. En la primera visita pasó algo curioso.

—¿Has ido a verla dos veces a la cárcel?

La inspectora asiente.

—Y en el mismo día. Me avisó el subdirector de Seguridad de que fuese corriendo, que había sucedido algo.

—¿Algo malo? —pregunta con ansiedad la periodista.

—Escucha y no me interrumpas tanto, que te va a interesar.

—Perdón.

La inspectora coge de las manos a Vega. Se miran a los ojos durante unos segundos que se hacen interminables. La magia se diluye cuando escuchan unos golpecitos en la puerta y asoma la cabeza el subdirector de Seguridad.

—Disculpad, necesito recuperar mi despacho en diez minutos. Lo digo para que os vayáis despidiendo.

Las dos, que se han soltado al escuchar llamar, asienten.

—Una cosa —dice Vega, de repente—. ¿Has visto el periódico de hoy?

—¿Cuál?

—No sé, uno. Creo que el *Periódico del Mediterráneo* o *El Continente.*

—No, ¿por qué?

—Sales tú, de uniforme. Muy guapa. Poniéndole las esposas a una mujer.

—¿En serio?

—Y tan en serio. Le disparaste en el hombro, ¿no?

—¿Eso también lo cuentan en el diario?

—Eso no, lo sé porque ha ingresado esta mañana a primera hora en enfermería. Sé que para protegerme pediste el favor de que me destinaran allí.

La inspectora deja pasar el comentario.

—¿El Cuervo está contigo?

—¿El Cuervo?

—Sí, así la llamamos porque no sabíamos su nombre verdadero. Ahora se ha quedado el mote.

—¿La llamamos? ¿Quiénes?

—Es una historia larga de contar. Ya te explicaré.

—Como quieras. La cuestión es que me da la sensación de que anda nerviosa. No sé si es la fiebre o la impresión de estar encerrada, pero la noto angustiada, demasiado.

—Necesito un favor —pide Esther en voz baja—, y es muy importante. Tienes que conseguir hacerte amiga suya. Ganarte su confianza. Creemos que, en los últimos diez años, el Cuervo ha matado a tres personas y de alguna manera está vinculada al presidente del Gobierno, pero me faltan muchas piezas para entender el dibujo entero de lo que ha sucedido y por qué. También sospecho que hay más gente implicada. Si consiguieras que te lo contase, nos harías un gran favor.

—Lo intentaré —promete con algo de reticencia—. Pero la próxima vez que vengas tienes que explicarme a quién además de a ti estoy haciendo un favor.

—Te lo juro.

Silvia ha escuchado el relato de la conversación íntegra sin interrumpir ni una sola vez, aunque ganas no le han faltado. Los celos de Vega quedan archivados en un lateral de su cerebro.

—¿Crees que conseguirá que le cuente algo?

—Vega era una gran policía. Tenía muy buena mano con los detenidos. Aparentaba empatía para conseguir que hablaran y, en cuanto largaban lo que quería saber, les hincaba el colmillo hasta la médula. Así arrancó unas cuantas confesiones que nos vinieron de maravilla para cerrar algunos asuntos peliagudos. Esta vez no ha sido diferente.

—¿Qué me dices? ¡¿Ya lo ha conseguido?!

—¿Por qué crees que me ha tocado volver esta tarde a la cárcel?

—¡Qué maravilla! Cuenta, por favor, porque yo tengo una teoría de la que quiero hablar contigo.

—Necesito una cerveza, ¿te traigo una?

—Vale.

—Y salir a la terraza. Me gusta hablar con el sonido del mar de fondo.

Cuando están ya fuera, Esther relata su segunda visita. Vuelve a producirse en el despacho del subdirector de Seguridad, que es quien la ha avisado de urgencia para que regrese.

—Te he pedido que volvieses porque han intentado asesinar a una reclusa esta tarde.

—¿A Vega?

—No, a una presa que estaba con ella en enfermería.

—Menos mal —respira aliviada la agente.

—Ella lo ha impedido y se ha llevado algún corte, pero nada grave.

—¿Qué tiene?

—Me ha pedido que te avisase y que os dejase hablar en privado. No sé qué os traéis entre manos, Esther, pero lo que ha ocurrido es muy grave. He accedido a esta segunda visita porque he visto a Vega desesperada por hablar contigo, pero ya te aviso. Es la última. Nunca más. Creo que con las dos excepciones de hoy he pagado con creces cualquier deuda que hubiera contraído contigo en el pasado.

—Te lo agradezco de corazón. Sabes que conmigo puedes contar siempre.

El subdirector de Seguridad asiente.

—Dame un minuto, que la traigo.

Poco después entra en el despacho Vega, tiene el brazo izquierdo y los dedos de la mano vendados, pero luce una sonrisa muy amplia.

—Os doy quince minutos, así que hablad deprisa porque no os concedo ni uno más —anuncia muy serio, antes de cerrar la puerta de su despacho.

—¿Qué te ha pasado? —pregunta asustada Esther—. ¿Y esas heridas en la cara? ¿Estás bien?

—Sí, tranquila. Son unos cortes de nada.

—¿Te has peleado?

—Un poco, la verdad. Todo ha ocurrido muy rápido. Después de comer, me he acercado a recogerle la bandeja a la que tú llamas el Cuervo. Ardía de calor. Entre sus sábanas he encontrado los dos antibióticos que debería haberse tomado. La he obligado a tragárselos. Entonces, alguien me ha agarrado por el cuello y me ha puesto una especie de puñal hecho de madera en el cuello y muy afilado. Me ha ordenado que cerrase los ojos y que estuviera muy calladita. Me cuesta obedecer, y los he mantenido abiertos. Otra presa que tenía la piel enmoquetada de tatuajes se ha aproximado a la cama con un pincho afilado. Estaba claro, iban a por el Cuervo, pero tampoco me iban a dejar viva para que lo contase todo. Me he quitado de encima a la que me sujetaba y con un grito he avisado al Cuervo. No creas que he visto mucho, porque estaba salvando mi pellejo. A mi asaltante la he reducido y la he dejado inconsciente con un golpe en el cuello. Cuando me he levantado, el Cuervo y la presa enmoquetada luchaban en el suelo. A pesar de la fiebre se defendía con rabia. He intervenido cuando estaba a punto de clavarle el pincho. A esta no he podido dejarla inconsciente al principio. Se ha revuelto y hemos cruzado unos cuantos golpes hasta que le he dado una patada en el estómago y, aprovechando que se doblaba sin aire, la he desmayado apretando fuerte en el cuello. Luego ya he llamado a seguridad y eso.

—¿Quién quería mataros?

—A mí no. Yo solo estaba allí, pero alguien quiere que al Cuervo le corten las alas. Las dos tipas que mandaron a hacer el trabajo pertenecen a una banda bastante conocida dedicada al narcotráfico. Son dos tipas duras, con las que hay que evitar tener conflictos. Esas no perdonan, y seguro que querrán acabar el encargo. Y si a ellas las trasladan, se harán cargo otras.

—Debes tener cuidado. Pide un cambio de centro penitenciario. Aléjate del peligro.

—A mí no me mueve nadie de aquí —se niega Vega—. Quiero estar cerca, para que las personas que me quieren puedan venir a verme cuando les apetezca. Si me enviaran lejos, te puedes imaginar la angustia que tendría pensando en que por mi culpa tuvierais un accidente yendo o viniendo. Y el esfuerzo económico que supone. De ninguna manera, de aquí no me saca nadie. Si vuelven, recibirán la misma medicina. Sabes que sé defenderme. No te preocupes.

—Ahora hablo con el subdirector de Seguridad para que te meta en un módulo seguro.

—Relájate, no hay nada más tranquilo que enfermería. Ahí estoy bien y además puedo ayudar. Lo único que tienen que averiguar es cómo esos dos machorros se han colado en nuestras dependencias, para evitar que lo repitan en el futuro.

—Como quieras.

—Y tú tienes que indagar quién ha hecho el encargo. Es la única manera de protegerme a mí y al Cuervo.

—Me pongo a ello. Lo averiguaré, no lo dudes. Pero tú hazte amiga de la enferma y a ver si se decide a contártelo todo. Dile que le podemos salvar la vida si colabora.

—Cuando la he ayudado a meterse en la cama otra vez, deliraba y ha dicho algo así como que todo era culpa de su abogado.

—¿De su abogado? —pregunta, incrédula.

—No sé, eso me ha parecido escuchar.

—Lo miraré también.

Se abre la puerta del despacho y entra el subdirector de Seguridad.

—El tiempo se ha terminado.

Las dos mujeres se miran a los ojos durante unos segundos. Esther da un paso al frente, le agarra la cara y la besa en los labios. Después, las dos se abrazan fuerte.

—Por favor, tenemos cosas pendientes de las que hablar. Mantente viva mientras llego al final del asunto —pide Esther.

—Te lo prometo.

No sabe muy bien por qué, pero Esther le hurta a Silvia la escena del beso y el abrazo.

—¿Qué te parece?

—El Cuervo es la clave de todo. Hay que conseguir que hable.

—De eso se encarga Vega. Al fin y al cabo, aunque ha renunciado, sigue llevando dentro a una policía. Confío en ella. A nosotras nos queda investigar quiénes son las dos presas que intentaron matarla y bucear en su pasado.

—Si me dieses su dirección, quizá podría pasarme por la casa del Cuervo —pide Silvia.

—Y luego investigar a su abogado. No sé quién será, pero si Vega escuchó bien, ahí podremos encontrar respuestas.

—Yo creo que sé quién es —dice de forma enigmática Silvia—. Es lo que llevo todo el día queriéndote contar.

—¿Y quién es?

—No me vas a creer.

—Venga, no me tengas más *in albis*.

—Jesús.

Esther la mira extrañada. Ese nombre no le dice nada.

—¿Cómo se apellida?

—Vicepresidente del Gobierno. Así se apellida.

14

Alguien golpea con los nudillos la puerta de la habitación. Lázaro lleva ya una hora despierto. Últimamente no duerme bien. Mira el reloj del móvil y comprueba que son las siete de la mañana. Algo grave debe de haber sucedido para que le despierten tan pronto.

Los nudillos vuelven a sonar, insistentes.

—Pase —grita desde la cama y enciende la luz de la mesilla.

—Perdone, presidente —se disculpa el responsable de prensa de la madrugada. Hay tres turnos, mañana, tarde y madrugada, todos coordinados por su jefe de gabinete—, le traigo *El Continente* de hoy. Creo que debe leer usted la portada. La mayoría de medios se han hecho eco ya de la noticia. Las tertulias de la radio y los telediarios empiezan a recoger la información.

—Dame —pide, recostado sobre el cabecero—, y si no te importa, puedes pedir que me traigan una jarra de café ya, por favor. Sé que no es tu cometido, pero si son malas noticias, qué menos que pasarlas con un trago de cafeína.

—Por supuesto —acepta y sale rápido de la habitación sin hacer ruido.

El presidente coge un mando y levanta las persianas eléctricas para permitir la entrada de luz natural. Sujeta el diario entre las manos.

EL PRESIDENTE, PRINCIPAL SOSPECHOSO
DEL ASESINATO DE ALINA

Lázaro cierra los ojos con fuerza. Se le ha disparado el corazón. Controla la respiración para bajar la frecuencia cardiaca y cuando lo logra retoma la lectura.

En portada hay publicada una fotografía suya. Lee el pie de foto.

> Lázaro saliendo y entrando de casa de Alina en la fecha en la que la autopsia determina que fue asesinada.

> Las imágenes tienen impresa la fecha y la hora.

> Días antes de ganar las elecciones generales, Lázaro se vio envuelto en una acusación por violación. La víctima no pudo prestar declaración porque fue asesinada. La publicación de un vídeo dentro de la habitación de un hotel de Castellón exoneró al líder de Brotes Verdes, y por alguna extraña razón se le descartó como sospechoso de la muerte de Alina. Sin embargo, las imágenes que publica este diario vuelven a situarle como principal sospechoso del crimen. El actual presidente ocultó a los investigadores su visita a la casa de la víctima, lo que las fuentes consultadas aseguran que es «altamente sospechoso». E insisten: «Solo ocultan datos los que tienen algo que esconder». Además, las fotografías se realizaron con código temporal que ofrece en la base de la imagen la hora y el día en que se tomaron. Según fuentes del todo solventes, esos datos pueden corresponder con la hora de la muerte de Alina. La pregunta es lícita: ¿tenemos a un asesino en la Moncloa?

Lázaro tiene que dejar de leer porque nota que se marea. La noticia supone un escándalo mayúsculo. No tiene nada que ver con los anteriores sobre su vida íntima. Intuye que este puede tener un calado especial. Salvaje. Potencialmente destructor. Convoca un gabinete de crisis en media hora. Toma algo de café y se ducha. El día pinta que va a ser largo.

Esther se despierta pronto y baja a comprar algunos bollos calientes y el periódico. Cuando ve la portada de *El Continente* da un grito. Lo lee entero en el kiosco. El dueño le deja hacer porque la conoce, pero qué sería de su negocio si todo el mundo acudiera allí a enterarse de las noticias en vez de pagar y llevarse el diario.

Con ella no se equivoca, le deja el dinero del periódico en la barra de metal y sale corriendo. Cuando llega a casa, despierta a Silvia y le entrega el periódico para que lo lea. Mientras le da tiempo a la periodista, prepara una jarra de café.

—Me mintió —dice la agente y le da una taza humeante a Silvia, que todavía tiene legañas en los ojos—. Me dijo que no sabía si conocía a Alina y la había estado visitando unos días antes. Si me lo ocultó fue por algo. No escondes la verdad cuando eres inocente. ¡Qué cabrón! Y mira que al principio no le creí, pero luego me dejé llevar por los acontecimientos e incluso le voté. Supongo que como media España. Por eso ganó.

—Yo también le di mi voto, si te sirve de consuelo, pero obviamente oculta algo. ¿Crees que mató a Alina?

—No lo descarto, pero necesito alguna prueba más que lo sustente. Recuerdo una vez que pensé que había resuelto un caso complicado porque pillé a un tío mintiéndome. Él aseguraba que no se había movido de casa pero yo le tenía grabado en su coche muy cerca de la escena del crimen. Se empecinó en mantener su versión a pesar de que le di con las imágenes en los morros. Reconoció que salió un momento pero que volvió enseguida a casa y, por supuesto, no tenía nada que ver con la muerta a la que también habían violado. Le amenacé con la detención y con la cárcel, pero el tío no daba un paso atrás. Solo que se negaba a confesar dónde había estado. Al final acabé averiguando que tenía de amante a un político importante de Castellón, que está casado y con hijos. Imagínate el escándalo si nos lo confiesa y se filtra. Por eso te digo que mentir no significa asesinar.

—¿Quién era el político?

—¡Cómo se nota que te dedicas al periodismo! Solo a ti se te ocurre hacerme esa pregunta.

—La que te formularía cualquier español. Los íberos somos de naturaleza cotilla, pero te entiendo. Olvídalo.

—Todo esto me huele fatal. Tú y yo sabemos, y lo que desconocemos lo sospechamos, que el vicepresidente está detrás de la campaña contra Lázaro. Le viene traicionando desde el principio y tiene toda la lógica. Es una cuestión de ambición y poder.

—La leche, me acabo de dar cuenta de que, si Lázaro dimite, entonces Jesús se alzaría con la presidencia del Gobierno. Es el relevo natural.

—Correcto —confirma Esther—. Está muy cerca de la meta y eliminando los hilos sueltos que quedan. Tengo que avisar a Vega de que vaya con mucho cuidado. Este hombre es capaz de todo.

—Tenemos que evitar que lo logre. Daría un golpe de Estado encubierto —dice alarmada Silvia.

—¿Y cómo lo hacemos? Solo tenemos conjeturas y nada, absolutamente nada, que pueda probar la relación entre Jesús y el Cuervo. Nos tacharían de locas.

—¿Quién se beneficia de lo que ha hecho el Cuervo estos años?

—Jesús.

—Ahí tienes tu vinculación.

—Eso no constituye una prueba que se sustente en un juzgado. Si lo publicas en el periódico puede que crees la duda, pero tú no tienes nada frente a las fotografías que ofrece *El Continente.*

—¿Y si el Cuervo me da una entrevista?

—Algo mejoraría, pero es la palabra de una delincuente contra la de un vicepresidente. ¿A quién creerían?

—Tenemos que evitar que Jesús se haga con el poder. Hay que hablar con el presidente. Tú le conoces, ¿no?

—Sí, pero de una vez.

—¿Tienes forma de ponerte en contacto con él?

—Tengo un móvil, pero no sé si seguirá usando el mismo.

—Prueba a llamarle.

Esther le hace caso. Marca, pero el teléfono está apagado o fuera de cobertura.

A esa hora, Lázaro celebra una reunión con su gabinete de crisis en la Moncloa.

—Ya sabéis por qué estamos aquí. Quiero escucharos —pide el presidente.

—La situación reviste enorme gravedad —comienza a hablar su jefe de gabinete—. Tengo a todo mi equipo leyendo lo que se publica, escuchando teles y programas de mañana y te están destrozando. Literalmente. Han abierto las puertas a la jauría y el linchamiento es brutal, trágico, diría. Ya piden tu cabeza. Coinciden todos en que deberías dimitir, los medios de derechas, los de izquierda y los de centro. Eso no ha pasado jamás en la historia de la democracia. No tenemos ningún apoyo.

—No pinta bien —comenta Lázaro.

—No creo que pueda salvarse, señor. Si me permite hablar sin tapujos.

—Por favor. Es el momento de la franqueza.

—Esto solo acaba de comenzar. Le acaba de golpear la primera onda de la explosión, pero quedan muchas más. Va a ser una cacería. Da lo mismo si es inocente o no. Le van a inflar a hostias día sí, día también. Y de las que le den por la noche no se enterará porque estará durmiendo, pero ahí estarán.

—Me pareces muy dramático —interrumpe el vicepresidente—. Lázaro es inocente. Las fotos no demuestran el asesinato.

—Tiene razón —concede el presidente.

—Yo convocaría una rueda de prensa sin preguntas y me defendería. A las tres de la tarde, a la hora del telediario, para que todo el mundo conectara en directo con tu discurso y lo escucharan sin cortes ni manipulaciones. Y entonces reivindicaría mi inocencia.

—No es un mal plan —confirma el jefe de gabinete—, pero con eso solo taponaremos la vía de agua unas horas. Luego seguirán saliendo agujeros por todo el caso. En mi opinión, nos vamos a hundir. Podemos intentar remar todo lo posible y ahí estaré yo el primero, pero, presidente, quiero advertírselo, para usted va a ser un desgaste humano y emocional brutal. Va a consumirse. Yo vi lo que le hicieron a una amiga política, a la que durante un mes masacraron sin razón, y acabó dimitiendo. Ojalá se hubiera ahorrado las cuatro semanas de portadas y comentarios. Tardó meses en reconstruirse de las ruinas en las que humanamente la habían dejado. Ahora es feliz, pero aquel sufrimiento injustificado y cruel no mereció la pena.

—¿Estás sugiriendo que dimita?

—Sí, y si quiere me puede despedir ahora mismo, pero aunque no lo parezca estoy pensando en usted. Debería dejar paso al vicepresidente.

—Ni hablar —protesta Jesús—. Tenemos que luchar. A ti te eligió el pueblo. No te van a echar los periodistas.

—Es más importante para el país y para nuestros hijos dar continuidad a la gestión verde que estamos llevando a cabo que tratar de permanecer en el poder, porque, señor, se lo garantizo, por experiencia. Acabará dimitiendo.

—Ya me pasó con la acusación de violación y luego salí indemne. Puede que ocurra igual —se defiende Lázaro.

—Aquello fue un milagro que nunca entendí y, salvo que tenga un vídeo de Alina con vida tras salir de su casa, creo que las fotografías del periódico han cavado su tumba.

—No le hagas caso. Lázaro, cuenta conmigo para luchar. Y tú, quedas despedido —dice Jesús, dirigiéndose al jefe de gabinete.

—De ninguna manera —corrige el presidente—. Sigues en tu puesto. Me gusta la gente franca.

—Pues que siga, pero que sea más positivo y busque una salida.

—Hagamos una cosa —le dice Lázaro a su jefe de gabinete—, convoca una rueda de prensa para las tres de la tarde. Hasta entonces, no quiero ni comentarios ni filtraciones. Daré la cara yo.

—¿Para seguir o para dimitir? —le pregunta Jesús.

—No lo sé. Es algo que todavía tengo que decidir.

La noticia de la convocatoria de una rueda de prensa en la Moncloa para las tres de la tarde dispara las especulaciones. Los comentarios se desatan, pero todos apuestan indudablemente por la dimisión.

Al presidente no dejan de llamarle sus ministros. Andan a ciegas y quieren saber qué va a ocurrir, si convocará elecciones anticipadas o si habrá crisis de gobierno, si dimitirá o permanecerá en el cargo. Desvía todas las llamadas a su jefe de prensa. Él necesita tiempo para pensar. Según pasan las horas, arrecian las críticas. Tiene la sensación de estar sobre una plataforma petrolífera en mitad del mar cuando se ha desatado la madre de las tormentas. Le llegan olas gigantescas desde cualquier lado, rachas de viento que podrían arrancar hasta el vello de los brazos. Necesita alejarse del epicentro de la tormenta. Toma una decisión que quizá pueda parecer la de un adolescente, pero es lo que le pide el cuerpo.

Solicita a su equipo de seguridad que preparen el helicóptero. Esta vez, para no incumplir el protocolo, comunica a las autoridades de Castellón su llegada. Se trata de un viaje oficial. Cuando se monta en el aparato y coge altura, por primera vez tiene la sensación de sobrevolar sobre los problemas.

Como jefa de Seguridad Ciudadana, Esther recibe la comunicación oficial de la llegada del presidente a Castellón. Tiene que destinar un coche a su protección. No se puede creer la suerte que tiene.

—Alberto, vamos a comisaría, y písale —pide a su compañero al tiempo que ella enciende las luces y la sirena.

—¿Ha pasado algo? —pregunta y se pone en modo conducción agresiva.

—Viene el presidente a Castellón. No le gustan ni los coches oficiales ni los agentes vestidos de uniforme. Tú y yo tenemos que recuperar nuestra ropa de calle de la taquilla y coger un coche camuflado.

Silvia lleva más de una hora esperando en la calle a que baje algún vecino y poder colarse en el portal. El Cuervo vive en un edificio normal a las afueras de Castellón. Al menos eso consta en su documento nacional de identidad. Quién sabe si la dirección está actualizada o no. El registro indica que nació en Caracas, Venezuela, pero se nacionalizó española hace ya más de una década y tiene solo treinta y cuatro años.

Por fin sale un hombre mayor. Lo hace decidido, sin mirar atrás. Silvia da una pequeña carrera y logra frenar con el pie en el último momento la puerta.

El edificio es estrecho, con una sola casa por planta. En la última, la octava, en teoría reside el Cuervo. Sube hasta el séptimo en ascensor y se baja. El silencio lo invade todo. Ningún ruido en la escalera, ni siquiera le llega algún grito o conversación opaca del interior de los domicilios. Solo se escucha a sí misma. Sube despacio, peldaño a peldaño, el tramo de escalera que le queda. Aguza el oído, pero nada le llama la atención. Cuando llega al rellano se da cuenta de que la puerta del domicilio, aunque parece cerrada, en realidad está abierta.

La empuja con un dedo. La puerta se abre con facilidad. Silvia nota el pulso disparado y cómo el estómago se le ha encogido. Mentiría si dijese que no siente miedo. Todos sus sentidos están en alerta. Si ahora cualquiera le diese un susto, sufriría un ataque al corazón.

Camina lentamente. Duda si decir «hola», para delatar su presencia, pero se lo quita de la cabeza enseguida. La dueña del piso vive ahora en la cárcel. El piso es pequeño. Va recorriendo habitaciones. Todas están vacías. No solo es que no haya nadie, es que se lo han llevado todo. No hay cama, ni mesillas, ni sofá, ni mesa, ni ordenador, ni sillas. Solo cuelgan las cortinas. Se han llevado hasta los muebles de la cocina que estaban empotrados.

La vivienda se ve sucia, en el salón se nota la marca del televisor sobre la pared blanca. Si no fuera porque el marco de la entrada está astillado y la puerta del domicilio forzada, la casa podría pasar por el típico piso vacío en alquiler.

Silvia sale sin hacer ruido. Baja al séptimo y llama a la puerta. Le abre la puerta una mujer de mediana edad.

—Hola, disculpe que le moleste. Soy amiga de la vecina de arriba. Llevo días llamándola, pero no la encuentro. ¿Sabe usted si se ha mudado o algo?

—Ayer mismo. Vino un camión, un grupo de hombres y se llevó todo. No pararon de hacer ruido. Subí a protestar y uno me miró tan mal que hasta me dio miedo. Iban todos llenos de tatuajes.

—Muchas gracias por su ayuda.

—De nada.

En cuanto sale a la calle, llama a Esther.

—Han desvalijado la casa del Cuervo. Se lo han llevado todo, hasta la cama.

—Ok. Visto —responde más tajante de lo que le gustaría—. Ahora me es imposible hablar. En cuanto pueda te llamo —dice antes de colgar.

Silvia no tiene más plan para el día y le angustia perder el tiempo. Quizá, si pregunta en las tiendas de alrededor, alguien se ha fijado en la empresa de mudanzas, o alguna cuenta con grabaciones de cámaras de seguridad. Que Esther no le reproche que ha dejado el trabajo a medias.

El presidente se alegra de haberse alejado del ojo de la tormenta. El teléfono no ha parado de sonar, pero le ha quitado el sonido para que no le moleste. En casa se siente como en ningún otro lugar, seguro y cómodo.

Después de su última visita le pidió a Lorena, la empleada de limpieza de su empresa que siempre ha dado síntomas de adorarle, que se pasase a poner al día su domicilio de Benicasim. Menos mal que la vio antes de subir al helicóptero y regresar a Madrid. El polvo ha desaparecido y todo huele a limpio. Se nota que se ha esforzado por quedar bien. Hasta le ha clasificado la torre de cartas pendientes. También le ha dejado una nota:

He terminado. Me voy a recoger los bultos pendientes de Correos. Los guardo en casa. El próximo día que vaya a limpiar se los llevo.

Su equipo de seguridad se ha quedado fuera. Necesita la soledad. En la cadena de música pone *Creep*, de Radiohead. Es de esas canciones que llenan sus oídos y le producen una sensación de bienestar.

Suena el timbre de la puerta y se rompe el hechizo.

No puede evitar poner mala cara.

Se acerca al videoportero. Reconoce la cara al instante y abre la puerta.

—La jefa de Homicidios —dice a modo de saludo, después de dejarla pasar al interior—. Qué placer saludarte. ¿Qué has venido a investigar esta vez?

—Ya no soy jefa de Homicidios.

—¿Ah, no? ¿Y eso?

—Llegaste a la Moncloa y poco después me destituyeron. Una remodelación, me dijeron. Nunca lo entendí. Ahora soy la responsable de Seguridad Ciudadana.

—Lamento que te echasen.

—He leído en el periódico que pinta que van a hacer lo mismo contigo.

—Queda mucho partido por jugar. Pero no hablemos de mí. ¿En qué te puedo ayudar?

—Al revés, creo que la que te puede ayudar a ti soy yo.

—Vamos al salón —dice, entre interesado y desconcertado.

Cuando han tomado asiento, Lázaro le hace un gesto con las manos para que empiece a hablar.

—Te han tendido una trampa desde dentro de tu propio gobierno. Quizá no me creas, pero tu abogado y actual vicepresidente mueve los hilos en la sombra. Deduzco que adora el poder y sabe que si tú dimites, él se hace con la presidencia y se convierte en el hombre con más poder de España. Te está haciendo la zancadilla desde el primer día.

—¿En qué te basas para hacer una acusación tan grave?

—Espero que no tengas prisa, porque me va a llevar un buen rato contarte lo que he averiguado.

—Tengo todo el tiempo del mundo.

En ese momento, suena el timbre otra vez.

—Dame un segundo —pide, incómodo por la interrupción.

A través de la pantalla del telefonillo ve a Sol, la madre de su hija.

—Hola. ¿Es urgente?

—Han dicho en las noticias que estabas en Castellón y he venido a ver si te encontraba. Tus guardias me han registrado. Déjame pasar.

—¿Ha ocurrido algo?

—Jesús me quiere echar de la casa y renunciar a su hija. Pretende quitarle hasta el apellido.

Lázaro abre la puerta y la deja entrar. Lo que le cuenta Sol contradice la promesa que el vicepresidente le ha hecho. Rabia.

—Pasa al salón —le invita.

Sol y Esther se encuentran por primera vez, frente a frente.

—Si estás con alguna de tus amiguitas, me voy —anuncia la todavía esposa de Jesús con mal talante y haciendo ademán de irse.

Lázaro la agarra del brazo.

—Sol, te presento a Esther, la jefa de Homicidios de Policía Nacional de Castellón.

La inspectora decide no corregirle.

—Encantada.

—Ella es Sol, la futura exmujer del vicepresidente —explica—. La agente trae noticias que creo que nos pueden ayudar a entender el comportamiento de Jesús. Sol, toma asiento, por favor. Esther, ¿qué me ibas diciendo?

—¿Delante de ella?

—Creo que, después de mí, tienes frente a ti a la persona que más odia a Jesús ahora mismo.

—Vale.

Sol contempla la escena en silencio, sin entender nada.

—Lo que tengo que contarte, bueno, contaros, se remonta a hace más de una década.

Durante los siguientes minutos la inspectora les cuenta con detalle todas las averiguaciones que Silvia hizo sobre el Cuervo, la grabación del hotel y la muerte de Felipe y su diario. Los dos la miran incrédulos, como si estuviesen asistiendo al relato de una novela.

—¿Lo de Felipe fue un asesinato? —pregunta Lázaro.

—Oficialmente un suicidio, pero Irene, su mujer, y yo también, creemos que se trata de un asesinato. Todavía no he tenido tiempo para recuperar y revisar su expediente. Tengo un problema de acceso. Antes te he explicado por qué.

Lázaro asiente en señal de comprensión. Entiende que al no estar en el Grupo de Homicidios ya no puede consultar las diligencias.

Sol permanece muda.

—Así que hay un tal Cuervo que encargó a Alina tenderme una trampa. Grabó lo que pasó en el interior de la habitación y también se quedó las cintas de los pasillos. ¿Y cómo lo vinculas con Jesús?

—Espera, queda mucho por contar —pide Esther—. Justo antes de las elecciones generales, Alina te denuncia. Hemos comprobado que recibió un pago de dinero justo en aquella fecha. Interpreto que fue como emolumentos por denunciarte y hablar en un periódico. Alina muere. Ya nadie puede preguntarle y tú apareces como sospechoso ante los ojos de todo el mundo. No lo he podido comprobar, pero intuyo que toda la información que publicó *El Continente* en contra tuya se la filtró el Cuervo, y a él tu vicepresidente. Parece de cajón.

—Sigue.

—Tengo una amiga, se llama Silvia, que es periodista de *La Península*. Ella saca el vídeo que te exonera de la agresión sexual horas antes de que la gente vaya a votar.

—Sé quién es. Al menos leí su reportaje. Dale las gracias de mi parte.

—Se lo diré, pero una entrevista contigo sería el mejor agradecimiento.

—Lo pienso.

—Bien, pues el Cuervo le filtró el vídeo de la relación sexual. Ella no hizo nada, fue el Cuervo quien la buscó. Supongo que todo lo negativo contra ti se lo filtraba a *El Continente* y lo positivo a *La Península*. Me parece una jugada maestra desde el punto de vista del *marketing*. Lograron su propósito. Hasta yo me sentí ofendida. Pensé que alguien te había tendido una trampa para que no llegases a la Moncloa. Todos te votamos indignados y, en contra de cualquier pronóstico, ganaste las elecciones.

—Sí, te reconozco que alguna vez he pensado que fue demasiada casualidad lo del vídeo, y tú me lo estás confirmando.

—Alcanzas la presidencia —continúa Esther—, pasa un tiempo prudencial y comienza el desgaste. Los cuernos al vicepresidente, tu hija desconocida, el viaje a Castellón, el beso con Sol…

—No nos besamos —interviene por primera vez la mujer—. La foto tenía trampa. Era la perspectiva, pero no hubo beso ni nada.

—La visita de la enfermera a la Moncloa, el sexo con ella y ahora tus fotos entrando y saliendo de casa de Alina. Todo publicado por *El Continente*. ¿Te has preguntado alguna vez quién sabía todas esas cosas?

—¿Además de mí?

—Sí.

—Ni idea.

—Me juego el cuello que también tu vicepresidente. De la visita a la Moncloa de la enfermera seguro que le avisaron. Él pudo averiguar también lo de tu viaje a Castellón y mandar al Cuervo a fotografiarte, lo del helicóptero oficial también. Lo más dudoso es lo de la casa de Alina, pero me juego el cuello a que él también está detrás.

—¿Y puedes detener al Cuervo ese e interrogarle?

—Ya lo hice. Está en prisión. ¿Adivina qué?

—¿Qué?

—Lo han intentado asesinar hace menos de veinticuatro horas. Se ha salvado de milagro.

—¡¿Qué me dices?! —exclama asombrado Lázaro.

—Y su casa ha sido vaciada. Se han llevado hasta los muebles de la cocina. Parece que Jesús está borrando su rastro apresuradamente.

—Voy a llamarle y exigirle respuestas —anuncia cabreado el presidente.

—Espera —le pide la inspectora—. Todavía no puedo vincular al Cuervo con Jesús. Estoy convencida al cien por cien de que lo que te he contado se corresponde con la realidad, pero no tengo la prueba que lo demuestre.

—Quizá yo pueda ayudar —anuncia Sol.

Los dos la miran con cara de expectación.

—Cuando me enamoré perdidamente de ti —dice mirando a Lázaro—, te puse un detective.

—Sí, me lo confesaste en tu última visita —recuerda el empresario, molesto.

—Perdóname. No debí contratarlo, pero estaba obsesionada y quería saber si te acostabas con otras mujeres además de conmigo.

—Te perdono, pero jamás te prometí fidelidad —exclama Lázaro—. Hay veces que no os entiendo.

—Calla y escucha —pide Esther.

—Voy a lo importante. Una de las veces te fotografió con Alina durante una fiesta en el casino de Castellón. Os siguió luego hasta el hotel Luz, pero no le dio tiempo a fotografiaros. Se quedó esperando a ver si os ibais juntos, pero lo que vio fue a Alina montarse en un coche que había en la puerta de alguien que la esperaba. Esa persona la llevó a casa. El detective regresó al hotel para dispararte alguna fotografía y acreditar la aventura. Su sorpresa fue ver que el mismo coche estaba aparcado de nuevo frente al hotel con alguien dentro. Poco antes de amanecer, saliste tú. Por cierto, en la foto no pareces encontrarte muy bien.

—Lógico, me habían drogado.

—Mi detective, a pesar de haber terminado, se quedó. Quería saber qué estaba pasando. Media hora después de que te fueras, salió alguien muy nervioso, se acercó a la ventanilla del conductor y le entregó una bolsa. A cambio, esta persona le dio un sobre. Era un fajo de dinero considerable. Lo sé porque se ve en las fotos cómo el hombre lo cuenta. Cuando me entregó el informe de tus escarceos, no sabía muy bien qué hacer con aquello y lo escondí para que no lo viera Jesús.

—¡Está muy bien! —grita Esther—. Ese es el Cuervo. ¿Lo conservas?

—Claro. Si lo necesitáis os lo doy.

—Pero seguimos sin poder vincularle con Jesús —protesta Lázaro—. Y estoy con la soga al cuello. O encontramos algo rápido, o me voy a ver obligado a dimitir.

—De momento, yo daría desde aquí esa rueda de prensa que has anunciado y desmentiría la información del periódico.

—Pero hay algo que es cierto. Cuando me preguntaste por Alina, te mentí.

—¿Por qué me engañaste? —pregunta Esther, que recuerda que en su momento su instinto le advirtió de que algo no cuadraba en la versión de Lázaro.

—No sabía que hubiese un vídeo que me libraría de la culpa y no tenía forma de defenderme de una acusación tan grave. Tuve miedo.

A Esther la respuesta le parece convincente. Ella también habría tenido pánico y lo cierto es que sin el vídeo de la habitación Lázaro, aunque no se le hubiese podido condenar, habría muerto socialmente y su carrera política habría acabado antes de comenzar. Hubiese sido culpable a ojos de todos.

A Esther le suena el teléfono. Mira la pantalla y descuelga sin dudarlo.

—No sé por qué hago esto —comienza a decir el subdirector de Seguridad de la prisión—. Me voy a acabar metiendo en un lío muy gordo, pero Vega me pide que te diga que el Cuervo ha confesado y que lo ha contado todo. Me ha solicitado permiso para reunirse contigo. Dice que es cuestión de vida o muerte. Así que ven volando a la cárcel porque no me queda mucho de turno y me quiero ir a casa.

—Voy ahora mismo. Y gracias.

El presidente y Sol la miran, expectantes.

—Me tengo que ir. Parece que el Cuervo ha confesado.

—¿Y qué ha dicho? —pregunta ansioso el presidente.

—Ni idea. Tengo que ir a la cárcel para enterarme —anuncia levantándose—. Una cosa, presidente. Mi deber como responsable de Seguridad Ciudadana consiste en darte protección. Necesito que me liberes y asumas la responsabilidad si pasa algo. También que, si hay algún problema con mi comisario, me defiendas a muerte y, si le tienes que destituir, te lo cargues.

—Vete libre y cuenta con ello.

—Una cosa más. Necesito que me prestes tu coche.

A Esther le cuesta conducir lento, pero se obliga.

Cuando llega a la prisión de Castellón aparca y, antes de entrar, le manda un mensaje a Silvia:

El Cuervo ha confesado. Estoy en la cárcel. Ya sabes que aquí hay cero cobertura. Llegaré tarde.

Entra en el *hall*, donde la espera el propio subdirector de Seguridad, que la conduce por los pasillos hacia su despacho.

—Por teléfono no te lo he querido decir, pero no te hubiera llamado si Vega no me hubiese contado toda la historia; pero ahora que la conozco, odio saberlo. Este tipo de cosas solo pueden perjudicar. Dame tu palabra de que, si sale todo a la luz, me dejarás fuera. No quiero verme como testigo en un juicio ni en los periódicos.

—Te lo prometo. Te mantendré al margen.

—Confío en ti. Siempre lo he hecho —reconoce el hombre—, pero este asunto tiene pinta de arrasar con quien pille a su paso.

—Espero que solo caigan los malos.

—Ahora mismo los malos parecen los buenos y viceversa.

—Cuando se conozca toda la historia se repartirán bien los papeles.

—Están aquí las dos —dice, y abre la puerta de una sala de reuniones junto a su despacho—. Os dejo solas.

Esther estrecha la mano de Vega. La abrazaría, pero debe mantener las formas.

—Te presento a Chelo. El Cuervo, como la llamas tú.

A la inspectora le cuesta controlar la mirada reprobatoria.

—Ya nos conocemos —habla por primera vez la presa—. Ella me disparó en el hombro y me puso las esposas.

—Siento el agujero, pero hacía mi trabajo.

—Lo hiciste bien. Evitaste que matara a aquella joven.

—¿Sin rencor?

El Cuervo asiente.

—Lo hecho, hecho está. Perdona que no me levante. Todavía estoy débil. Este cuervo no puede volar —se disculpa la presa con una sonrisa.

No se fijó durante la detención, pero se trata de una mujer muy atractiva, de cara angulosa y labios definidos, con unos ojos verdes profundos. Su belleza le hace olvidar por un momento que se trata de una asesina despiadada.

—No te preocupes, quédate quieta.

Tras el intercambio de frases, Vega vuelve a tomar la iniciativa de la conversación.

—Le he explicado que confío en ti a pesar de que seas policía. Está dispuesta a hablar contigo —el Cuervo lo confirma asintiendo con la cabeza—, pero no quiere que quede registro, ni tampoco declarará oficialmente lo que sabe. La condición que pone es que se trate de una conversación informal.

Esther mira desconcertada.

—Vega me ha salvado la vida hace unas horas y se ha llevado unos tajos a cambio. Se lo debo, pero nada más. No me fío ni de la Policía, ni de los abogados, ni de la justicia, y tengo mis razones.

—Pero si no testificas oficialmente no podré protegerte. Y tú sabes tan bien como yo que van a volver a intentar asesinarte.

—Lo sé, pero asumo el riesgo y alguna se queda en el camino. Eso te lo prometo.

—Hagamos una cosa —propone la inspectora—, cuéntame tu historia y después negociamos tu declaración. Quizá pueda convencerte, o a lo mejor no. Respetaré lo que decidas.

—Vale. Siéntate cómoda porque es larga. Mi historia comienza en Venezuela hace más de una década.

Esther saca del bolsillo una pequeña libreta y un bolígrafo para tomar notas. Pregunta con la mirada al Cuervo si lo puede usar. Ella asiente.

15

Relato que el Cuervo hace a Vega y a Esther en prisión

Nací en Caracas, Venezuela, en el seno de una familia rica. Era hija única. Desde pequeña me acostumbré a ver a hombres armados en mi casa. Me llevaban al colegio, me recogían al terminar el horario lectivo, me acompañaban cuando iba a algún cumpleaños o cuando quedaba con mis amigas. La seguridad formaba parte de la decoración, como los pósteres de mi habitación o los peluches sobre mi cama. Sí, sé que lo estás pensando y tienes razón. Mi padre, Wilmer Cepeda, traficaba con droga a gran escala, por eso las armas. Al cumplir los dieciocho, mi padre me llamó a su despacho.

—Todo lo que ves, esta propiedad, los cuadros, los coches, las alfombras, el barco en el que veraneamos, los *jets* privados en los que vuelas, todo lo he ganado con el sudor de mi frente. Muchas personas nos envidian. No valoran el trabajo que ha costado conseguirlo, solo observan y piensan: «Yo quiero todo eso». Pura codicia. Trabajad, les digo yo, pero ellos no quieren esperar. Lo desean ya. Se imaginan que vienen aquí y nos quitan todo lo que tenemos. ¿Y sabes cómo planean hacerlo?

La joven niega con la cabeza.

—Con metralletas y pistolas. No les importa matarnos a todos para conseguirlo. Supongo que lo habrás imaginado, pero por eso tenemos tantos hombres armados, para protegeros a tu madre, a ti y a nuestro hogar.

—Padre, ¿somos narcotraficantes?

—Sospechaba que te habías dado cuenta. Eres una joven observadora y lista. Reconozco en ti el empuje y el carácter que yo tenía a tu edad.

—Quiero ayudar. Quiero participar del negocio —pide la adolescente.

Wilmer ríe sorprendido por la ocurrencia.

—Imposible, si accediese, tu madre me mataría.

—Pero, padre —protesta la joven.

—No quiero volver a oír hablar de ello —zanja Wilmer—. Acabas de cumplir los dieciocho. Disfruta de la juventud, que ya tendrás tiempo para los negocios.

—Tú, ¿con cuántos años comenzaste?

Wilmer no quiere contestar. Ya con catorce trasladaba de un sitio a otro de la ciudad pequeñas cantidades de cocaína.

—Vamos a hacer una cosa, te voy a explicar cada recoveco de nuestro negocio para que cuando llegue el día sepas dirigir este cotarro.

Así descubrí que mi padre mantenía una estrecha relación con un irlandés que residía en España, un tal Robert Craigh. Nosotros proporcionábamos la cocaína, Robert la compraba y la distribuía sobre todo en Francia, Holanda, Bélgica, Portugal, Reino Unido y España. Para que os hagáis una idea, seiscientos kilos de polvo blanco podían costar en origen quinientos mil dólares. Se comunicaban a través de locutorios públicos o de terminales telefónicos encriptados con tecnología PGP. Así desplegaban sus operativas y evitaban que la policía les escuchase.

Mi familia poseía infinidad de empresas de alimentación. Las usaban para mandar la cocaína, y si les pillaban, las cerraban y abrían otras nuevas. Las teníamos de fruta, pescado, conservas, congelados… Cualquier cosa que os podáis imaginar. Realizábamos los envíos desde Venezuela, pero también habíamos abierto sedes en Colombia, Perú, Brasil, Ecuador, República Dominicana y Panamá. Conocíamos la existencia del intenso tráfico comercial que hay entre Sudamérica y España, sobre todo de fruta, y nos aprovechábamos de ello para esconder nuestro producto y bombardear Europa de contenedores preñados de droga. Para la Policía, localizarlos, salvo un chivatazo o una filtración, rayaba en lo milagroso.

Robert y su organización habían estudiado todos los puertos de Europa y sabían a través de cuáles podían introducir la droga. En España solían utilizar el puerto de Málaga y el de Tarragona. En el de Málaga lo apropiado era meter contenedores de congelados que en realidad iban cargados de cocaína en dobles fondos, y al de Tarragona solo se podía enviar fruta, sobre todo plátano y piña.

A Bélgica y a Francia mandábamos la cocaína por avión. Impregnábamos las maletas y, con la colaboración de algún miembro de la organización infiltrado en la compañía, facturábamos una segunda pieza a nombre de un pasajero, que por supuesto lo desconocía. Al llegar a destino, antes de salir a la cinta, alguien que había recibido las indicaciones la recogía.

Había infinidad de maneras de engañar a la Policía para introducir la droga. Mi padre calculaba que solo se incautaba el dos por ciento del material que enviábamos. Imaginaos la cantidad de dinero que entraba en casa. A chorros. Mucho se iba para lograr que en Venezuela la autoridad mirase hacia otro lado y para garantizar nuestra seguridad. Aun así, mi padre creía ver amenazas y traiciones por todos lados y me quiso sacar de allí. Me decía que Europa era un lugar mucho más seguro, donde podías pasear por la calle sin miedo a que te secuestraran o te pegaran un tiro para robarte el reloj. Así que, en cuanto cumplí los veinte, me envió a estudiar dirección de empresas a España bajo la protección de Robert. Me advirtió que tuviese cuidado y que no le cabrease ni le diese problemas porque, bajo su apariencia de hombre normal, en realidad mordía como un caimán.

El irlandés mandó a un miembro de su organización a recogerme a Barajas. Francisco, un joven español de veintiocho años. A él le gustaba que le llamase Fran. Se encargó de llevarme a la casa donde iba a vivir, de ayudarme a instalarme y de hacerme de guía por la capital de España. Era un chico galante, educado, pero también rebelde y atrevido.

En Madrid me pasaba el día asistiendo a clases y estudiando, como quería mi padre, pero un viernes quise salir y conocer la noche en la capital. Llamé a Fran, que aceptó enseñármelo todo, pero me pidió que no le dijese nada a Robert porque se lo había prohibido expresamente.

Me llevó con sus amigos a las mejores discotecas y bailamos hasta el amanecer. Lo pasé tan bien que quise repetir una y otra vez, y al final me acabé enamorando de él. La primera vez que hicimos el amor, Fran me advirtió entre risas que Robert tampoco se podía enterar, porque le castraría. «Eso nunca», le respondí divertida. Comenzamos a viajar: Ibiza, Mallorca, las islas Canarias. Tomábamos el sol en las playas, bailábamos en los chiringuitos y en las discotecas. Todos aquellos lugares, mi familia los impregnaba de droga. Yo jamás lo probé, pero Fran sí consumía. Le pedí mil veces que lo dejara, pero él estaba ya enganchado. Lo dejé pasar porque estaba locamente enamorada y me dediqué a recuperar el tiempo que no había podido disfrutar en Venezuela por miedo.

A veces, Fran desaparecía durante días sin dar explicación alguna. Imaginaba que Robert le encargaba alguna misión vinculada con el tráfico de drogas y cada vez que se iba se me encogía el corazón. Sabía los riesgos que corría y que si la Policía le detenía podía pasar una buena temporada a la sombra, pero siempre regresaba con esa alegría que le caracterizaba. Y cuando estaba conmigo vivíamos a tope, quemando las horas.

Una noche que parecía extrañamente preocupado, él, que era siempre felicidad y diversión, me obligó a memorizar el número de un tal Jesús y me advirtió de que si a él le pasaba algo o yo necesitaba ayuda urgente, no llamase al irlandés, sino a él. Me garantizó que se trataba de un amigo de verdad. Una persona en la que confiar. Salvo aquella sombra puntual, nuestra vida siguió como siempre. Quemábamos los fines de semana y el dinero a manos llenas.

Una vez, de esas en las que se iba sin avisar, tuve un mal presentimiento. Supuse que Robert le había hecho algún encargo. Le esperé durante días, pero no regresó. Llamé a Robert para preguntarle con la excusa de que necesitaba sus servicios y me dijo que lo había destinado a Estados Unidos. No le creí. Fran jamás me hubiese abandonado sin una explicación o sin despedirse de mí. Me amaba como yo a él. Sus amigos me esquivaban y no me cogían el teléfono. Al final logré quedar con uno de ellos a escondidas. Después de mucho insistir, me contó que corría el rumor de que Fran despistaba siempre algún pequeño fardo de cocaína a Robert y que llevaba tiempo con esa práctica. La vendía por su cuenta en circuitos alternativos y otra se la quedaba para su consumo. A Robert le acabó llegando ese chismorreo y también que se acostaba con la hija de su socio y que la invitaba a droga. Se volvió loco y quiso darle un escarmiento. Le tendió una trampa y le acabó pillando. Según se contaba, le desmembraron en vida, lentamente, para aumentar su dolor y como aviso para disuadir a otros que tuviesen la tentación de meter la mano donde no debían.

Quise morirme. Durante días no me levanté de la cama. Había perdido a Fran, al amor de mi vida. Poco a poco se fue fraguando en mi cabeza la venganza. Robert me había robado algo muy preciado y debía pagar por lo que me había hecho.

Llamé a mi padre para explicarle lo sucedido y pedirle que alguno de sus hombres matase al irlandés. Él me consoló, dijo que me entendía, pero también me explicó que el mundo no se acababa con Fran, que habría otros hombres y que me volvería a enamorar. Supe que no podía contar con él. Matar a Robert implicaba socavar su próspero negocio y abrir una guerra en la que moriría más gente.

Caí en una depresión prolongada de varias semanas.

Me levanté de la cama el día en que me acordé de Jesús. Todavía memorizaba su número. Nos reunimos discretamente en la cafetería del hotel Villa Magna de Madrid. Se presentó como abogado. Dijo que en el pasado había trabajado para Robert, pero, por alguna razón que no quiso especificar, rompieron la relación comercial y ahora se encargaba de los asuntos de Fran. Le pregunté por los rumores que corrían y me confirmó el relato que me había contado el amigo de mi novio. Los brutales detalles de la muerte de Fran también coincidían. Con el tiempo averigüé que en realidad Jesús y Fran eran socios, y que el abogado se encargaba de la ingeniería del blanqueo de dinero de la droga que mi novio le robaba a Robert.

El letrado me ofreció su ayuda para hundir al irlandés. Tenía un amigo en la Policía de Madrid responsable de la lucha contra el narcotráfico. Si lo deseaba, podía organizar una reunión con él con un chasquido de dedos. Solo había una forma de vengarse, debía contarle todo lo que sabía de la organización de Robert. Yo estaba dispuesta, pero ¿y después? Me perseguiría toda la vida a mí y a mi familia.

Jesús me dijo que la venganza implicaba muchas veces renunciar a la familia y a la vida según la entendíamos y me ofreció una cobertura inteligente, fingir mi muerte. El irlandés no podría sospechar de un fiambre, pero si daba el paso jamás podría volver a comunicarme con mi familia, les pondría en peligro a ellos y a mí. Había otro aspecto por analizar. ¿Dónde y de qué iba a vivir después? Jesús se ofreció a esconderme un tiempo prudencial, se suponía que estaba muerta, y a darme trabajo bien remunerado cuando las aguas se hubiesen calmado.

No me lo pensé mucho y acepté. Quería que Robert sintiese el mismo dolor que me inundaba a mí cada día. Primero fallecí en un accidente en el mar durante una tormenta. Localizaron mi barco a la deriva. Durante la inspección ocular localizaron cocaína, mucho alcohol y mi sangre en un borde de la embarcación. Concluyeron lo que aparentaba. Se supone que me emborraché, me drogué, me di un mal golpe en la cabeza en mi estado y me ahogué.

Buscaron mi cuerpo durante días con helicópteros y lanchas. Lo vi en televisión.

Tiempo después, me reuní con el policía amigo de Jesús. Le conté todo lo que sabía de la organización de Robert y arrasé con ella. Él se libró. Debió de enterarse de que iban a detenerlo y huyó antes de que llegaran.

Jesús me instaló en un pueblo aislado de Castellón. Me obligó a correr todas las mañanas y, al acabar, recibía la vista de un exmilitar experto en artes marciales y en defensa personal y tácticas de espionaje. Me enseñó a repeler una agresión, pero también a atacar si era necesario, a seguir a una persona sin que se diese cuenta, a matar sin que pareciese un crimen. Me convertí en una máquina perfectamente engrasada y llegaron los primeros trabajos.

La primera vez que maté fue a Felipe.

Jesús se dedicaba a grabar a grandes empresarios manteniendo relaciones sexuales fuera del matrimonio o drogándose. Él mismo organizaba fiestas llenas de prostitutas y cocaína. Instalaba cámaras ocultas y en ese momento los tenía a su merced. No usaba las imágenes para chantajearlos, sino que las guardaba hasta que se presentaba la ocasión de utilizarlas. Podía dejar el material durmiendo durante años. Un día, me encargó algo fuera de lo normal. Tenía un amigo empresario que ni estaba casado ni se drogaba, y pretendía tener un arma contra él si era preciso. Algo con lo que chantajearle. Le estudié y seguí durante meses. Seducía a las mujeres con una facilidad pasmosa y a todas solía llevarlas a la *suite* del hotel Luz. Investigué a cada trabajador del establecimiento y descubrí que uno estaba a punto de perder su casa por una deuda importante con el banco.

Una mañana, lo abordé y le ofrecí dinero a cambio de un favor. Lo rechazó sin escucharme, pero al enterarse de que iban a desahuciarlo quiso colaborar. Le pagué a cambio de las cintas de seguridad de los pasillos y de que colocara una cámara en la *suite*. En esos días, no recuerdo si antes o después, Jesús me llevó a conocer a una mujer. No era prostituta profesional, tenía un trabajo en una fábrica de porcelana, pero sí aceptaba eventualmente dinero por sexo. A ella le pidió que se acostase con Lázaro, pero con un matiz. Debía interpretar el papel de mujer violada. Lo de ser actriz le pareció divertido, pero se avino a participar, obviamente, por la gran cantidad de dinero que le entregó.

Su parte la hizo bien. Y yo, la mía. Al acabar la función, Felipe me entregó las cintas, pero unos días después se arrepintió y me pidió que se las devolviese. A cambio, él se comprometía a reintegrarme el dinero a plazos. Le dije que aceptaba, pero le mentí. Cerramos una cita para hacer el intercambio y lo asesiné. Luego lo hice pasar por un suicidio, tal y como me había enseñado el exmilitar.

Salió bien, la Policía se lo tragó.

Durante años, Jesús guardó las cintas y yo seguía a lo mío. Grababa, vigilaba, averiguaba, amedrentaba cuando tocaba e incluso daba alguna paliza. Echaba de menos a mi familia, pero sabía que estaban bien y eso me tranquilizaba.

Diez años después, el empresario al que habíamos grabado en el hotel Luz se hizo famoso y optó a la Moncloa con un partido ecologista. Jesús vio el momento de sacar a la luz la grabación, pero antes volvimos a hablar con la mujer. Le pedimos que denunciara al candidato por violación, aunque se negó. Tuve que darle algunos golpes para convencerla, aunque cuando aceptó definitivamente es cuando le arranqué un pendiente de cuajo de la oreja. Violencia y dinero, nuestros dos argumentos hicieron que obedeciese.

El abogado me dio teléfonos de dos periodistas y una orden: «No quiero que sepan quién eres. Simplemente, ofréceles material para sus crónicas. A *El Continente* le filtras las noticias negativas contra Lázaro y a *La Península* las buenas». Así lo hice, pero nos encontramos con algo inesperado: Alina apareció asesinada y yo no había sido. Jesús me preguntó y se lo negué. Parecía francamente preocupado.

Para hacer más creíble el testimonio de Alina una vez muerta, y poner a la opinión pública más en contra de Lázaro, Jesús acudió a hablar con otra mujer. ¡Dios sabe de qué la conocía! Jesús la contrató y le explicó qué tenía que decir. A mí no me terminaba de convencer. La mujer hablaba demasiado, sin contención, sonaba a inventado. Se lo advertí, pero no me quiso escuchar. Al final, la entrevista tampoco tuvo tanta trascendencia y nos la podíamos haber ahorrado.

Lázaro ganó las elecciones y la presidencia. Jesús, la vicepresidencia.

Durante meses solo hicimos un movimiento. El abogado nombró a su amigo de la Policía de Madrid comisario de Castellón. Quería tener ese aspecto controlado. También le pidió que destituyera a la jefa del Grupo de Homicidios. Tenía fama de ser una mujer muy voluntariosa, trabajadora y resolutiva y él prefería a alguien más vago, no fueran a descubrir algo.

A los seis meses, comenzó la segunda parte de su estrategia, derrocar al presidente con noticias negativas para robarle el cargo. Comencé a filtrar noticias de nuevo a *El Continente*. Fui fuente de escándalos diarios, pero ocurrió algo inesperado. Mónica, la segunda denunciante, me llamó y me dijo que una periodista la había localizado y que la muy imbécil le había contado la verdad. «No pensé que tuviese ninguna trascendencia ya», se justificó. Ese fue mi segundo asesinato. Tenía algo planificado, pero sospechó y tuve que clavarle un destornillador en el corazón.

Seguí filtrando noticias, las que decía Jesús. La que debía rematar al presidente fueron unas fotos que le hice mientras visitaba a Alina antes de morir. Las filtré y todo el mundo se lanzó a tumba abierta contra el presidente. Exigían su dimisión y parecía que iba a renunciar, pero la periodista de *La Península* me localizó con una treta muy sencilla. Un anuncio de un gimnasio casi gratuito.

Cuando la vi pensé en huir, y podría haberlo hecho, pero necesitaba averiguar qué sabía ella. El resto de la historia ya la conoces, la publicaron los diarios. Una policía me detuvo y me ingresaron en prisión, aquí contigo, que me salvaste la vida.

16

Por primera vez desde que duermen juntas, Silvia y Esther despiertan compartiendo sábanas. Se miran a los ojos con tanta intensidad que cualquiera hubiera pensado que estaba viendo a una pareja de enamoradas. La inspectora acaricia la mejilla de la periodista y esta sonríe.

—Hago yo el café —dice la informadora y se levanta de un brinco. Lleva tan solo unas braguitas blancas puestas. La agente no puede evitar seguir su silueta con la mirada.

Al poco escucha el ruido del grifo y de la cafetera al enroscarse.

Mientras espera, rememora los últimos acontecimientos.

La inspectora llegó tarde a casa. Silvia está despierta.

—¿Cómo te ha ido? Tienes mucho que contarme.

La agente le narró todo el relato que horas antes le había hecho el Cuervo. Aunque a Silvia se le ocurrieron mil preguntas, se mordió la lengua. Se notaba que su amiga estaba cansada.

Cuando acabó el relato, Silvia no sabía qué decir. Jamás hubiera imaginado una historia tan extraordinaria detrás de la vida del Cuervo. Un asesinato jamás puede tener justificación, pero entendía que las circunstancias y la manipulación de Jesús la habían conducido a convertirse en una depredadora.

La periodista, por su parte, le contó su visita al piso del Cuervo.

—Supongo que se lo llevaron todo por si guardaba alguna prueba de su vinculación con Jesús. Han eliminado cualquier rastro.

—¡Maldita sea! —exclama Esther.

—También te has perdido la rueda de prensa del presidente.

—¿Qué ha dicho?

—Está aquí, en Castellón.

—Lo sé —confirma la agente.

—Pues ha negado estar implicado en la muerte de Alina, lo ha jurado, incluso. Se ha ofrecido a colaborar con la justicia en lo que necesiten y también ha negado que mintiera sobre si conocía a Alina. Asegura que se trata de un malentendido. En cualquier caso, ha anunciado que ha abierto una investigación para averiguar quién está detrás de la campaña para desprestigiarle y derribarle del poder.

—¿Y sobre la visita a casa de Alina?

—Asegura que ella lo llamó y le pidió que fuera a visitarla porque necesitaba hablar con él de una cuestión de salud urgente. Ha dicho que ante semejante solicitud no se pudo negar.

—Me parece poco convincente y muy vago. Hay algo que no me ha dicho.

—¿Y por qué te lo iba a contar a ti? Ni que fuerais amigos íntimos.

—Ayer pasé medio día con él.

—¿Qué me dices? ¿Por qué me lo has ocultado?

—No te escondo nada, es que no hemos parado de contarnos cosas.

—Vale. Dame todos los detalles.

La charla terminó bien avanzada la madrugada.

Silvia aparece con una bandeja con dos cafés, azúcar y unas galletas.

—No había nada más —se justifica.

—No importa —responde la policía.

A la agente le suena el teléfono. Se trata de Sol, la mujer de Jesús. El día anterior habían cambiado los números para cualquier urgencia.

—Pon la tele corriendo —le dice y cuelga.

Esther busca el mando y la enciende. Arranca en Antena 3. Hay un periodista frente al chalé del presidente en Benicasim.

—A primera hora de la mañana, un grupo de agentes de la comisaría de Castellón se ha presentado en la casa del presidente del Gobierno. Según informan fuentes policiales, ha sido el propio empresario el que ha permitido que un equipo de criminalística accediese a su domicilio. No existe por tanto orden de entrada y registro. Hasta este lugar donde me encuentro se ha desplazado el vicepresidente del Gobierno, que, recordemos, también ejerce como abogado de su amigo el presidente. Este registro está produciendo innumerables reacciones políticas. Desde los partidos de la oposición se exige la dimisión de Lázaro y la inmediata convocatoria de elecciones generales. Todos coinciden en cuestionar la legitimidad de un Gobierno presidido por un sospechoso de asesinato.

—Jamás pensé que llegaríamos a esto —comenta Esther en voz alta.

—¿Pero qué hace permitiendo que Jesús sea su abogado? ¿No le explicaste ayer que es el traidor que está tratando de destronarlo?

—Lo hice. No lo entiendo muy bien. Quizá él tenga su propia estrategia.

—Juega con fuego.

Las dos toman café en silencio mientras siguen escuchando la televisión. Hacen *zapping*, pero el resto de cadenas cuentan lo mismo. Para ocupar el tiempo, a la espera de que termine el registro, los tertulianos discuten sobre la necesidad de que el presidente dimita de forma inmediata. Jamás en la historia de nuestro país había ocurrido algo semejante.

—¿No hay manera de persuadir al Cuervo de que hable?

—Creo que no. Parece muy convencida. Tiene miedo por su familia. No quiere que la mano de la venganza llegue hasta ellos, y en el mundo en el que se mueve tiene su lógica.

—Algo se nos tiene que ocurrir. Tenemos que hacer algo.

—Tú no puedes escribirlo en *La Península* porque te han despedido. Y tampoco creo que te lo permitiesen si siguieras trabajando allí. Te recuerdo que tampoco tenemos pruebas con las que atacar al vicepresidente. La vida no siempre es justa.

—Va contra mi naturaleza rendirme. Y si tú aceptas la derrota, entonces no eres la persona que yo creía —le reprocha, enfadada.

Es su primera discusión.

—Siempre he luchado por la verdad y no me gusta que dudes de mí, pero hay veces en que debemos asumir que resulta imposible descubrirla.

Las dos se quedan calladas al ver que el presidente sale de su propia casa. No va esposado, pero sí parece custodiado. Esther sube el volumen. Una melé de informadores trata de acercarse a Lázaro. Le gritan.

—Presidente, ¿le han detenido?

El empresario sonríe. Quiere aparentar tranquilidad, pero se le nota nervioso.

—He decidido acompañar voluntariamente a los investigadores a comisaría para responder a sus preguntas. No tengo nada que ocultar y no me voy a esconder detrás de mi aforamiento.

—¿Mató usted a Alina?

—Soy inocente —dice, antes de montarse en el coche policial.

El vehículo sale a toda velocidad hacia la comisaría de Castellón.

La cámara se mueve bruscamente y en la imagen aparece el vicepresidente tratando de abrirse paso entre la nube de periodistas.

—Les confirmo que mi cliente no está detenido. Si acude a dependencias policiales lo hace por voluntad propia —explica sin parar de andar.

—¿Sospechan que él asesinó a Alina? —pregunta alguien.

Jesús no parece querer responder, pero lo acaba haciendo.

—Sí, creo que la Policía sospecha eso.

—¿Han encontrado en el registro alguna prueba que lo vincule al crimen?

—Dicen que sí, pero habrá que comprobarlo.

—¿Confía en la inocencia de su cliente?

—¿Cree que dimitiría? —pregunta otro periodista.

—Por favor, déjenme pasar hasta mi coche. Quiero estar presente durante su declaración. Disculpen.

Abre la puerta y sale rápido hacia Castellón.

Esther salta de la cama y se mete al baño.

—¿Dónde vas tan rápido?

—Me voy a comisaría. Tengo que averiguar qué está pasando y si en realidad hay alguna prueba que implique a Lázaro en el asesinato.

—¿Tú crees?

—¿Y si el Cuervo nos ha mentido? ¿Y si donde acusaba a Jesús en realidad se refería a Lázaro? ¿Y si me han engañado?

—¿Tú crees?

—No lo sé, Silvia, pero no me creo lo que ha contado Lázaro de su visita a casa de Alina. Ya no sé en quién confiar.

—Pues yo ya me había hecho a la idea de la culpabilidad de Jesús —reconoce la informadora—, pero puede que nos hayan tendido una trampa.

—Eso voy a tratar de averiguar.

Antes de salir, las dos se abrazan. A Silvia le sale besarla en los labios. Esther recibe con gusto el gesto. Antes de irse, la agente la mira con enorme cariño.

Jesús entra en el despacho del comisario. Allí está Lázaro, esperando a ser interrogado.

—Las cosas no pintan bien —anuncia Jesús.

—Yo no asesiné a Alina —responde el presidente.

—Han encontrado un pendiente de Alina con sangre en tu casa. El otro par idéntico lo tenía guardado en su domicilio.

—Alguien me lo ha colocado —contesta, nervioso—. Me lo ha debido de poner la Policía.

—¿Estás loco? No vayas diciendo algo así si no puedes probarlo. Solo lograrás parecer más culpable.

—Tienes razón. ¿Y qué respondo cuando me pregunten?

—Di que llevaste a Alina una vez a tu casa y que se lo olvidó allí.

—¿Y la sangre?

—Que bebisteis mucho y se cortó sin querer.

—Jesús, eso no hay quién se lo crea.

—¿Tú crees?

—Creo que diré la verdad, que no tengo ni idea de cómo ese pendiente ha llegado a mi casa.

—No lo veo, pero como quieras.

Esther jamás había visto a tanto periodista delante de comisaría.

La inspectora tiene que aparcar su coche en el exterior y entrar al edificio caminando.

En el interior se nota la tensión. Nunca antes la comisaría ha tenido a un detenido tan distinguido. Esther habla con unos y con otros, pero a todos les pasa lo que a ella. No manejan la información concreta de lo que el Grupo de Homicidios ha encontrado durante la inspección ocular de la casa.

Se da una vuelta por su antiguo grupo, pero nadie tiene ganas de charla ni se les ve receptivos. Ni siquiera Jandro, que baja la cabeza cuando le hace una seña para que salga del despacho.

Al presidente lo someten a una hora de interrogatorio voluntario. Aunque Lázaro ha accedido a responder a todas las preguntas, eso no convierte el trance en amable.

Jesús observa todo desde una esquina. Su cara de póker no deja traslucir lo que realmente está pensando.

—Hemos terminado —anuncia el nuevo jefe del Grupo de Homicidios.

—¿Satisfechos?

—¿Quiere franqueza?

—Por favor.

—Si no estuviese usted aforado, dormiría hoy en los calabozos. Mañana pasaría a disposición judicial y su señoría, con toda seguridad, lo enviaría a prisión provisional acusado de la muerte de Alina.

—¿Tan seguro está usted?

—Yo le voté, pero no volvería a hacerlo —responde el nuevo jefe de Homicidios.

—Gracias por su sinceridad —dice el presidente, y abandona el despacho del comisario.

El presidente se recluye en su casa de Benicasim. Ha convocado una reunión virtual del consejo de ministros para informar de los últimos acontecimientos. Las caras de sus compañeros de Ejecutivo denotan seriedad, preocupación e incluso censura.

—Lázaro —toma la palabra el ministro de Economía después de escuchar el pormenorizado relato del presidente sobre lo ocurrido—, creo que debes concentrarte en defender tu inocencia. En mi opinión, eso implica que deberías dimitir y dejar que este Gobierno siga caminando en las reformas que nos hemos marcado como metas. Vamos a desarrollar el plan de gobierno que tú diseñaste. Si sigues en el cargo, con semejante sospecha sobre tu espalda, el proyecto no saldrá adelante.

—¿Alguien piensa igual? —pregunta abiertamente.

Todos menos Jesús levantan la mano.

—¿Y si decido permanecer al frente del Ejecutivo?

—Entonces, mañana a primera hora tendrás mi renuncia sobre tu mesa.

—¿Algún otro abandonaría el Gobierno?

Lázaro contempla a través de la pantalla cómo se van levantando manos. Solo el ministro de Transición Ecológica, el de Justicia y Jesús se mantienen quietos. El resto acaban de colocarlo contra las cuerdas.

—Está claro.

—No lo tomes como una cuestión de desconfianza —interviene de nuevo el ministro de Economía con tono amable—. No me equivoco si te digo que todos los que formamos parte de tu gobierno creemos en ti, pero en este momento concreto las instituciones y los proyectos deben estar por encima de las personas.

—Bien. Creo que no me dejáis salida. Voy a darle una última vuelta y esta noche a las nueve, de una forma u otra, daré mi última rueda de prensa como presidente. Ha sido un placer compartir mesa en el consejo de ministros con vosotros —anuncia, antes de cortar la comunicación.

Lázaro se tumba sobre la cama y contempla el cuadro que esconde la sala secreta de las cámaras de vigilancia. Sonríe al pensar que la Policía ha pasado por alto el cuarto oculto que hay detrás.

Se queda dormido.

La noticia de la convocatoria de rueda de prensa para esa misma noche va convenientemente acompañada de la filtración de que las pruebas acorralan a Lázaro y que solo le queda dimitir. Jesús se encarga personalmente.

Esther se entera al regresar a casa para comer. Silvia y ella ven el telediario de Sandra Golpe en Antena 3 y no dan crédito. Cambian de informativo y en todos cuentan lo mismo.

—Fuentes bien informadas —explica Sandra Golpe— han revelado a Antena 3 Noticias que la Policía Nacional ha encontrado un pendiente de Alina en el domicilio del presidente. Tenía restos de sangre. Su par idéntico lo localizaron en el domicilio de la víctima durante el registro, hace ya varios meses. La prueba a ojos de los agentes es irrefutable y fuentes de Moncloa admiten que va a provocar la dimisión del presidente esta misma noche.

—¿Un pendiente con sangre? ¿Qué hacía un pendiente de Alina en casa del presidente? ¿Entonces, lo hizo él? —pregunta desconcertada Silvia.

—No sé qué responder —contesta Esther, que de repente se queda muda pensando—. Espera. Yo le hice una foto a ese pendiente cuando estuve en su casa.

La agente manipula el móvil hasta que encuentra la imagen.

—Mira —le enseña.

Silvia la mira, mientras el informativo suena de fondo. Conectan con un reportero frente a la casa de Lázaro.

—El presidente ha explicado a los investigadores que no sabe nada del pendiente y que no sabe cómo ha llegado allí. Fuentes de Moncloa insinúan que Lázaro cree que alguien se lo ha podido colocar para hacerle parecer culpable

—Vaya mierda de excusa —responde Silvia al televisor.

A Esther le suena el teléfono. En la pantalla aparece el nombre de Lázaro. Lo pone en modo altavoz para que Silvia pueda escuchar la conversación.

—¿Sí? —pregunta Esther.

—Inspectora, te voy a hacer una pregunta y te ruego que seas sincera conmigo.

—Dime.

—Te invité a mi casa sin conocerte. Quería demostrarte mi buena voluntad y te entregué un vídeo de todas las cámaras de seguridad de mi casa de la última semana. Mientras hacía la copia para entregártela en un *pen*, te estuve observando. No sé si te diste cuenta, pero también tengo cámaras en el interior. Lo tocaste todo. ¿Dejaste tú el pendiente dentro del baúl?

—No, Lázaro, no lo hice.

—¿Me robaste algo?

—No, tampoco.

—Me estás mintiendo —le reprocha muy serio—. Te vi llevarte algo. Está grabado. Guardé una copia y estoy pensando en filtrarla a la prensa.

Esther niega con la cabeza, desconcertada.

—Yo no me llevé nada.

—¿No cogiste nada del baúl que estaba lleno de cosas?

—¡No me lo puedo creer! —exclama, y se echa a reír—. ¡Es verdad! Me llevé algo que era tuyo, pero no es lo que piensas.

—¿Qué cogiste, si se puede saber? —pregunta descreído.

—Tu pasaporte —revela, asintiendo con la cabeza.

—¿Mi pasaporte?

—El juez había ordenado como medida cautelar su retirada. Lo vi y lo cogí con la idea de decirte que si querías lo dejaba por ti en el juzgado, para evitarte el paseo innecesario y que te cazaran los periodistas, pero nos pusimos a hablar de otra cosa y me olvidé de comentártelo. Ese es todo el secreto. Lo dejé en el juzgado. Si vas, te lo devolverán. O quizá te lo hayan mandado por correo y, con el lío de cartas que tienes en casa, ni te has enterado.

Se hace el silencio durante unos segundos. Lázaro parece estar pensando.

—Disculpa que haya dudado, pero ya no sé en quién confiar —acaba diciendo.

El siempre seguro Lázaro parece que se está derrumbando.

—Perdona que te haya molestado —dice antes de colgar.

Esther se levanta del sofá como impulsada por un resorte. Silvia la sigue con la mirada. La inspectora entra en su habitación, abre el armario y comienza a palpar los bolsillos de sus pantalones.

—¿Qué buscas? —pregunta la periodista, detrás de ella.

La inspectora no responde y sigue frenéticamente registrando pantalón tras pantalón.

—¡Aquí está! —grita enloquecida. De un bolsillo saca un *pen* y se lo muestra a Silvia.

—¿Qué es? —pregunta la informadora.

—Aquí puede estar la clave del caso. Y pensar que lo tengo desde el primer día y me había olvidado completamente de su existencia.

Esther sale de la habitación e introduce el dispositivo en un puerto USB del ordenador.

—Si pudieras especificar algo más… —pide Silvia.

—Antes de ganar las elecciones —explica la agente—, estuve en casa de Lázaro. Me llevó allí para entregarme las grabaciones de las cámaras de seguridad de su domicilio. Quería demostrarme que no había salido de casa para matar a Alina.

—Pero al final se ha demostrado que sí fue a su domicilio.

—Debió de visitarla al salir de la empresa —especula la agente.

—Comprobémoslo.

—Dame la fecha y la hora de la foto del periódico —pide Esther.

Silvia mira en su móvil y le ofrece la respuesta que busca. Esther manipula el ordenador, busca la fecha y la hora y pone el vídeo. En la pantalla se despliegan las imágenes de toda la casa, exteriores y habitaciones.

Silvia señala una pantalla donde ve movimiento. Se trata de la cocina. Esther toca la imagen, que se amplía a toda la pantalla.

—¡Lázaro! —grita la periodista—. ¡Es imposible! No puede estar en casa de Alina y en la suya propia al mismo tiempo.

—Tiene que tratarse de una trampa —murmura la inspectora—. La imagen del periódico debe de estar trucada. Seguro que el Cuervo o Jesús cambiaron la fecha para hacer parecer a Lázaro culpable.

—¿Y por qué no te lo confesó en la cárcel?

—No lo sé. Quizá se le olvidó.

—¿Y el presidente no se dio cuenta cuando lo vio publicado?

—¿Tú te acordarías con exactitud del día que visitaste a un amigo o a tus padres seis meses atrás?

—En algo así, tan importante, no se me pasaría —responde Silvia.

—Tendré que preguntarle. En cualquier caso, hay que revisar todos los vídeos, día por día, por si alguien le puso el pendiente en la casa como él dice. Y tienes que conseguirlo antes de la rueda de prensa de las nueve de la noche.

—¿Y tú qué vas a hacer?

—Me voy a la cárcel a preguntarle al Cuervo si manipuló la fotografía, si guarda la original y si ella colocó el pendiente en casa de Lázaro.

—¿Y si encuentro algo, qué hago?

—Me llamas, y si no te lo cojo, este es el número de Lázaro, se lo cuentas a él. ¿Ok?

—Hecho.

Esther pisa el acelerador sin pudor. Esta vez, el ciclista no se presenta ni ruge su culpa. Corre porque quiere evitar una tremenda injusticia y a sus fantasmas les parece bien.

Lázaro se despierta al oír el timbre de casa sonar. Comprueba que es su jefe de gabinete y el equipo técnico de cámaras para la alocución de las nueve de la noche. Le deja entrar.

—Lo siento —dice el máximo responsable de prensa—, pero si le sirve de consuelo, ha tomado la decisión correcta.

Lázaro asiente derrotado y se vuelve a su cuarto.

Quedan menos de cinco minutos para el comienzo de la retrasmisión. Lázaro se ha vestido con un traje negro sin corbata. Repasa el texto que le ha escrito su responsable de comunicación. Él ha metido mano para hacerlo suyo, pero básicamente anuncia que dimite por el escándalo judicial que le persigue y que deja paso a su vicepresidente.

Cuando quedan pocos segundos para el comienzo, se encienden las luces de los focos.

—Diez, nueve, ocho, siete, seis, cinco, cuatro, tres, dos… —El uno lo indica el regidor solo con el dedo.

Lázaro toma la palabra.

A esa hora, Esther está reunida con el Cuervo. Le confirma que la fotografía la trucó ella, que guarda la original en el ordenador de su casa, pero que si la han vaciado es imposible que la recupere. Le niega haber colocado ella el pendiente en el domicilio del presidente. Tampoco sabe quién lo ha hecho. La inspectora mira la hora en su reloj y se da cuenta de que Lázaro debe de estar dimitiendo en ese preciso instante y ella no puede hacer nada.

—Buenas noches —saluda Lázaro—. Comparezco ante ustedes para comunicarles algo importante. En las últimas semanas, y más concretamente en los últimos días, un diario de este país ha lanzado una campaña de acoso contra mi persona. En mi opinión, desproporcionada e injusta. Mi vida sexual me pertenece, y con quien me acueste en el ámbito de mi vida privada no debe ser noticia.

Hace una pausa.

—A través de la prensa también me he enterado de que tengo una hija. Creo que una noticia así jamás debería haberme llegado por este conducto. Me pregunto si existe en mi vida algún ámbito de privacidad al que la prensa no pueda acceder y me he dado cuenta de que tan solo tengo libertad de pensamiento. El resto parece susceptible de ser publicado. Me alegro de saber que soy padre. A partir de ahora, me concentraré en recuperar con ella los años perdidos.

Silvia escucha al presidente mientras sigue revisando la pantalla. De repente, ve movimiento en la puerta de entrada. Reconoce a Jesús. Da la sensación de que quiere pasar desapercibido. Introduce la clave en la puerta y accede a la finca. Las cámaras le graban entrando al domicilio. Va directo al salón. Parece que saca algo del bolsillo y lo deposita en el baúl, pero no se ve con exactitud de qué se trata. Luego sigue caminando, revisa unos papeles del clasificador del escritorio, coge una carpeta y sale por la puerta.

Lo revisa una vez y se convence.

—¡Lo tengo!

Nerviosa, llama a Esther, pero tiene el teléfono apagado o fuera de cobertura. Marca el número del presidente sin pensar que está hablando en directo. Mira la pantalla y se da cuenta de que es imposible que lo coja. Cuando está a punto de colgar, oye que responden.

—¿Sí? —pregunta una voz en un susurro.

—Hola, soy Silvia, amiga de la inspectora Esther, jefa de Seguridad Ciudadana de Castellón. Necesito hablar con el presidente.

—¿No está usted viendo la tele? Está en directo. Imposible.

—Es urgente. Tengo la prueba de su inocencia. Le han puesto una trampa. Por favor, póngamelo al aparato. No debe dimitir. El asesino es otro.

—No puedo hacer eso.

—¿Quiere usted que una persona honrada deje su cargo por un delito que no ha cometido? Si no me lo pasa, esa responsabilidad recaerá toda la vida sobre su espalda.

En la pantalla se ve aparecer al responsable de comunicación, que se aproxima al presidente y le habla al oído. Se observa cómo le entrega su teléfono y en pantalla se escucha su voz.

—¿Sí?

—Hola, perdone que le interrumpa. Le estoy viendo en directo. —El presidente asiente por la pantalla sin responder—. Soy amiga de Esther, la policía. Me llamo Silvia, soy la periodista que publicó su vídeo sexual dentro del hotel Luz. Tengo algo muy importante que decirle. He estado revisando las grabaciones de las cámaras de seguridad de su casa y he encontrado la prueba. Tenía usted razón, le colocaron el pendiente con sangre. Sé quién lo hizo.

—¿Quién? —pregunta.

—Su vicepresidente.

—¿Cómo tiene usted las imágenes? —se escucha en pantalla.

—Usted se las dio a Esther y ella a mí. La inspectora ha ido a visitar al Cuervo a la cárcel detrás de otra pista.

—¿Está usted segura? Se trata de una acusación muy grave.

—Si quiere le mando el trozo concreto de vídeo por WhatsApp ahora mismo.

—Por favor —pide, y cuelga.

Silvia hace una grabación de la pantalla del ordenador y se la envía.

—Perdonen la interrupción. Acabo de recibir información de última hora. Permítanme un segundo más y les aclaro todo —solicita a los espectadores. Suena su móvil, indicando que ha recibido un mensaje.

Revisa la grabación y comprueba que Silvia le ha dicho la verdad.

—Perdonen la interrupción, pero se trataba de un asunto urgente. Enseguida lo entenderán —continúa hablando Lázaro. El rictus de seriedad y tensión se relaja. Vuelve a parecer el hombre seductor y atractivo de toda la vida—. Más allá de las invasiones a mi intimidad que les he relatado, dos veces se me ha condenado sin juicio. La primera vez, ya la conocen todos ustedes. Una agresión sexual que resultó ser falsa. Ahora me acusan de haber asesinado a Alina, la mujer que mintió sobre mí. Creen que lo hice yo porque hoy mismo la Policía ha registrado mi casa y ha encontrado un pendiente ensangrentado de la víctima en mi domicilio.

El presidente hace una pausa de varios segundos.

—Hace un instante han presenciado en directo que alguien me llamaba. Era una periodista. La misma que destapó el vídeo sexual del hotel Luz. Se llama Silvia, disculpen que no me acuerde de su apellido.

Silvia nota cómo se le enrojecen las mejillas y escucha cómo a su móvil comienzan a llegar mensajes.

—La periodista me acaba de contar que existe una grabación en la que se ve a la persona colocando esa alhaja en mi domicilio. No solo me ha desvelado este vital aspecto, sino que me ha mandado el vídeo en cuestión al móvil. Por segunda vez, han pretendido tenderme una trampa para conseguir mi dimisión. Lo quiero decir aquí y ahora. Los españoles me han dado su confianza para que lleve adelante un proyecto verde para este país y nadie va a variar ese rumbo con emboscadas o mentiras.

Lázaro toma aire y hace una pausa. Se está gustando a sí mismo.

—Sí tengo que hacer un anuncio. El vicepresidente del Gobierno me ha comunicado su deseo de dimitir como tal y como ministro del Interior, y yo lo he aceptado. Mañana mismo causará baja en el Ejecutivo. Es todo. Solo quiero pedirles confianza, ánimo y desearles salud. Y no se olviden, hay que reciclar siempre. Buenas noches.

Se corta la emisión y recupera el protagonismo el presentador del telediario de la noche, Vicente Vallés.

—Inesperado e inusual comunicado el que acaba de ofrecer el presidente del Gobierno. No solo no ha dimitido, que es lo que todos esperábamos, sino que ha denunciado una campaña de desprestigio grave contra él y ha anunciado una renuncia inesperada, el cese de su mano derecha en el Gobierno, su vicepresidente.

Silvia no puede evitar dar saltos de alegría y aplaudir.

El teléfono del presidente no deja de sonar. Sus ministros quieren hablar con él. También los directores de los grandes periódicos, pero él no atiende a nadie. Tiene una llamada que hacer. Marca el número y espera.

—Lázaro, me pillas de casualidad, acabo de encender el móvil —dice Esther.

—Solo llamo para darte las gracias y para decirte que cuentes conmigo para lo que necesites.

—¿Qué ha pasado?

—Tu amiga Silvia ha encontrado a Jesús colocando el pendiente en mi casa.

—¡Qué bien! ¿Y te ha llamado? ¿Ha llegado a tiempo?

—Ha evitado que dimita, si es lo que quieres saber.

—¡Me alegro mucho! Yo también he descubierto algo que tengo que contarte, pero no es urgente.

—Vale, mejor lo dejamos —dice Lázaro—, tengo llamadas que hacer y mucha gente quiere hablar conmigo.

—Felicidades, señor presidente.

Pasada la medianoche, Jesús llama a la puerta de la casa de Lázaro. Parece muy alterado.

—¿Te has vuelto loco? —pregunta con irritación, después de que el presidente le deje pasar al salón.

—¿Por qué lo dices?

—Has mentido al país. Yo no he presentado ninguna dimisión, ni pienso hacerlo. ¿A qué ha venido esa tontería? Espero que rectifiques mañana —casi le ordena señalando con el dedo.

—No pienso hacerlo —responde Lázaro, extrañamente tranquilo.

—No estás en tus cabales. Necesitas que te revisen. Y, puestos a decirlo todo, no me creo que tengas ningún vídeo. Ni el numerito que has montado en televisión. Nos conocemos. Te lo has inventado.

El tono del vicepresidente desprende agresividad.

—Es verdad, no lo tengo porque ya ha venido la Policía a llevárselo. Me imagino que pronto recibirás su visita. Tienes muchas explicaciones que dar.

—No entiendo cómo antes de decir nada no me has preguntado —protesta muy serio, aunque se le nota el nerviosismo—. Si te acuerdas, hace años me diste las contraseñas de entrada. Ocurrió cuando se te olvidaron unos documentos importantes que tenías que entregarme y me pediste que los viniera a buscar. La otra vez que vine me faltaba un poder con urgencia para uno de tus negocios. De la otra vez sabía dónde guardabas las cosas. Como no te localizaba, tomé la iniciativa de usar la contraseña que me facilitaste y los recogí personalmente —se justifica—. Quizá fue una invasión de tu intimidad, te pido disculpas por ello y te prometo que no lo volveré a hacer, pero yo no coloqué un pendiente en tu casa. Que me hagas esto a mí, que te saqué del calabozo, me parece una bajeza.

—Me sorprende que tengas tanta cara y pretendas seguir engañándome.

—Revisa el vídeo si verdaderamente lo tienes —le reta—. Verás cómo me llevo el documento.

—Ya lo he hecho. Dime una cosa, ¿te suena de algo el nombre de Chelo? —pregunta Lázaro.

—¿Qué Chelo?

—Tu secuaz, yo la llamo el Cuervo, la mujer que se encargó de conseguir las imágenes del hotel Luz, la que asesinó a Felipe y luego a Mónica. Esa Chelo.

—No sé de qué me hablas. Y, además, te has olvidado de Alina, ¿la mataste tú?

—No voy a entrar en tu juego. El Cuervo ha confesado y te señala a ti.

—¿Esto es un chiste o algún tipo de cámara oculta? —pregunta el abogado mirando a todas partes.

—Va muy en serio. Quiero tu dimisión mañana sobre mi mesa si antes no te ha hecho una visita la Policía. No confío en ti.

—Conozco todos tus secretos y tus pufos. Tengo un dosier tuyo enorme desde hace años. No te conviene cabrearme —amenaza Jesús.

—Desaparece de mi vista. No te quiero volver a ver en mi vida.

—¿Quieres guerra? Pues la tendrás. Si yo caigo, tú también caerás —amenaza, y sale de la casa dando un portazo.

17

Un mes después de la desaparición del vicepresidente

Esther jamás ha visitado la Moncloa. Hace unos días recibió la invitación de Lázaro para acompañarlo a una cena. Aceptó. Viajó a Madrid y se instaló en la casa de su amiga Silvia.

—¿No te incomodo si me quedo en tu casa? —pregunta la inspectora por teléfono, justo después de aceptar acompañar al presidente en una velada.

—Todo lo contrario —niega la periodista—. Me hace muy feliz devolverte el favor. Me gusta compartir casa contigo.

Dicho y hecho. Lázaro había descubierto que el comisario de Castellón estaba confabulado con Jesús, así que lo destituyó y nombró a uno nuevo de su confianza. A los pocos días de tomar posesión, el nuevo comisario restituye a Esther en su puesto de jefa del Grupo de Homicidios. La relación fluye bien, por eso, cuando le pide un par de días para acudir a ver al presidente a la Moncloa, el comisario le concede vacaciones de una semana.

—No tenemos ningún crimen pendiente, por ahora. Incluso ha quedado resuelta la muerte de Alina. Vete, se queda al mando del grupo tu segundo y, si surge algo grave, estás solo a cuatro horas de camino en coche.

La Moncloa rezuma elegancia y limpieza. El tamaño de cada habitación ocupa lo mismo que toda su casa. Las alfombras y tapices van a juego en tamaño. Durante el paseo, la agente no puede dejar de abrir la boca. Se nota que Lázaro disfruta impresionándola.

—Si no te importa, he preparado algo más informal para nosotros —comenta en tono seductor.

—Al revés, me encanta —le sigue ella el juego.

Entran en una pequeña dependencia donde ya hay preparada una mesa para dos en un enorme balcón que da a un jardín iluminado. Esther piensa que solo faltan las velas para que se trate de una cena de enamorados. La agente supone que allí mismo es donde llevó a la enfermera y, por los gestos y las miradas que le lanza, está casi convencida de que planea para ella el mismo final.

Lázaro sirve el vino y la cena. Tiene una conversación divertida y amable. Esther le nota lenguaraz, quizá animado por la bebida. El tiempo corre rápido.

Cuando han terminado, el propio presidente recoge. Cuando se levanta parece por un momento que le cuesta mantener la verticalidad, pero enseguida se recompone y ríe con estrépito.

—Te quería dar las gracias por conceder tu primera entrevista tras tu no dimisión a mi amiga Silvia —le agradece cuando regresa a sentarse.

—Se la merecía. A ti también te debo la vida —dice, y choca su copa de vino con la de Esther.

—Solo hacía mi trabajo, buscar la verdad.

—Pues lo haces muy bien —confirma Lázaro—. Si no hubieses intervenido, ninguno de nosotros estaría aquí sentado.

—¿No sospechaste nunca de Jesús?

—Si te digo la verdad, notaba algo oscuro, pero jamás pensé en una traición tan elaborada. Aunque, por lo que me contasteis, él no se ensuciaba las manos. Eso se lo dejaba al Cuervo.

—No la hemos convencido para que confiese oficialmente. Tiene miedo a las repercusiones de sus palabras. Entre los presos, el silencio se valora mucho más que la locuacidad. ¿Qué sabes de Jesús?

—Apenas nada. Ya sabes que no presentó la renuncia para mantener el aforamiento y evitar la detención. Aprovechó ese pequeño margen para fugarse. Lo último que sé es lo que me ha dicho el director del CNI, que mi exvicepresidente ha desaparecido. Probablemente se haya ido del país.

—Se habrá escondido en cualquier agujero —comenta Esther—. Él lo organizó todo para que el Cuervo delatara al irlandés y este no averiguara que él blanqueaba el dinero de la droga que le robaba a Fran. Supongo que Robert lo buscará para ajustarle las cuentas.

—Después de lo que me ha hecho, no me importaría que lo encontraran, pero esto no se lo digas a nadie —comenta riéndose.

—Hemos resuelto el caso de Alina.

—¿Ah, sí? ¿Quién la asesinó? ¿El Cuervo? ¿Jesús personalmente?

—Nadie. Fue un suicidio. Padecía un cáncer terminal. Su médico nos dijo que apenas le quedaban unas semanas de vida. Hemos hecho un estudio de la escena y ella pudo perfectamente atarse las manos con la comba.

—¡No me lo puedo creer! —exclama el presidente.

Niega con la cabeza, incrédulo. Apura la copa de vino. Esther se la rellena.

—¡Cáncer! ¡Un suicidio! Pero si en algún sitio leí que estaba amordazada y maniatada. ¿Cómo pudo hacerlo sola?

—Primero se puso la cinta en la boca y luego se ató las manos con una comba que es flexible. Es viable. Lo hemos comprobado.

—¿Y la autopsia?

—Los forenses no siempre aciertan a la primera —comenta la agente—. En este caso, en su defensa, tengo que reconocer que era muy complicada, la propia víctima quería engañarnos.

—Ya le noté algo raro la última vez que la vi.

—¿A qué te refieres?

—No sé, parecía como ida.

—¿Por qué fuiste a verla?

—Ya te lo expliqué, me llamó y me pidió que la visitase. Me dijo que era importante. Por eso acudí.

—¿Y qué te dijo? ¿De qué hablasteis? Perdona que pregunte tanto —se disculpa con una enorme sonrisa.

—De esto y aquello, de cuando nos conocimos. Tonterías. Quizá se estaba despidiendo.

—Algo te querría decir —insiste la inspectora.

—Pues no sé. Quizá cambió de opinión.

—¿Te puedo ser franca?

—Claro. Hay confianza.

—Detecto la mentira a kilómetros de distancia y tú me estás mintiendo. Alina te llamó por alguna razón que no me quieres contar. ¿A que sí?

Lázaro la mira con intensidad, choca su copa con la de Esther y da un largo trago.

—¿A ti nadie te engaña?

—Alguna vez. Mi pareja lo hizo y fue una decepción.

—Entonces, ¿estás oficialmente soltera esta noche? —pregunta sonriendo.

—Déjame que piense la respuesta, pero primero responde a lo que te he preguntado, que me has cambiado de tema.

El presidente guarda silencio. Parece que está valorando qué hacer.

—Te voy a contar la verdad porque te la mereces, es justo. Pero debes jurarme que quedará entre nosotros.

—Las palabras se las lleva el viento. Si quieres que te lo jure lo hago, pero ya sabes cómo soy. Si confías en mí, adelante.

Lázaro agita el vino en su copa.

—Alina me llamó el mismo día de la fotografía. Hacía mucho tiempo que no hablaba con ella. Me pidió que acudiera a su casa a visitarla. Le dije que andaba ocupado, pero insistió. Dijo que se trataba de un asunto de vida o muerte y que me salpicaba a mí también.

Esther le escucha atentamente.

—Me contó todo. Conoció a Jesús en una fiesta cuando ella era muy joven. Él la agasajó toda la noche. Luego quiso llevarla a la cama, pero Alina se negó. Jesús estaba disparado y le ofreció lo que pidiese por hacerle el amor. Me dijo que le pidió una cantidad indecente de dinero y que el otro aceptó.

—¿Qué significa indecente?

—Ni idea. No me dijo la cantidad.

Esther le invita a continuar con el relato con un gesto.

—Después de su primer encuentro, le puso un piso en Castellón y la convirtió en su amante hasta que se cansó de ella. Alina me dijo que metió sus ahorros en un producto financiero de un banco y que acabó arruinada. Seguía trabajando en la fábrica, pero tenía mil deudas. Llamó a Jesús para pedirle ayuda. Fue cuando le propuso que se acostase conmigo por dinero. Aceptó.

—¿Tú lo sabías o creías haberla seducido?

—¡Qué iba a saber! Pensé que la había conquistado. Me la llevé al hotel Luz porque está muy cerca del casino y porque tenía un arreglo con el director, que es amigo. Me prestaba la *suite* siempre que la necesitara si estaba vacía.

—Sí, eso lo sé.

—Me explicó que Jesús le encargó acostarse conmigo, luego debía drogarme y, al salir de la habitación, fingir una agresión sexual. Actuó como una actriz para que la grabasen las cámaras de seguridad del hotel, pero me prometió que ella desconocía que había otra en la habitación. Preguntó a Jesús qué pensaba hacer con las cintas y él le respondió que si tenía algún problema buscaba a otra. Aceptó por el dinero.

—¡Qué mujer más modélica! ¡Un ejemplo de virtud!

—Con lo que cobró iba tirando bien y no le preocupó no volver a saber nada de mi exabogado. Antes de las elecciones generales, Jesús se presentó de repente en su casa acompañado de una mujer que ejercía de guardaespaldas. Le explicaron que la habían investigado y que sabían que volvía a tener deudas. Le ofrecieron abonárselas todas y darle una pequeña gratificación a cambio de que me denunciase por violación. Quiso saber por qué debía acusar a un candidato al Gobierno de agredirla sexualmente y, esta vez, él le explicó su plan.

Lázaro bebe antes de continuar el relato. Esther tiene la sensación de que hay veces en las que las palabras le patinan en la boca.

—Alina tenía que ir primero al cuartelillo a denunciarme por agresión sexual y después conceder una entrevista en prensa. El plan era que el sábado anterior a las generales concediese otra y dijera que había mentido para llamar la atención. Jesús le dijo que su propósito era que yo llegase a la Moncloa para cambiar el país. A ella le pareció descabellado acusar a alguien de un delito tan grave y se negó. Le insistieron mucho, le explicaron que era por un bien mayor, pero rechazó colaborar. Jesús miró al Cuervo, le hizo una seña, y este le dio un puñetazo en el estómago que le dejó sin respiración. Cuando la recuperó, le agarró de la oreja, se la retorció tanto que pensó que iba a desprenderse y finalmente le arrancó un pendiente de cuajo. Al parecer, el dolor fue horroroso y no paraba de sangrar. La amenazaron con hacerle más daño si persistía en su negativa y aceptó.

—El famoso pendiente.

—Por eso lo tenía Jesús, debió de quedárselo el Cuervo como trofeo.

Lázaro da un trago, termina su copa de vino y se sirve otra. Siempre le ha gustado que le escuchen con atención. Se siente cómodo y alegre con Esther.

—Cuando se fueron, Alina elaboró un plan. Lo primero fue llamarme. Eso se lo había pedido mi abogado. Necesitaba hacerme fotos entrando y saliendo de la casa de Alina para tener pruebas contra mí. La idea inicial era sacar las fotos, cambiarles la fecha y filtrar que había acudido a su casa a amenazarla para que retirase la denuncia.

—¡Lo tenía todo calculado al milímetro!

—Lo que no tenía previsto es que ella me contase su plan durante la visita.

—¿Pero por qué no lo denunciaste? ¿Por qué no hiciste nada?

—Esta es la parte más difícil de explicar, pero a ver si me entiendes. Alina padecía un cáncer terminal, como habéis acabado averiguando, pero eso Jesús no lo sabía. Cuando yo la visité, le quedaban un par de semanas de vida. Nada más. Ella odiaba tanto a mi letrado y le tenía tanto rencor que me propuso un plan alternativo. Cazar al cazador. Se ofreció a suicidarse haciéndolo pasar por un asesinato. Lo había visto en una película de Hollywood y le daba lo mismo largarse de este mundo un día antes que un día después.

—¿Cómo reaccionaste?

—Le dije que lo iba a denunciar y le pedí que me acompañara a comisaría. Pero ella me pidió que reflexionase. Lo argumentó así: «Serás sospechoso de mi violación y de mi asesinato. Te freirán vivo, pero luego se demostrará que es todo falso. La gente debe aprender a dudar, a tener pensamiento crítico, que vivimos en una sociedad de borregos». Le dije que estaba loca y que pensaba denunciarlo a la Policía, y ella contestó: «El plan de Jesús es brillante. Así puedes llegar a presidente del Gobierno. Aprovéchate de ello. Este país te necesita. Aire nuevo, savia nueva». Yo no quería, pero siguió hablando, y yo tenía tantas ganas de llegar a la Moncloa que me convenció.

—¿En serio? ¿Me estás diciendo que sabías que te iban a crucificar y lo permitiste?

—El país necesitaba un cambio, el mundo entero. Alina tenía razón. No podemos seguir así porque se nos acaba el planeta. Vamos hacia la extinción. Si un proyecto verde ganaba en España, otros países podrían seguir la tendencia. La única forma de conseguirlo era que yo dirigiera el país. Estaba en mi mano apostar por el reciclaje y las energías alternativas en nuestro país. Por eso acepté.

—No solo por el cambio verde, supongo, ¿también por llegar a la Moncloa?

—A ti no te voy a mentir, encabezar el Gobierno de España llenaba mi ego como nunca nada antes.

—¿No pensaste que podía salir mal? ¿Que te estabas metiendo en un lío que te podía llevar a la cárcel?

—Tenía pruebas para defenderme y para amenazar y hundir a Jesús si quería. Alina me dio una copia del audio de la visita del abogado y el Cuervo. Se oyen hasta los golpes y su grito cuando le arrancan el pendiente. Además, se grabó en un vídeo contando todo. Lo guardé en la caja fuerte de un banco por si los planes se torcían.

—Tenías las espaldas bien cubiertas, ¿eh?

—Todavía mejor. —Sigue tratando de impresionarla. Quiere conseguir su admiración—. Le pedí a Alina que, antes de suicidarse, me mandara por correo certificado su teléfono móvil. Tenía que parecer que lo encontraba casualmente en el momento adecuado. Por eso empecé a amontonar la correspondencia sin mirarla. Tú misma lo viste en casa. Y cuando la cuerda se iba cerrando en torno a mi cuello, le pedí a Lorena, la limpiadora, que recogiese los paquetes y me los trajera a casa como si fuese iniciativa suya.

—Pero ibas a dimitir, y si no llega a ser por Silvia, lo hubieses hecho.

—Me afané en que todo el mundo pensara eso, pero no. Cuando Silvia me llamó estaba a punto de anunciar que Alina me había mandado su teléfono. Pero con ese último giro imprevisto, quedó más dramático.

—Estuvieron a punto de matarte en el último mitin —protesta Esther—. Dime que no lo encargaste.

Lázaro se ríe.

—No soy tan maquiavélico. Eso no estaba en el guion. Fue peligroso y me salvé de milagro, pero le dio un mayor impulso a mi candidatura.

—¡Es una locura!

—Sí, ahí se pudieron fastidiar todos los planes.

—¿Por qué metiste a Jesús en tu gobierno?

—Le quería tener controlado. Ya sabes lo que dicen, mejor cuanto más cerca.

—Me gustaría pedirte algo.

—Lo que quieras. Es la noche de la verdad —dice, chocando su copa con la de la agente.

—Me gustaría escuchar el audio de la visita de Jesús a casa de Alina y ver el vídeo en el que ella te exculpa.

—Lo siento. Lo he destruido.

—¿Por qué has hecho eso? —pregunta, incrédula.

—He conseguido la presidencia y las revelaciones que te estoy haciendo las sabemos tú y yo. Nadie más. Alina decidió suicidarse y no me interesa que el asunto se remueva. Si alguien supiera que yo manejaba esas pruebas, estaría en serios apuros y tendría que responder muchas preguntas. ¡Menudo escándalo se formaría! Al dejar de existir, los problemas desaparecen.

—Pero dos personas han sido asesinadas, Felipe y Mónica.

—Es lo que peor llevo —dice con cara triste, aunque a la agente le da la sensación de que finge el gesto porque sabe qué se espera de él—. Ya no se puede hacer nada por ellas y el Cuervo ya está en la cárcel. Solo faltaría Jesús, pero que mi exabogado vaya a la cárcel no les va a devolver la vida.

Esther se frota los ojos y niega con la cabeza.

—Reconozco que se trata de un plan brillante.

—Intuía que sabrías apreciarlo —responde satisfecho de sí mismo Lázaro.

A la inspectora le desagrada su expresión: sonríe en exceso, tiene los ojos rojos y levemente desenfocados.

Lázaro, por su parte, está feliz. Su radar femenino le asegura que es cuestión de minutos que Esther caiga a sus pies y pueda llevarla a su cama.

—Pero en el fondo te has aprovechado de una trampa para acceder a la presidencia del Gobierno de España —dice con todo su encanto la policía, haciendo de tripas corazón.

—Míralo de otra manera. No he metido la mano en la caja. Mi gobierno se caracteriza por su limpieza. Llevamos décadas de escándalos, donde los políticos parecían más preocupados por ellos que por España. Sé que he mentido, pero el beneficio supera con creces el pecadillo del engaño. ¿No crees?

—Maquiavelo, el fin justifica los medios.

—Eso mismo.

—Mi vida consiste en averiguar la verdad.

—Te merecías saberla —dice el presidente.

—Con igual franqueza, siempre me has parecido un hombre atractivo, inteligente y honesto. Pero con esto que me has confesado me siento estafada y decepcionada. Te hubiera votado igual sin tanta artimaña.

—Tú sí, el resto no se sabe, y el país me necesitaba —se justifica.

Nota que la aventura que pensaba tener esa noche se le escapa entre los dedos. Y, de golpe, los efluvios alcohólicos se evaporan y comprende fríamente que ha cometido un error imperdonable que tiene que solucionar.

18

Al final de la semana Esther regresa a Benicasim.

Una mañana, cuando sale de su casa a recoger el coche y dirigirse a la comisaría, escucha gritos. Justo en la acera de enfrente ve a un hombre con una pistola negra en la mano que tiene a una mujer sujeta por el cuello mientras aprieta el cañón fuertemente contra su cabeza. Junto a ellos hay un carrito de un bebé del que se escapan unos llantos desconsolados.

—Por favor, no haga daño a mi hijo —suplica la madre, dirigiéndose a quien la retiene apretándola contra su cuerpo.

—¡No se mueva! —ordena el asaltante.

A la víctima le cuesta obedecer y gira la cabeza constantemente para ver cómo está el niño.

—Si no se está quieta, le pego un tiro al niño —le advierte.

La orden es lapidaria y la madre instantáneamente se queda rígida.

—¡Alto! ¡Policía! —grita Esther mientras saca su arma.

El asaltante se gira hacia la voz. Usa a la mujer de escudo.

De fondo se escuchan las primeras sirenas. Esther se alegra de que lleguen pronto los refuerzos. El delincuente no parece nervioso, más bien preocupado, y eso desconcierta a la inspectora, que nota una descarga de adrenalina y cómo le tiembla algo el pulso.

Tiene al delincuente en la mirilla, pero el disparo es arriesgado. Observa cómo él examina en derredor girando la cabeza con gran tranquilidad. Parece evaluar la estrategia ante la situación que ha provocado, tranquilo, sin un asomo de inquietud o nerviosismo. A Esther la situación le sorprende. Hay algo anómalo en esa actitud, pero está tan nerviosa que desecha la alarma que suena en su cerebro.

—¡Baja el arma! —grita la inspectora mientras se aproxima lentamente. Ha olvidado que su cuerpo va al descubierto, sin la protección del chaleco antibalas interior que debería llevar ya puesto—. ¡Te prometo que no te va a pasar nada! ¡Dime qué quieres! ¡Hablemos! —invita, bajando su pistola y separando la mano de su cuerpo, como una señal de diálogo.

El hombre parece sonreír y encoge levemente los hombros en un gesto de resignación. Esther sabe que esa no es una reacción normal y duda. El asaltante, en un movimiento rápido, separa el revólver de la cabeza de la mujer secuestrada, encañona al pecho de la agente y aprieta el gatillo tres veces. A Esther le da tiempo a darse cuenta de que, por su reacción, se enfrenta a un asesino profesional y que el verdadero objetivo es ella. Recibe un fuerte impacto en el tórax que la proyecta bruscamente hacia atrás, lanzándola al suelo mientras un fuego intenso la abrasa en donde recibió el golpe. Es una sensación que llega a su mente, que no elabora ningún pensamiento más. Tampoco ve su vida pasar.

La mujer grita enloquecida, presa de un ataque de nervios, empuja con fuerza al delincuente, agarra el cochecito y corre alejándose del escenario.

Se escuchan varios disparos más y el asesino cae al suelo. Un hombre de paisano lo ha abatido por la espalda.

—¡Quieto! ¡Soy policía! —grita.

Se aproxima con la pistola apuntándole. Vuelve a apretar el gatillo dos veces más. Luego dirá que lo vio moverse tratando de repeler la agresión, aunque sabe que es falso. Le pone las esposas y, cuando ya lo tiene controlado, comprueba el pulso durante un buen rato. Ha muerto. Enfunda el arma en la sobaquera. Ahora es un estorbo.

Entonces se acerca a ver cómo está Esther.

La inspectora sangra abundantemente por el pecho, tiene los ojos abiertos y parece que intenta hablar. El policía acerca el oído. Se trata de apenas un murmullo, pero lo entiende perfectamente.

—Lázaro.

—¿Lázaro? —pregunta él en un susurro.

La agente confirma con los ojos.

—Entendido. No te preocupes, te vas a poner bien. Ya he llamado para que vengan los servicios médicos.

Muere segundos después.

El desconocido saca una placa y el móvil del bolsillo de su chaqueta y llama al 112. Mientras que está informando de lo ocurrido, ve llegar dos zetas.

El hombre cuelga la llamada, se gira, adelanta los brazos hacia ellos con la placa bien visible en la mano derecha, para que sea lo primero que sus ojos vean y sus cerebros procesen, y grita:

—¡Soy compañero! He reducido a un hombre que ha disparado a una mujer. Desgraciadamente, ella ha muerto. El detenido está esposado, aunque he tenido que abatirlo para salvar mi vida.

Silvia se acaba de quitar el micro de la camisa tras terminar una de sus tertulias en televisión cuando recibe una llamada de un número desconocido. Duda si cogerlo, pero finalmente opta por hacerlo.

—La han matado —dice una voz llorando, sin siquiera saludar o presentarse.

—Perdona, no te entiendo. ¿Quién eres? ¿A quién han matado?

—Han matado a Esther.

—A Esther, ¿qué Esther?

—Soy Vega, te llamo desde la cárcel de Castellón.

La periodista tarda solo un segundo en comprender la profundidad de la tragedia.

—¿Eres Vega, la pareja de Esther, mi amiga policía?

—La han asesinado —contesta, desconsolada.

—Pero si hablé ayer con ella por teléfono y estaba bien.

—Ha ocurrido esta mañana.

Dice algo más, pero el llanto enturbia la pronunciación y las palabras no adquieren significado.

—Si no dejas de llorar me cuesta entenderte. Por favor, tranquilízate y cuéntamelo todo —suplica la periodista, nerviosa.

Nota que su interlocutora hace un esfuerzo por contenerse. Durante unos segundos solo oye ruidos, hasta que al final regresa la voz.

—Han asesinado a Esther, hoy.

—¿Pero cómo que la han asesinado? ¿Y cómo puede ser que me llames desde la cárcel? ¿Se trata de una broma de mal gusto?

—En las prisiones hay teléfonos ilegales. Me han dejado uno para llamarte. No se trata de ninguna broma.

—¿Cómo tenías mi número?

—Hace unos días, Esther vino a verme y me contó una conversación que tuvo durante una cena —ahora da la sensación de que Vega elige las palabras con prudencia—, ¿me sigues?

—No, la verdad es que no.

—Me pidió que si le sucedía algo te llamara a ti para contártelo. «Ella sabrá qué hacer», me aseguró.

Silvia no entiende nada. Está paralizada. No quiere creer lo que le están contando. Nota que empieza a marearse. Se sienta en el suelo con la espalda contra la pared y rompe a llorar.

Al día siguiente, hace las maletas y viaja a Castellón. Tarda dos días en arreglar una visita a Vega en la cárcel. Se trata de una comunicación a través de un cristal con un micrófono en cada lado.

—Hola, soy Vega —saluda, levantando la mano—. Encantada de conocerte.

—Lo mismo digo. Soy Silvia. ¿Cómo estás?

—Me mantengo fuerte de aquí —dice, señalándose la cabeza, y luego apunta a su corazón—, pero aquí estoy rota.

Silvia asiente.

Vega saca disimuladamente un pequeño trozo de papel y lo pega contra el cristal:

Ellos escuchan. Te contactarán. Investiga la muerte de Esther. Cuidado, seguro que te vigilan.

La periodista levanta el dedo gordo en señal de comprensión y la reclusa lo hace desaparecer.

Durante la visita solo hablan de Esther y cada una le cuenta a la otra anécdotas de la vida de la inspectora.

—Confío en ti —le dice Vega antes de despedirse.

Silvia sonríe y le guiña un ojo.

Cuando sale al *parking* se fija disimuladamente en los vehículos. Todos parecen vacíos. Cuando llega a la puerta de su coche deja caer el bolso y se asoma debajo por si ve algo extraño. Nada.

Se monta y se va. Vigila el retrovisor, pero nadie la sigue.

Durante los siguientes días, mientras espera a que alguien se ponga en contacto con ella, hace preguntas, pero los testigos no aportan nada. Le ha dado muchas vueltas a quién puede ser la persona importante que encargó la muerte de Esther y solo le viene un nombre a la cabeza: Lázaro. La idea le cuadra. Su amiga inspectora tuvo que averiguar algo que le ha costado la vida y que no tuvo tiempo de contarle.

Todos los días mira de reojo para tratar de detectar si alguien la sigue, pero jamás ve a nadie. Empieza a pensar que la teoría de la conspiración quizá sea fruto de la imaginación de Vega y de la suya propia.

Trata de cerrar una cita con el agente de paisano que abatió al asaltante, pero el gabinete de prensa de la Policía rechaza su solicitud. Decide abordarlo por su cuenta y se planta frente a la comisaría de Castellón; pero, cuando lo localiza y se aproxima a hablar con él, el agente rechaza amablemente su invitación para tomar un café y sostener una pequeña conversación.

—Le agradezco el interés, pero si usted supiera la cantidad de periodistas que me han pedido declaraciones, lo entendería.

—Yo soy amiga de Esther.

—Todos decís lo mismo —responde él—. Y ya no se le puede preguntar.

—Digo la verdad.

—No lo dudo, señorita, pero no tengo autorización para hablar —rechaza y se va caminando.

Cuando está a punto de darse por vencida y regresar a Madrid, se da cuenta de que Vega tenía razón, hay una persona que la sigue. Lo descubre casualmente mirando el reflejo de un escaparate. En ese preciso instante, sabe que la muerte de su amiga no fue casual.

Silvia se pasa diez días más en Castellón, espera a que alguien la contacte, pero nadie se le acerca ni le deja una nota. Aprovecha el tiempo para entrevistar a todos los vecinos que presenciaron el asesinato, pero no logra ningún avance.

Pasa el tiempo y tiene que regresar a Madrid. Abandona Castellón con una idea en la cabeza. Escribir un libro sobre cómo llega a la presidencia Lázaro. Sabe que la vigilan y, si lo descubren, su vida, como la de su amiga, puede correr peligro. Durante un par de meses hace vida normal, volviendo a sus rutinas, como si nada hubiera ocurrido. Acude a sus tertulias y pasa mucho tiempo en casa leyendo. Siempre se fija en si la siguen. Al principio le pareció detectar a alguien, pero últimamente no nota nada. También está pendiente de los detalles de su casa. Antes de salir hace fotografías de todo para recordar la posición exacta de cada objeto. Nunca los encuentra desplazados, pero a veces tiene la sensación de que ha entrado alguien porque nota un olor diferente. Con el tiempo desaparecen las sospechas. Puede ser que sus vigilantes se hayan relajado o su falta de perspicacia para detectarlos. Una mañana revisa cada escondrijo de su domicilio por si le han colocado micros o cámaras. No encuentra nada.

Se sienta ante el ordenador y comienza a escribir, sin parar. No hace otra cosa. Siempre que sale de casa tiene la precaución de grabar en un *pen* el documento y borrarlo del ordenador y de la papelera, por si entra alguien y accede al aparato. Lo ha dejado sin contraseña, para que no piensen que oculta algo.

El libro avanza con rapidez, pero el final que tiene en la cabeza le angustia. No sabe cómo sugerir la vinculación de Lázaro con la muerte de su amiga porque solo tiene sospechas.

Silvia ya se ha olvidado de la advertencia que le hizo Vega de que alguien contactaría con ella cuando, una mañana, tras regresar de una tertulia, un desconocido comparte el ascensor de su casa.

—Hola —saluda el hombre. Parece tímido y nervioso a la vez.

—Hola —responde Silvia.

—Es usted la periodista que sale en la tele, ¿no?

—Sí, soy yo —contesta con una amplia sonrisa. Siempre ha pensado que hay que tratar a la gente con educación.

—Es usted más joven y más delgada al natural.

—Me lo dicen mucho —reconoce.

El ascensor se para en su planta.

—Hasta luego —se despide, pero antes de que haya abierto la puerta completa, el hombre vuelve a hablar.

—Me manda Vega a hablar con usted y darle algo. Soy el subdirector de Seguridad de la cárcel de Castellón.

La periodista se gira, sorprendida. Coloca un dedo en su boca en señal de silencio, lo agarra del brazo y lo mete en su casa. Por si las moscas, conecta su teléfono a un altavoz portátil y pone música alta.

—Ahora ya podemos hablar —le dice al oído al tiempo que lo abraza—. Creo que no hay micrófonos en casa, pero vete a saber si he registrado bien. No te separes de mí y cuéntame al oído qué mensaje tienes de Vega. Te llevo esperando muchos meses.

—Tenía miedo de que se fijasen en mí y he dilatado el encuentro en el tiempo lo que he podido, por si te vigilaban. Supuse que con el paso de los meses, si no veían nada raro, te dejarían en paz.

—Cuéntame.

—En su última visita a la cárcel, Esther me entregó un *pen* con un archivo de audio. Me pidió que se lo guardase y me dijo que Vega me diría a quién debía entregárselo en el caso de que le ocurriese algo.

—¿Sabes qué hay en el *pen*?

—Sí. No quería ser cotilla, pero no aguanté la tentación y lo escuché. Ojalá nunca lo hubiese hecho porque, si se enteran, me matarán como a ella.

—¿Quién te matará?

—La gente del presidente.

—¿Qué se escucha en el audio?

—Esther grabó con el móvil la cena entera con Lázaro. Él se va de la lengua y le confiesa cómo llegó a la Moncloa. Lo sabía todo. Hizo trampas para ganar.

—¿Y por qué no me lo contó ella? Se quedó esa semana conmigo a dormir.

—Vega me ha explicado que te lo ocultó para protegerte. Ella supo, desde el momento en que el presidente le contó todo, que estaba en peligro. Si no te dijo nada fue para que tú estuvieses a salvo. Lázaro dispone de recursos suficientes para averiguar cualquier cosa.

—¿Tenemos alguna prueba de que el presidente ordenó la muerte de mi amiga?

—No de forma directa, pero después de que escuches el audio, te darás cuenta de que no había otra opción. Le reveló un secreto que podía acabar con su carrera y tenía que silenciarla. No le quedaba otra.

—¿Has traído el *pen*?

—Sí.

—Dámelo.

El hombre, sin separarse del oído de Silvia, busca su mano y se lo entrega.

—Por favor, sé muy cuidadosa y prométeme que me dejarás fuera de esta historia. No quiero que mi nombre aparezca en ningún sitio, y lamento horrores haber escuchado el audio.

—Prometido. ¿Vega está bien?

—Te manda saludos.

Durante las siguientes semanas trabaja en la novela con más ganas. Ya sabe cuál será el final. Cuando lo acaba, decide que no se lo entregará a ninguna editorial. Tiene miedo a que haya filtraciones y a que nadie se lo publique por miedo a las represalias del Gobierno. Solo le queda la opción de autopublicarlo en internet, a través de una tienda virtual, donde no revisan el contenido, y rezar para que se haga viral. Cuanta más gente lo lea, más difícil será que acabe en una cuneta con un tiro en la cabeza.

El día que pone en venta el libro en la plataforma de pago a un precio ridículo, apenas tres euros por descarga, siente que ha hecho justicia a una amiga. Podía haberse quedado abrazada a la tristeza y a la desesperanza, pero ella es más de luchar. Una semana después, su novela se coloca en el número uno de ventas y un periódico le pide una entrevista. «En realidad no es una novela —explica ella en las numerosas entrevistas que concede—, se trata más bien de una crónica periodística que por tamaño no puede escribirse en un diario». Su libro, construido como un apasionante relato de misterio, contiene revelaciones que sacuden a la opinión pública y suponen un verdadero escándalo porque enseña las costuras de la política española, las policiales y también las del periodismo.

Todo lo que Silvia relata produce verdadero asombro. Hay quien la acusa de haber novelado hechos reales, pero ella insiste en que cada línea de su libro está documentada.

La entrevista produce un maremoto periodístico. Todos se lanzan a comprar el libro. El último capítulo, en el que la periodista reproduce cada palabra de la conversación de su amiga Esther con el presidente en la Moncloa y su posterior asesinato en Castellón, provoca un enorme escándalo. Hasta el punto de que el presidente empieza a recibir preguntas cada vez que tiene un acto público. Él sonríe y niega con la cabeza, evitando pronunciarse.

Finalmente, tiene que hacer frente a la tormenta y, cuando le preguntan durante la rueda de prensa tras el consejo de ministros, decide contestar.

—Por el amor de Dios, se trata de una novela. Ha usado hechos reales de base, pero el final es fruto de su imaginación.

—¿Encargó usted a los servicios secretos el asesinato de Esther?

—Rotundamente no. Si la autora escribe algo así es para aumentar las ventas, pero nada que se asemeje a la realidad.

—¿Piensa dimitir?

—De ninguna manera —responde.

—¿Está molesto con las acusaciones? ¿Va a querellarse contra la autora?

—Ni estoy enfadado, ni voy a tomar ninguna iniciativa judicial. Al revés, en nuestro país el nivel de lectura es bajo, y si con esta novela en la que me usan de protagonista se ha logrado incentivar que la gente coja por primera vez un libro y lea, me parece bien.

—¿Lo ha leído usted?

—Sí, me ha parecido apasionante y creo que la escritora sabe aprovechar una estructura de realidad para crear una ficción propia de una película de espías. Les parecerá mentira, pero me he divertido leyéndola. Me ha tenido completamente atrapado hasta el final. No me podía imaginar que el malo era yo —dice riéndose con aparente sinceridad.

El informe final de la investigación se publica por las mismas fechas para tratar de desactivar la novela. Determina que se trató de una fatal casualidad. Una muerte en acto de servicio. Un loco, que había comprado un arma probablemente en el mercado negro, había salido a pasear con ella y sufrió un brote psicótico u otro tipo de alteración mental. Por eso asaltó a una mujer, pero, al sentirse amenazado por Esther, acabó con su vida. No llevaba documento alguno que le identificase. Le pusieron nombre y apellidos a través de las huellas dactilares. Le buscaron en las bases de datos, pero no constaban antecedentes policiales, ni existían informes médicos en los que se hubiese detectado su desequilibrio, ni tampoco tenía familia. Se trataba de un solitario que había perdido la cabeza, sin que el sistema lo detectase. Durante el registro de su casa encontraron unos documentos en los que desarrollaba pensamientos catastrofistas sin sentido, y en su ordenador, fotografías bajadas de internet con extrañas imágenes del diablo y otros seres demoniacos.

Silvia recibe el Premio de la Asociación de Informadores Independientes a la «Mejor Historia e Investigación Periodística» por la publicación de su libro. Antes de que comience el acto en el Círculo de Bellas Artes de Madrid, coincide en un reservado con Dios.

—Felicidades, amiga mía —dice, y por primera vez no nota en él un aire de superioridad.

—Gracias —responde, seca.

—Si me permites el consejo, creo que deberías reincorporarte a *La Península*. Es tu casa, donde empezaste y lo aprendiste todo. Reconozco que no me ha gustado nada cómo me describes en el libro, pero ya he aclarado a los que me preguntan que a esa parte le has metido bastante ficción.

—Del periódico me echaste tú—le reprocha.

—Lo sé. Obviamente fue un error. Te ofrezco regresar. Te aumentaría el sueldo, te daría más responsabilidades y te dejaría asistir a las tertulias.

La conversación la interrumpe el presentador del acto, que pide silencio.

—Dale una vuelta y hablamos esta semana —propone Dios, antes de despedirse.

Durante la velada van entregándose los reconocimientos. Todo son aplausos, sonrisas y discursos de agradecimiento.

Para Silvia también llega su momento. Sube al escenario cuando la llaman.

Le han encargado a Dios entregarle el premio.

—Silvia comenzó su carrera en *La Península*, conmigo como director. Allí ha ofrecido grandes exclusivas y ha contado historias fabulosas. Silvia —le dice, dirigiéndose a ella—, cuando me pidieron que te entregase el premio no lo dudé. Menos aún cuando contaron que tú personalmente lo habías solicitado. Me hizo mucha ilusión. Me siento un padre periodístico para ti. Felicidades.

—Buenas noches a todos —toma la palabra la informadora—, y gracias a la Asociación por este reconocimiento. Quiero que mis primeras palabras vayan dirigidas a mi amiga Esther. Era policía, de las de vocación, de las que conciben su trabajo como una entrega total en la defensa de la gente buena y la persecución de los malos. Fue asesinada en extrañas circunstancias. Les confieso que no consigo borrar de mi cabeza la idea de que su muerte fue un encargo. Sabía demasiado. Ojalá alguna vez sepamos la verdad de lo que ocurrió. Esther fue mi amiga. Una mujer buena, honesta y comprometida con la verdad. Estés donde estés, amiga, te quiero —dice mientras lanza con la punta de los dedos un beso al aire y dirige sus ojos hacia el cielo.

Un aplauso cerrado e intenso brota del patio de butacas. Cuando termina, Silvia recupera la palabra.

—Le pedí a la organización que el director de *La Península* me entregara este trofeo porque era la única manera de garantizarme que estaría presente hoy aquí. Y quiero que escuche lo que tengo que decir.

Dios se lleva las dos manos al corazón y sonríe en un gesto de agradecimiento.

—Yo no iba para periodista. Quería estudiar Bellas Artes, pero Ariel cambió mi destino, por él me convertí en la informadora que ahora soy.

El director está lleno de orgullo.

—No se equivoquen, no quería imitarle, ni le idolatraba, ni era un referente para mí. Soy hija del comisario de Policía

Nacional encargado de la investigación de los atentados de Madrid. Llevo los apellidos de mi madre, para evitar preguntas. Tuve que ir al registro civil a cambiármelos. Cuando Ariel era como yo, un simple periodista, creó una leyenda urbana en torno a los atentados. Se inventó decenas de acusaciones contra mi padre. Tuve que ver su dolor cada día durante un año. También el de mi madre, que no paraba de animarle. Todo lo que publicó fue absolutamente falso. No había media verdad. No sé si ustedes han vivido de cerca cómo un proceso de acoso destruye una vida. Yo sí. Nunca podrán imaginar el dolor que las crónicas de Ariel causaron en mi familia.

Dios permanece de pie con la mirada inyectada en sangre.

—Mi madre no aguantó y se suicidó. Se colgó en el salón de casa. Mi padre jamás lo superó, todavía acude a tratamiento por depresión. Yo me olvidé de pintar y me hice periodista para contar la verdad y luchar contra los fabuladores y los mentirosos. Este premio va dedicado a mis padres, el mal periodismo les arruinó la vida. También va dedicado a ti, Ariel —dice por primera vez dirigiéndose a él—. Eres un asesino, tus palabras mataron a mi madre, pero si no fuera por tu crimen yo no estaría hoy aquí reivindicando orgullosa el buen nombre de mis padres.

Los invitados no saben cómo reaccionar. Un silencio incómodo oprime la sala.

—Como ven, no me escondo.

Hace una pequeña pausa para rebajar la seriedad de la denuncia y tornarla en ironía, que relaje el ambiente, y guiña un ojo al público.

—Voy a parar ya, que si no esta velada puede terminar en otro asesinato.

Se escuchan algunas risas.

—Gracias una vez más por este premio a mi libro, *El candidato*. Todo lo que relata son hechos reales. Ojalá guste y se lea mucho. Buenas noches.

Agradecimientos

La construcción de una novela, en contra de lo que pueda parecer, no es un trabajo individual, al menos en mi caso. Creas la historia en tu cabeza, desarrollas esquemas y tramas, pero en algún momento del camino la dejas salir para compartirla con otros, conocer su opinión y sondear si funciona. En este proceso han participado unas cuantas personas a las que quiero agradecer su tiempo y sus consejos.

En casa, mi mesa de trabajo está integrada en la cocina y en el salón, sin paredes ni divisiones. A Bárbara Royo, mi mujer, mi abogada favorita y gran lectora, le entregué un primer manuscrito mientras yo retocaba el final. No podía dejar de mirar por encima de la pantalla para observar sus gestos. A veces hasta le escribía mensajes al móvil para ver si el sonido del aviso la despistaba y se agarraba al teléfono como un salvavidas o si seguía con la lectura. La enganché con la historia, pero eso no quita que de repente la escuchase gritar enfadada y a continuación escribiera anotaciones frenéticamente sobre el documento. Menos mal que solo yo he leído las cosas que me escribía con ese rotulador rojo suyo. Agradezco su dureza, su inteligencia, sus reflexiones y todas y cada una de sus correcciones. He borrado párrafos, eliminado incongruencias y he reescrito páginas enteras gracias a su generosidad. Te quiero.

Mi amiga Josefina Lamas también ha sido extraordinariamente generosa con su tiempo. Además de asesorarme con su vasta sabiduría sobre la ciencia forense en la muerte de Alina, también es una enorme lectora que ha escuchado atentamente mis interminables reflexiones sobre el argumento de la novela. Gracias por los ánimos en los días de angustia y por tu amistad.

A mi editora, Carmen Fernández de Blas, la conozco desde hace años. Ella fue la que publicó mi primera novela y también la última antes de esta. No escribo tanto como ella querría, pero, cuando lo hago y le entrego el manuscrito, siempre tengo una respuesta en un plazo de cuarenta y ocho horas. No sabéis lo que se agradece no tener que esperar semanas para conocer su opinión. Estaba muy ilusionada, pero me sugirió hacer algunas mejoras. Tuve que volver a abrir el libro que pensé que tenía ya terminado en un momento de mi vida con enormes cambios profesionales que requerían mi atención. Resultó un esfuerzo, pero mereció la pena. ¡Gracias, Carmen!

Marta Robles, amiga y compañera, está en el origen de que volviese a escribir. Me hizo una primera propuesta para que volviese a narrar una historia, pero la falta de tiempo me hizo rechazarla. Me costó, pero no se dio por vencida. Insistió con otra idea y acepté. Fue ella la que me presentó a Pablo Sebastián, escritor, que reside en Benicasim, Castellón. Él me acogió, con la mascarilla puesta tras el confinamiento, y me llevó durante varios días a conocer cada uno de los lugares en los que se ambienta esta novela. Me sugirió cambios de localizaciones y he de reconocer que los acepté todos. Gracias a los dos.

A Carlos Segarra, subinspector de la Policía, y a Juan Jesús Ruiz Reina, comandante de la UCO de la Guardia Civil, gracias por vuestra generosidad al leer y proponer cambios en mis dos últimas novelas. Sin duda, con vosotros todo parece más real y consistente.

Y, finalmente, gracias a mi hija Inés. Cuando Carmen me pidió un retrato para la solapa del libro, comencé a revisar álbumes digitales y ninguno me convencía. Por eso quiero agradecerte, Inés, tu paciencia conmigo durante la sesión de fotos. Me encanta que hayas heredado la pasión por la fotografía.